Kadokawa Fantastic Novels
田中
TANAKA THE WIZARD
年齡等於單身資歷的魔法師
5
Story by Buncololi, Illustration by M-da S-taro
U0045773

Kadokawa Fantastic Novels

TANAKA THE WIZARD

年齡等於
單身資歷的
魔法師

5

作者
ぶんころり
Story by Buncololi

插畫
MだSたろう
Illustration by M-da S-taro

CONTENTS

"Tanaka the Wizard"
5
Story by Buncololi, Illustration by M-da S-taro

暗黑大陸（一）

Dark Continent(1st)

從首都卡利斯返回田中男爵領地後過了幾天。

這當中費茲克勞倫斯家與我沒有任何接觸，可說是音訊全無。別說快馬使者，就連一封信也沒來，日子就這麼悠悠地過。

若他們在我逃離後立刻行動，人早就該殺來龍城了。理察是行事果決的人，至今都沒反應，表示臨走時的威嚇奏效了吧。

艾絲特再怎麼得爸爸的寵，這次也難免要在家裡關禁閉，不然她老早就追來了。首都還有柔菲在，而且照這個樣子看來，亞倫應該也沒事。被好女人愛上的男人容易活得比較久一點。

所以我暫時拋開這些麻煩的瑣事，喘一口氣。

搞定奴隸姊妹的第二天，醜男我在蘿莉龍府辦公室一邊看文件，一邊享受女僕為我泡的茶。話說這個女僕也坐在書桌前，沙沙沙地不知在寫些什麼。

「咦？妳是不是換茶葉啦，蘇菲亞？」

這杯是剛泡的。

啜飲幾口還冒著煙的茶，我便發現味道不太一樣。

「！」

我隨口一問，結果蘇菲亞的肩誇張地跳動，疾書的手也突然停止。同時還有砰地一聲，像是膝蓋撞到了抽屜。

「怎麼啦？」

「沒、沒事！我什麼都沒換！真的！」

「這樣啊。不好意思，是我誤會了。」

「別別別、別這麼說！」

女僕看起來很緊張。

也罷，她本來就膽小如鼠。

不必放在心上。

閑適的下午一點，我到沙發上休息，望著窗外景色，一口一口地品味芳香的茶。濃郁香氣從鼻腔流入口中的感覺真教人受不了。

女僕就在我身旁工作。眼睛一瞄向她，就能看到奶子隨動作晃蕩。再加上她往桌面前傾，乳溝深上加深，都快把死處男的意識吸進去了。

「…………」

多麼美妙的時光啊。

心中湧出永遠看下去的渴望。

理想中的乳景就在我眼前。

「……令人心靈祥和啊。」

「咦？你、你說什麼？」

「沒事，請別在意。我在自言自語。」

「好、好的。」

有蘇菲亞工作的奶子作陪，茶喝起來特別香。真想永遠停留在這一刻。說不定和費茲克勞倫斯家翻這個臉還真是翻對了。理察掰掰，艾絲特掰掰。

這對奶子的療癒力猛到讓我這麼想。

其實工作已經開始堆起來了，可是我還想再休它個兩三天。最近一直疲於奔命，累得跟狗一樣。

「…………」

「…………」

辦公室裡只有蘇菲亞動筆的聲響。

非常祥和。

沒說幾句話，就只是喝茶。

咕嚕、咕嚕、沙沙、沙沙。

咕嚕、咕嚕、沙沙、沙沙。

不久，在茶就要見底時——

房門猛然被打開。

「生、生出來了！」

砰地好大一聲，艾迪塔老師上線啦！

什麼生出來了呢。如果是醜男的孩子，那真是天底下最棒的消息，可惜我家兒子依然是全新未拆八角刺人。一次就好，真希望我的種子可以和他人的喜悅串連在一起。

「好久沒在房間外見到妳了呢，艾迪塔小姐。怎麼啦了嗎？」

「書寫好了！我、我的書寫好了！」

「這樣啊，那真是恭喜妳。」

為完成大工作而亢奮的艾迪塔老師好可愛。

她還用兩隻手將那一疊紙交給我，有種領畢業證書的感覺。那八成就是原稿吧，張數還不少。老師是連小小的實驗步驟都會花上好幾頁詳細說明的人。

所以才會有那麼多名著。

「我覺得第一個應該給你看，所以就拿來了！」

「可以嗎？」

「當然啦！你、你就快點看吧！」

她給我的那疊紙最上面的那一張已經寫上了書名。

叫做《我與共同研究》。

一眼看不出與魔力藥水有關的命名方式很有老師的風格，讚。從中還能感受到她對共同研究的成功是心花怒放，甚至，做研究最重要的成果都被她當作是其次了。

「書、書名只是暫時的喔……！」

金髮蘿莉害羞地別過臉。

會害羞就不用特別命名嘛。是所謂的熬夜亢奮讓她忍不住寫下去了吧。平常那麼沉著冷靜的人總會在意想不到之處隨便自爆，真是可愛。

「直接用這個書名就好了吧？」

「咦……可以嗎？」

「很有妳的感覺，不錯啊。」

「可是這樣就好像都是我在寫的一樣。」

「事實上，這的確是妳寫的啊？」

「不是啦，我、我不是那個意思……」

既然老師都將自己的著作寫成「我與某某」系列了，若能維持這個原則，就是我這個書迷最開心的事。真希望她有朝一日能寫一本《我與亂交無套內射》。

總之，我就來拜讀老師送來的原稿吧。

「那今晚，我就挪出時間好好讀一讀。」

「唔、嗯，慢慢看吧。能幫我訂正更好。」

「好的。」

我是不認為老師的書有哪裡我能訂正的地方啦。

就以目標成為鍊金術師的讀者身分，單純享受這本書吧。

「對了，艾迪塔小姐。請恕我冒昧，有件事我想趁機問一下。」

「什麼事？」

「之前妳說的那個綠風精，是分布在暗黑大陸的什麼地方？如果不麻煩的話，還請妳告訴我。」

綠風精的翅膀是老師曾提過的回春祕藥的原料之一。

封爵、開拓領地、費茲克勞倫斯家這些麻煩事都告一段落了，差不多該認真處理回春的事了。

「你、你該不會是想去找吧！」

「我想機會總是說來就來，還是先了解一下比較好。」

「…………」

我不覺得這是個多難回答的問題，況且這還是她自己告訴我的。不過那對她來說似乎不是這麼一回事，反應很誇張。

顯然是難以啟齒。

「請問怎麼了嗎？」

「沒事，我、我不要緊。」

「假如有困難，那就不勉強了。」

「綠風精傾向在暗黑大陸比較外圍的地方建築聚落。能在暗黑大陸生存，自然有一定的能力，不過性格溫和又懂人話。基本上和一般風精沒兩樣，沒有那麼危險。」

「原來如此。」

這個叫綠風精的還懂人話啊。

有商量的餘地真是太好了。

「我是在暗黑大陸南部離海岸不遠的森林發現的。聽在那一帶紮營的冒險者說，那裡叫做休茵森林。規模很大，除綠風精之外還有很多生物的聚落。」

「休茵森林啊，謝謝妳。」

得到關鍵字啦。

「可是離海岸再近，暗黑大陸終究是暗黑大陸……」

艾迪塔老是面有難色，支支吾吾地不說下去。

她是在擔心我嗎？

是的話就太棒了。

然而辦公室的門在這時敲響，打斷了她。叩叩叩，敲木門的悅耳響聲之後，走廊傳來一道耳熟的聲音。

「不好意思，請問田中男爵在辦公室嗎？」

「對，我在……」

「可以打擾片刻嗎？」

「請進。」

這人還真有禮貌。不只是我，艾迪塔老師和蘇菲亞也往開啟的門看。接著現身的人是——喔，難怪對那聲音有印象。是諾伊曼。

「這不是諾伊曼先生嗎，好久不見了。」

「田中男爵您好，好久不見。」

被這個人用敬語稱呼，背脊都發癢了。

社畜的心擔當不起啊，緊張得要死。

「你什麼時候過來的？」

「在謁見廳見到您之後，就立刻離開首都了。」

「這樣啊。」

「結果好像跟男爵錯開，原本是打算早點過來等，結果卻直到今天才有機會見面。沒能事先聯絡，實在是非常抱歉。」

「這樣啊。」

如諾伊曼所言，和風臉為了達成給自己的課題，這幾天在多利庫里斯一帶飛來飛去。中間還組隊攻略地城打魔王，飽嘗跑任務的感覺。

「對了，諾伊曼先生。我想商量一件事。」

「男爵請說。」

「雖然艾絲特說了些很誇張的話，但還是請你別叫我男爵了吧。這樣叫我，讓我很怕自己哪天又被調到前線去，緊張得不得了呢。」

「不敢不敢，怎麼能對貴族失禮呢……」

「我們之間何必這麼客氣呢。你應該也聽過宮中的流言，我的身分其實很不穩固。費茲克勞倫斯子爵何時變心沒人知道，搞不好我明年又變成平民，繼續當冒險者，聽你的遣調做事了。」

「…………」

「這或許算不上理由啦，總之請你像先前那樣和我相處吧。」

大概就是母公司派來的新人榮升到總公司，過幾年後變成上司回來的感覺，而現在這個上司的角色是我。不過說實在的，這樣還真的不太舒服。

諾伊曼稍微別那麼客氣一點會比較好。

「……如果這是您本人的意願，我個人是無所謂。」

「那就請你這樣做吧。」

「我知道了。」

態度和口氣都馬上就恢復原狀了。

「所以我現在該做些什麼？首都的事都告一段落了，陛下也吩咐我盡量幫你。至少在起先我們說好的期限裡，我會在這裡替你打理大小事。」

「既然這樣，那就跟我一起經營這座城吧。你在中央當過差，應該很懂這方面的門路吧，如果能多教我一點就太好了。」

「我的確是做過很多瑣碎的雜務，不過判斷局勢可是貴族自己的工作喔？最近的貴族不僅是雜務，根本是什麼都丟給官吏處理，然後還把每件事都當成自己的功勞，往自己臉上貼金。」

啊啊，這世界的管理階層也是這副德性啊。

有的還很愛用開會討論把行程表胡亂塞滿呢。

「該負的責任我一定會負，只要是我該做的就儘管丟給我。」

「那就好……」

被國王搞過以後，諾伊曼現在變得疑神疑鬼。像是長年駐守在惡質客戶陣地好不容易才回來的士兵。同梯回老家種田，前輩跳樓，後輩住院，只有我回來了，精神病藥真好吃的感覺。

這樣實在是太可憐了，以後盡可能別派困難的任務給他好了。

原本我還想請他簡單調查一下宰相正熱衷的神祕計畫呢，看樣子是別想了。目前還是穩妥地請他經營城鎮，那方面就我自己來吧。

「需要放個假，把身心調整好再回來也沒關係喔？」

「！……不、不了，該做的我會做。我並不是不想工作……」

「不過我看你好像很累，在首都也吃了不少苦嘛。」

那個很會使喚人的國王都要我善待他了，肯定是操得很慘。

然而諾伊曼回答得非常慌張。

「我是覺得有一點累沒錯，但我還是很能做，很能做喔！」

「是嗎？可是……」

「我的確是被迫做了很多強人所難的事，可是我還要養家啊……」

哎呀，好像讓他誤會了。

真不好意思。

「抱歉，我不是想把你怎麼樣。就只是看你好像真的很累，想讓你放鬆休養個十天八天之類的。剛好這裡有溫泉嘛。」

「……真的嗎？」

「對，真的。」

「…………」

我正經八百地點頭，諾伊曼突然不說話了。我不禁猜想，他是因為在我還是冒險者的時候給了我不少無理要求，所以頗有感慨吧。這也是當然的。

「這種話由我來說是有點不太好。簡單來說，這座城的代表名叫克莉絲汀，而支撐這裡的，是黃昏戰團的岡薩雷斯先生，以及這邊這位蘇菲亞。」

「喔，你不在的時候，我跟他們見過了。老實說，見到黃昏戰團實在讓我很驚訝。」

「是嗎？」

「黃昏戰團的岡薩雷斯就是已經沒落的奧夫修耐達家的嫡子嘛。我怎樣也想不到被貴族害成那種下場的人，還會笑嘻嘻地替貴族做事。要我不懷疑自己的眼睛也難。」

「這樣啊。」

或許小岡也是苦過來的人吧。

看他被蘿莉後宮包圍，所以我從沒多想。找個時間研究一下奧夫修耐達家的背景歷史或許會比較好。他是個好人，就算這個領地哪天變成泡影，我也想和他維持良好的關係。

「至於克莉絲汀鎮長，我就還沒見過了……」

「不好意思，鎮長最近不在。」

「城鎮的代表不在城裡，是因為有什麼計畫嗎？」

「不，跟那方面沒關係，就只是她比較野而已。不過在保護城鎮這點上，沒人比她更可靠。但也因此她脾氣比較大一點。所以很抱歉，要請你多費點心應付她了。」

「……原來如此。」

「要是真的受不了，隨時可以來找我。」

「實際見過她之前，我也不能說什麼。總之我知道了，就這樣吧。」

「謝謝你。」

話都交代清楚了，應該沒問題吧。諾伊曼優秀到在中央都會招嫉，應該能處理得很完善。但要是先打垮了他的心靈就全泡湯了，目前還是請他專心療養的好。

「偶爾找點簡單的事來做也可以喔。」

「那是挖苦才會說的話啊，田中。」

「對不起，以後我會注意。」

這樣的距離真不錯。

有同事的感覺。

「那麼，諾伊曼先生，要勞煩你費心了，以後也請多多指教。」

「好，請多指教。」

真想趁機開個歡迎會什麼的。

嗯，這點子不錯。

這幾天就來辦一辦吧。

不過這麼一來，目前預定的奶子鑑賞生活也要當場結束了。我總不能叫諾伊曼做事，自己卻在辦公事裡悠哉地看蘇菲亞的奶子。

真想多欣賞幾天啊。

「那我還有其他工作要做，先失陪了。」

我向在場各位打聲招呼，離開辦公室。

＊

現在手上的工作沒哪個優先度比國王密令更高的吧。儘管沒設下明確的期限，線索簡直跟沒有一樣，還是趁早行動的好。

這位顧鐘伯究竟是想在費茲克勞倫斯子爵領地搞什麼鬼呢？

「…………」

離開蘿莉龍府後，醜男在南區大道上邊走邊想。所謂費茲克勞倫斯子爵的領地規模也不小，盲目行動沒什麼效果吧。

第一步該怎麼走呢？

真想先找個線索。

想著想著，我忽然發現有個熟人從路的另一端走來。不是別人，正是小岡。身邊還有幾個蘿莉和正太，就是之前碰巧見到的後宮。

「哦？男爵大人怎麼在這裡閒晃啊？」

「岡薩雷斯先生，你來得真是太好了。」

從孩子們興高采烈的表情來看，岡薩雷斯是在替他們介紹這座城吧。高大的他讓孩子們抱在他手臂和胸前，搞什麼，竟敢光天化日曬恩愛！

足以堪稱是我人生願景的畫面啊！

「找我有事嗎？」

「是啊，可以這麼說。不過現在你要帶這些小朋友，我再找其他時間好了。要是有空，直接來鎮長府上的辦公室找我更好。」

「不用了，我也只是在城裡散步而已嘛。如果只是小事，現在講一講也無所謂。要是不太方便說，那就聽你的再找時間。」

「這個嘛……」

怎麼辦咧。

反正也不會全告訴他，就在這兒說吧。

「有件事想請教一下。」

「好，什麼事？」

「多利庫里斯周邊有什麼礦山或水源之類，自然資源的地方嗎？如果能把宮裡的大官會看得上的地方一併告訴我就更好了。」

「喂喂，你該不會又想往危險的地方鑽了吧？」

「詳細情形等狀況穩定之後再跟你說，我基本上是打算單獨解決這件事。我會盡力注意不給你們黃昏戰團添麻煩的。」

「我也不是那個意思啦。」

岡薩雷斯搔了搔臉，說道：

「可是資源這種東西本來就不多見吧？而且那個領地也沒大到哪去，在子爵領地裡算小的了。只是因為跟普希接壤，在貿易上有不小的利益。」

「原來如此。」

宰相是會算計一國之君的人，所以我想像的是稀有礦藏或那方面的利權問題，該不會搞錯方向了吧。與鄰國接壤的商業利益這種小事應該不會放在眼裡才對。

「硬要舉例的話，就是多利庫里斯北邊的多魯茲山吧，那裡是產量最大的礦山。雖然現在好像已經挖不到了，但以前盛產優質的丹尼礦，熱鬧得很呢。」

「多魯茲山是嗎？」

好像在哪聽過。

一時想不起來。

「其他的跟這裡相比，規模都不值一提啊。」

「這樣啊，那我明白了。」

這麼說來，先從那裡查起比較好吧。

這種事就是要親力親為，一個個消化名單最重要。即使是土法煉鋼，但這畢竟是國王的密令，總不能大張旗鼓僱人來辦。要是出了差錯恐怕有揹不完的鍋，被他切割得乾乾淨淨。

必須慎重行事。

「抱歉，沒什麼能告訴你的。」

「哪裡，這樣對我來說就很夠了。謝謝你。」

「是喔？那就好。」

「那事不宜遲，我現在就去多魯茲山看看。」

「好，儘管去吧。這裡我們會幫你顧好。」

「不好意思，我說來就來說走就走。那我先告辭了。」

「不管你要做什麼，總之小心點喔！」

「好。」

對溫情的小岡點點頭後，我用飛行魔法浮上空中。搭馬車肯定要搭到天黑，還是直接飛到所謂的多魯茲山比較省事。

目標是礦山，只要朝他說的方向飛，自然就會發現類似的地方吧。

＊

我從龍城飛往費茲克勞倫斯子爵領地多利庫里斯，再依照小岡的指示往北飛行一段時間，見到峰峰相連的陡峭岩山。

多魯茲山就是在這一帶吧。

我稍微降低高度，在山腳下發現幾排像住宅的屋頂，看得出規模不小。可見小岡說那裡以前很熱鬧是真的。

「…………」

不過那都是好多年前的事了。

即使在空中，也看得出那裡十分沒落。不是沒有人，但別說不比首都卡利斯，就連多利庫里斯都比不上，人口密度比龍城還低吧。

怎麼說呢，很像高齡化嚴重的地方都市站前廣場。

「……啊，那裡很像礦坑。」

沿聚落延伸的道路往山上看，屋舍稀疏處有個開在岩壁上的洞穴。邊緣還有木板圍著，大約兩公尺見方那麼大，左右各站了一個手持長槍的甲冑衛兵。

那會是礦坑口嗎？

其他還有幾個類似的洞穴，但只有那裡有守衛。我能理解派兵看守每一個廢棄礦坑並不划算，但為何只守那一個就不得不懷疑了。

所以，我決定先去問問看。

「走吧。」

說不定那兩個兵知道些什麼。

心動不如馬上行動，我立刻用魔法降落在他們面前。

「什麼人！」

「魔法師嗎！」

雖然隔了點距離著陸，仍引來他們的高度警戒。這也難怪，特地飛到這種枯竭的礦坑來，任誰都覺得可疑。

「不好意思，有件事我想請教一下。」

「……你是什麼人，來這做什麼？」

「臉還長得那麼扁，愈看愈可疑。」

何必講臉咧。何必咧。

「一個月前，來自首都卡利斯的費茲克勞倫斯子爵接管了多利庫里斯，而我就是她的使者田中。因為某些緣故，現在是這種打扮，不過我好歹也是陛下封為男爵的人。」

「男、男爵？」

「什麼……」

聽我報上爵位，兩個士兵都渾身緊繃。

看到他們這種反應，我開始理解為什麼貴族老愛把自我介紹弄得那麼長。為了突顯自己的地位，有需要說一大堆有的沒的。我跟某某家的某某人關係密切那樣。

和新興中小企業代表或混鬧區的流氓自我介紹時都會講一堆頭銜相同的道理。一這麼想，就覺得自己的行為頗為悲哀。

這樣我也是名符其實的貴族了吧。

「我是奉治理此地的費茲克勞倫斯子爵之命，在領地內四處調查，而日前這座礦坑也排入了名單之內。請兩位給個方便。」

「可、可是，這個……」

「這個礦坑是……」

兩名士兵頓時露出極為為難的表情。

我該不會是第一步就中大獎了吧。

不不不，不可以想得這麼簡單。之前有哪一項這麼順利嗎？少來，一次也沒有。當初光是想進城就落得越獄的結局。

最近LUC又降得很嚴重，還是小心為上。

「我知道你們是聽命於誰，不過我也是服侍費茲克勞倫斯子爵的人，說起來也是費茲克勞倫斯公爵的手下。給個方便，對雙方都有好處。」

「不，你、你是在唬我們吧？男爵怎麼可能會穿成這樣……」

「就是啊，太奇怪了吧！」

兩位士兵馬上就挑我服裝的毛病。

貴族就是該穿得像貴族嗎？現在這身旅裝輕便好活動，穿起來很舒服。貴族服飾總是讓人穿得肩膀很緊繃，就像西裝一樣，很快就身心俱疲啊。

「我用這副打扮來這裡是有原因的。要是懷疑，大可向費茲克勞倫斯公爵求證。我還是受過邀請，和他共進晚餐的人呢。」

「唔，又、又說那種大話，想唬誰啊！」

「說什麼跟公爵共進晚餐，騙小孩還差不多。」

兩個士兵話一說完，都將寒光森森的銳利槍尖對準了我。往前踏一步就能輕易刺進我胸膛。

當然，用火球輾壓他們是很簡單的事。就跟首遇魔導貴族那樣，用不了幾秒功夫，連甲冑都會熔化。

但為這種事降低艾絲特的風評也沒意思。

「現在還來得及投靠費茲克勞倫斯子爵喔？」

「什麼……！」

「你、你在威脅我們嗎？」

「我只是好心給個建議而已。我的主人費茲克勞倫斯子爵是個聖女般慈悲為懷的人，不喜歡無謂的殺生，我自然是按照主人的意思行動。但與此同時，子爵的命令也是絕對的。」

更進一步地說，萬一這裡真的就是我要找的地方，我也不希望他們把我的行蹤洩漏給宰相。殺人滅口當然最穩妥，不過我想做人也不需要這樣。

所以先勸誘再說。

「唔……」

「那、那麼……」

「兩位就到拉吉烏斯草原去找黃昏戰團的岡薩雷斯吧，他一定不會虧待二位的。至少不會找你們這樣的基層士兵麻煩。」

「岡薩雷斯？難道你認識岡薩雷斯？」

一個士兵對小岡的名字起了反應。

「對。我們很投緣，所以我請他們做我的騎士團。」

「……有、有這種事？」

好像突破心防了，一個士兵的語氣變得比較敬重一點。既然如此，豈有放過這機會的道理。就盡量表示我跟小岡是好麻吉吧。

「你也認識岡薩雷斯先生嗎？」

「我有個朋友……在黃昏戰團裡。去年天冷的季節加入的。」

「這樣啊，那說不定我也見過呢。」

「騙誰啊！黃昏戰團怎麼會聽貴族的話……」

「直接去問岡薩雷斯先生就知道啦？他人就在拉吉烏斯草原。」

「…………」

一個士兵講起自己的事以後，另一個也開始注意我們的對話，使得步調完全掌握在醜男手上。

這裡就硬推一把試試吧。

「可以放我進去嗎？要是兩位不願意，我也只好不擇手段了。」

「！……」

就算只是嚇唬他們，但都說成這樣了，在這個封建到不行的世界，平民還是抵抗不了貴族。兩人都放下長槍並後退一步，剛才提到朋友的那位還繼續說：

「我、我之前是在多利庫里斯城堡值勤的……」

「原來有這種事。」

「可是領主突然換人，然後我、我就被丟到這種地方來，又捲入莫名其妙的貴族鬥爭裡……」

他持長槍的手開始顫抖。

「難道貴族，男、男爵大人您也要來使喚我嗎？這次要叫我去坐牢嗎！」

「咦？啊，沒有啦，那個……」

是怎樣，這個士兵好像要爆發了。

守礦坑真的很悶吧。是啊，不然呢？要在這種誰也不會經過的地方死站活站一整天，誰不會悶啊？

「我也是有家室的人啊！結果把我一下調這兒一下調那兒，害我老婆都跑了，女兒也學壞了，我已經……已經……！」

這苦水比我想像中還沉重啊。

真想參加他那個婊子女兒主辦的雜交派對。

「喂，到底是怎樣啊！男爵大人！」

「呃、喂！不要亂來！」

另一個士兵連忙制止他。

兩隻手從腋下扣住。

「你克制一點！惹不起啊！」

「現在還要我怎麼樣！說啊！」

這就是底層小兵的慘況嗎？

就我個人來說，能夠結婚就已經夠幸福了。只當個小兵也好，真希望可以在適婚年齡結婚啊！好想體驗盛夏時節滿身大汗的濃情蜜意炮。之後的人生就只是誤差而已，誤差。

這要是老實說出來，他的槍頭搞不好會真的刺過來。

得適時安撫他才行。

「請放心，我不會要你坐牢。雖然不是一眨眼就能辦好的事，但只要我跟費茲克勞倫斯子爵說情，調你回多利庫里斯城也不是不可能的事。」

「真、真的嗎！」

「嗯，真的。」

「……這、這樣啊。」

「不過，那也得先讓我進去才有得談。要是我失信於費茲克勞倫斯子爵，自然就無法幫你說情了。怎麼樣，可以放行了嗎？」

我盯著對方眼睛說話。

於是對方很快就折服了。

他表情黯然地對身邊另一個人說：

「那、那個，我想相信這位男爵大人。」

「你變心得還真快。」

另一個無奈地點了點頭。他不像老婆跑了的士兵，顯得很沉著。是很滿意目前的生活，還是早就全都放棄了就不得而知了。

然而，貪念還是有的。

他轉向醜男，哈腰抬眼地說：

「那麼男爵大人，既然這樣，我也可以討點路費嗎？」

「好啊，這點小事不成問題。」

幸好這個很容易打發。

我從懷裡掏幾個銀幣給他，他就笑嘻嘻地點頭了。

「田中男爵閣下請進。我願為費茲克勞倫斯家粉身碎骨，費茲克勞倫斯公爵萬歲！費茲克勞倫斯子爵萬歲！田中男爵萬歲！」

「謝謝你。」

總算能平安入場了。

＊

我在士兵目送下進入坑道。

礦坑裡沒點燈，黑漆漆一片。我往前點個火球充當火把，在寬高各約兩公尺的陰暗坑道裡謹慎前進。

「…………」

說不定會有怪物跑出來。

小心一點比較好。

一開始都走得很緊張兮兮，但十幾分鐘後也沒什麼變化，只看得見洞穴不斷往裡頭延伸。除了路上偶有分岔外，外觀沒有任何不同。

變化實在太少，再加上坑道這種狹小空間的壓迫，我也開始不安了起來。萬一迷了路就糟糕了，所以我一路上還是會另外叫顆火球燒熔地面或壁面做記號。

儘管如此，我還是很想到外面去休息一下。

「…………」

好寂寞。好寂寞喔。而且好恐怖。

不應該單獨來的。

怯懦使我的大腦追求艾迪塔老師的小縫縫，做出各種妄想。話說老師最近都關在房間裡寫書，沒能看到她走光。回頭想想，上次跟她說話已經是好幾天前了。

就在我開始胡思亂想時——

「……！」

腳下地面冷不防地崩塌。

我立刻用飛行魔法飄起來，只見腳下開出幾公尺寬的洞，岩石碎片往黑暗之中墜落，幾秒後傳來喀啦喀啦的響亮碰撞聲。

下面似乎有其他空洞。

「想嚇誰啊……」

我降低飄浮高度，往下探險。萬一有怪物衝出來就糟了，於是我便以照明用的火球打頭陣，慢慢地、慢慢地謹慎下探。

下降幾公尺後，我來到並非坑道的寬敞空間。

約有一百平方公尺那麼寬的空間出現在我眼前。

洞頂也比之前的坑道高，約有五六公尺。

而且先前走的都是礦工手挖的坑道，這裡卻是房間般的人工構造。牆壁是用石塊堆砌而成，房頂也是如此。而正中央，就是踏穿地面飄下來的和風臉。

「…………」

喂喂喂，挖到寶的感覺大爆發啊！

這裡除了頭上那個洞外，看不到類似出入口的地方。

「這什麼……」

房間中央的地面上，畫了個像是魔法陣的東西。

好大一個。

裡頭寫滿細小的文字，發著光很漂亮。

「…………」

做什麼的？

完全看不出有什麼效果。

魔導貴族看了會樂歪吧。

「…………」

不管怎麼看，都看不出鎮座於我眼前的幾何學圖案有何功用。當然，我也完全沒見過類似的東西。這裡就鼓起勇氣，站上去看看吧。

於是我解除飛行魔法。

輕輕地踩上地面，腳底傳來石板的堅硬感觸。

「…………」

但依然看不見變化。

「完全搞不懂耶……」

該不會這就是宰相要的東西吧。

實在難以判斷。

也有可能是其他人埋藏起來的羞羞小祕密。

究竟是怎麼回事呢？

「…………」

灌點魔力看看好了。

像之前灌魔力藥水那樣。

「……我看看。」

即使沒有必要，我還是為了氣氛而對魔法陣伸出雙手。這裡是田中、這裡是田中，神祕魔法陣聽到請回答。

我將已經運用得很熟練，但原理依然是個謎的魔力往裡頭灌。

隨後，噢，有流掉一截的感覺。

「唔喔……」

沒有發動無敵模式那麼凶。

但量還是不少。

有點嚇到。

不知數據上實際是少了多少。

名字：田中
性別：男
種族：人類
等級：125
職業：鍊金術師
HP：149802／149802
MP：250000030／252000030
STR：10012
VIT：12711
DEX：16100
AGI：12322
INT：200001900
LUC：27

平常都會被自然恢復補滿的MP出現變化了。

再看就應該——

名字：田中
性別：男
種族：人類
等級：125
職業：鍊金術師
HP：149802／149802
MP：252000030／252000030
STR：10012
VIT：12711
DEX：16100
AGI：12322
INT：200001900
LUC：27

如我所料，又補滿了。

也就是說，那一下抽走了自然回魔補不回的量。就算用一兩次不會乾，連續使用也遲早要歸零。與平時用的治療魔法或火球相比，消耗量非常地大。

在我進行奇幻式的考察時，腳下的魔法陣忽然出現反應。而這個反應呢，就是構成圖形的線條發出了閃亮亮的強光。

怎麼辦？

「總、總之先出去好了……」

我這才想起自己還踩在上面，挪動雙腳。

但這時光輝愈發愈強勁。

「唔喔！」

簡直像燒鎂帶那麼強的光迸射出來。

強得我睜不開眼睛。

同時有種坐電梯的感覺，腳下略為一震。為防跌倒，我試著用飛行魔法退出魔法陣，想迅速飛到房間角落，盡可能地保持距離。

結果不知怎麼了。

鏗！頭用力撞了一下。

然後是肩膀。

力道沒因此抵銷，身體也受到撞擊，最後摔在地上。

「！……」

好痛。

有夠痛。

還有噗嘰一聲。

覺得自己最近飛行魔法用得很熟練，就在視線不清的狀況下亂飛，馬上摔個狗吃屎。還以為牆應該還在更後面，看來飛行距離比想像中長很多。

我趕緊用魔法治療傷處。

痛楚火速消退。

「…………」

恢復了以後，也能靜下心來查看四周。

但在見到周圍景象時，我愣住了。

「……這是哪？」

我原本是在約有一百平方公尺的大房間裡探索才對。

現在眼前卻是不到三十平方公尺的石窟。

什麼狀況？

＊

【蘇菲亞觀點】

現在，小女僕來到了龍城正門口。

眼前是奴隸商歐曼先生提供的馬車。相當氣派，周圍還有幾個帶隊的人。有的像車夫，有的看似護衛的冒險者，整個隊伍裡有好多人。

他們之所以來到這裡，是為了護送幾天前我買下的奴隸姊妹。我為了如何照顧她們想了很多，最後決定送去首都卡利斯的寄宿學校。

龍城雖有很多溫泉，但沒有任何教育機構。我認為對她們這個年紀的孩子來說，在學校和同年紀的人做朋友、一起學習是非常重要的事。

這件事我也跟田中先生談過，請他寫一封推薦函了。請男爵大人關說的意思。

護送用的馬車跟隊伍則是歐曼先生為成全小女僕這點心意的體貼之舉。他說剛好有奴隸要送，就加派一輛馬車讓她們同行。

「蘇菲亞小姐，都準備好了。」

「咦？啊，好、好的！」

車夫通知我要出發了。

我跟著望向站在身旁的姊妹，她們正用不安的眼神看著我。由於身高有段差距，她們的視線是由下往上，抬著頭看我。

「…………」

這樣的情境讓人好心痛喔。

決定送她們上學時還沒想到這麼多，畢竟有很多人在這個年紀就被送到人家家裡打雜。然而真的到了這一刻，只不過幾天馬車的距離就忽然讓我覺得好遠好遠，非常不可思議。

明明只相處幾天時間而已。

「……一開始可能會比較辛苦，那個，要、要加油喔？」

我將語氣放得比平時更柔，對她們說。

在餐廳工作，經常需要和年長男性對話，但是年紀這麼小的孩子，說不定一個月還碰不上一次，感覺怎麼說都不對。

有小孩以後會不會每天都是這樣呢？

有點難想像。

「我、我會加油的！」

「我會加油的！」

我已經在昨晚將該知道的都告訴她們了。她們要去首都卡利斯上學，學校有宿舍，不用擔心吃不飽睡不暖，出事可以到我家求救等。

還有這幾天我也會找時間回去看她們。

「謝謝。有事要寫信告訴我喔。」

「好！」

「知道了！」

這麼乖的孩子真的好可愛喔。

她們用力點頭的樣子看起來好堅強，看久了會不忍心送她們走呢。於是小女僕狠下心來，將注意力轉移到車夫身上。

並不是再也見不到。

想念她們時，搭幾天馬車就行了。

「那個，我們好了，麻、麻煩您多多照顧了！」

「好的。」

對方恭敬地鞠躬。

他好像也是在歐曼商行工作的商人。

「非常感謝您對歐曼商行的愛護。」

「哪、哪裡，您言重了！」

「那我們這就出發了。」

「好的，拜託各位了。」

眾人紛紛登上馬車。

小女僕只能在一邊看著。商行的人說他們都是僱用有能的冒險者作護衛，不太需要擔心她們的安危。儘管如此，我的心還是安定不下來。

照顧他人真的是一件很費神的事呢。

遇見這對姊妹後，我更深切地感到這一點。

同時想起了田中先生的身影。經過好多事以後，他成了帶領城鎮發展的人，負擔不是照顧兩個小妹妹能相提並論。這樣的事實讓我覺得自己總算理解所謂現實的沉重是怎麼回事了。

「…………」

回過神來，我才發現自己已經呆站到就連馬車都看不見了。

*

魔法陣發出的神祕強光照得我不禁閉眼，當我睜眼後，周圍景觀已截然不同。原先所在的大石室變成了山洞般的石窟，尺寸還小了很多，像雅房那樣。

「……這又是哪裡啊？」

我沒往縮小的方向想。

多半是我轉移到其他地方了。

這幾星期的奇幻生活我可沒白過，肯定是一些魔法的啥起了某某作用，把我從礦坑丟來了這裡。就像玩桌遊時踩到傳送格那樣。

「…………」

有逐漸適應環境的感覺。

話說回來，現在到底是什麼狀況？

地上除了魔法陣，角落還鋪了幾公分厚的乾草。周圍沒有遮擋，真的就只是把草鋪在地上，像家畜的窩一樣。

一個粗糙的木箱依著窩擺放，裝了各種野菇野草等不明物體X。看起來大部分很毒，不太適合當食物。但若這就是這裡的飲食標準，那也只能這樣了。

「…………」

無論如何，看得出住在這裡的生物的手還算巧，而且有人類水準的智能。

這石窟看起來很堅固，足以遮風避雨。只要不在乎濕氣，住起來說不定比破屋還舒服。不過上下左右全都是裸露的岩石，又沒有任何家具，以房間來說非常沒情調。

掃視一圈後，我想起首都卡利斯的牢房。這環境滿滿是困苦的味道，惹人哀愁，看得都要掉眼淚了。如果有張床好歹還能看一點。

「…………」

洞主似乎不在，沒有我以外的動靜。

房間有一面裝了木門，不曉得通往哪裡。應該不會是礦坑吧。像是出入口的地方只有那一處，我又往上看一遍，找不到之前踏穿的洞。

沒有窗戶，大概是因為這裡也位在地下，或是有密閉的需要。照明依然只有我身邊的火球，分不清現在是黑夜白晝。

想著想著，那扇門竟然打開了。OPEN。

更意想不到的是，門後出現的竟是擁有漂亮褐膚的蘿蘿莉。身高說不定沒有一百四，比艾絲特還嬌小，但比艾迪塔老師稍微高一點。

美美的白銀妹妹頭，與膚色形成強烈對比。

服裝令人聯想到民族服飾。略短的裙襬和底下健康的大腿真是太棒了。與肉肉的艾迪塔老師相比，比較有肌肉的感覺，別有一番風味，刺激被她逆姦的慾望。

好想被患有猛烈性病的蘿莉硬上。

看她怎麼也無法傳染給我，強姦我三百遍。

「！……」

見到我讓她嚇得渾身一僵。

銀髮黑肉蘿的驚愕。

若說白肉蘿是站前時髦餐車賣的新型香草霜淇淋，那麼黑肉蘿在我印象裡，就是鄉下柑仔店冷凍庫底下覆霜N年的紅豆冰棒了。

因為她黑。

只是二流蘿莉。

然而今日一睹其風采，竟是這麼地挑逗。

雖然說到黑肉就會想到肉彈身材，像背叛我的暗精靈那樣。但如此稚嫩的黑肉反而有種猛烈的新鮮感。又蘿又緊實的野性身材實在有夠騷。

說起來，柔菲也滿有肌肉的嘛。

有肌肉線條的女生好可愛。

好想用舌尖感受腹肌的起伏。

不管怎麼說，我還是很想被她逆姦。

這次是真的好想被逆姦。

「啊，妳好。幸會幸會。」

總之先打個招呼看看。

計畫是先留下好印象，再漸漸拉近關係。乍看之下，她過的的確是苦日子。就讓我利用剛到手的男爵權威，像長腿叔叔那樣慢慢走進她的心房吧。

而且從只有一個窩來看，應該不是跟父母同住呢。

「我叫做田中，能告訴我妳的芳名嗎？」

「…………」

大方施捨從沒過過好日子的少女，用一副跟著我就天天有這種待遇的臉說：「辛苦妳了，只要跟我走就天天溫飽，天天能用熱水洗澡喔。」這樣姿態高到不行的單方面懷柔才是王道啊。

一開始處處警戒的小動物系蘿莉也在反覆施捨後敞開心扉，一併敞開大腿的劇情是一定要的。不管話說得再怎麼崇高，男人一樣是熱愛打炮的生物。

然後不知不覺地，少女就成了後宮的一員了。

美滋滋啊美滋滋。

好想體驗一次啊。

用地位、金錢與名聲籠絡美少女就是爽。滿口仁義道德到最後，要的終究是吹彈可破的全新未開封小嫩●。我要盲目跟從我的可愛貧苦小嫩●。

這就是男性的本能，做人就是要坦然面對自己。

「嚇到妳了嗎？不好意思，突然跑進來。」

「…………」

因為這些緣故，我一定要弄到這個野生貧苦蘿莉。

不過對方的反應不太樂觀。

就只是佇立在門口直視著我。

如果這裡是她的居所，提防擅闖的人也是當然的。那麼現在該做的就是說明我來到這裡的過程吧。

「這是妳家嗎？如果是，我為自己的擅闖向妳道歉。其實我是被地上這個魔法陣傳過來的，根本不曉得發生了什麼事。」

「……這個魔法陣？」

好耶，有反應了。

而且聲音好可愛。

絕不是說艾絲特和艾迪塔老師不可愛，就只是她特別讓我心動。低低沉沉的，怎麼說呢，可愛得可以當作作業BGM聽上一整天。

好想跟她多說一點話。

「對。如果妳知道些什麼，能請妳告訴我嗎？」

「…………」

「啊，別怕，我當然不會勉強……」

直到現在，我才注意到她抱著一些東西。

那是她今天的飯嗎？她用兩隻手拎起裙襬，盛著幾顆水果樹果。幼小少女搬送食物的模樣真教人興奮啊。拚命想守護小小幸福的感覺不只會挑起保護欲，還有種想破壞看看的危險想法。

拎起裙襬而露出大片大腿，簡直香爆。食物與裸露的折衝大大滿足了蘿莉控的心。能不能、能不能再拉高一點，這般理所當然的慾求讓人想裝模作樣地替她再加一顆。

「我來到這裡也沒多久……」

喔喔，她又回話了。

開心。

低沉的蘿莉聲好可愛。

「妳該不會也是被魔法陣傳過來的吧？」

「……不是。」

「那麼，那扇門可以到外面去嗎？」

「…………」

她的站位依然沒變。

就停在門口往房間一步的位置。背後很陰暗，但隱約能見到往上的階梯。果然沒猜錯，房間應是位於地下。

「…………」

「該不會出不去吧？」

「……出得去。」

「那就好，還以為要被關在這裡了呢。」

話說這孩子話真少。

自己不說話，就只是盯著我看。

陰暗之中，那雙被火球照得光輝燦爛的鮮紅色眼睛真美。在近乎白色的銀髮襯托下更耀眼。雖然沒蘿莉龍的黃金眼那麼誇張，還是令人印象深刻。

說到紅色，艾絲特也是紅眼睛嘛。有伴了。

「…………」

「…………」

不過，現在我到底該怎麼辦？

非常尷尬。

想不到能聊的話題。但在我開始苦惱時，腦中閃過離別已久的同事之言。要是和女生單獨對話而苦無話題時，就先從誇獎衣服鞋子開始。

很好，在這一刻那的確是很棒的選擇。

「妳的衣服好可愛喔，妳穿起來真好看。」

我絕沒昧著良心說話。

尤其是小短裙特別適合她。

小褲褲全都露就更可愛了。

「……謝謝。」

「妳自己縫的嗎？」

「不是，在人類的地方買的。」

「這樣啊。妳真有眼光，好羨慕喔。」

說這孩子只是有褐色皮膚，耳朵不尖，所以不是暗精靈族的吧。而且也不太可能是普通人類，因為屁股上長了一條像惡魔那樣的黑色尾巴。適合肛肛新手的粗細。

像這種時候，開屬性畫面看看就對了。

名字：蘿可蘿可

性別：女

種族：高等果果露

等級：897

職業：遊民
ＨＰ：２１００２０／２１００２０
ＭＰ：１１３００００／１１３００００
ＳＴＲ：２０７５００
ＶＩＴ：２７３００
ＤＥＸ：３０１０５
ＡＧＩ：１５０３００
ＩＮＴ：７０２１０
ＬＵＣ：９２０

哇靠，比想像中強好多。

看不出這嬌小外表會有這麼高的ＳＴＲ。要是她騎上來，憑我的臂力根本掙脫不了，而且還很敏捷，這樣的事實加倍刺激我的被姦欲。被小女生用武力強行侵犯這種事是每個高齡處男都有過的夢想吧。

再加上遊民聽起來很不衛生，更是讓我心裡的雞雞大爆硬。

以前也流行過邋遢妹嘛，類似黑辣妹的高階版。那真的很讚，真希望能在小學生之間流行起來。好希望能在地方綜合超市的電動間，被有點發臭的蘿莉勒索又逆姦。

「…………」

「…………」

看樣子她肯定有性病。要讓有性病的威力型蘿莉不由分說地強姦。將使人不得不面對今後人生取捨的性愛戰鬥，要為無新意的床戲灌注新世代的能量。

要是浪漫喜劇漫畫的女主角其實有性病，整個作品一定會更洗鍊。

「妳一個人住嗎？」

「問這做什麼？」

「能見面也算是有緣，不嫌棄的話，我很樂意提供幫助。要是妳覺得麻煩，拒絕也沒關係。」

「…………」

「不行嗎？」

真希望她能親口說出自己的名字。倘若屬性視窗見到的名字能透過她的嘴直接告訴我，我一定能帶著非常幸福的感受回到魔法陣另一邊。

在人家房間待太久也不好。

住雅房的男人也不喜歡業者進來檢查火災警報器之類的東西。想到這樣的事正在蘿莉的房間裡上演，和風臉就感到十分愧疚。

「……你好急喔。」

「若能認識妳這麼好的人，往後的人生一定會非常豐富。所謂見面即是有緣，我真的希望能多認識妳一點。」

「你真的那樣想？」

「對，我是真的這樣想。」

「……我是果果露族。」

我是不曉得果果露族是圓是扁，但我這幾週已經向世人展露被高加索人種包圍的蒙古人種各種可恥至極的醜態。相比之下，根本沒理由去避諱有美少女外觀的她。

就算她是賤民階級，我也能用男爵特權庇護她，一個人應該不成問題。再說我若是計較種族，那克莉絲汀可是超過一百公尺的巨龍呢。

「我不在意種族的差異。」

「……每個人一開始都這麼說。」

「這是妳的經驗談嗎？」

「對。」

會不會是劍於魔法的奇幻世界特別忌諱黑肉種族呢。我個人倒是覺得不上不下的黃種人肯定最差就是了。第一優秀當然是白人，可是我現在的心情整個偏到黑肉這邊。

好想跟洨噴上去更醒目的黑肉美少女做好朋友。總算遭遇純正流浪美少女，使我的心都飛揚起來了。撿孤兒回家養成整天黏我的後宮大將，乃是我長年以來的悲願。

沒錯，這世上最重要的不是血統，也不是膚色。

不管走到哪裡，問題都只在於脖子以上能不能看。

「個人經驗的確是不容忽視。」

「……所以怎麼樣？」

「就讓我成為第一個打破這個經驗的人吧。」

「…………」

前幾天才標輸蘇菲亞，想再遇見金髮蘿莉奴隸肉便器姊妹不知得等到何年何月，害和風臉最近對蘿莉異常飢渴。如今上天在這時賜我如此大禮，我說什麼也要把握。

百般逡巡之後，好，就加強火力勸誘一波。

「假如妳日子過得很辛苦，要不要來我這裡呀？」

「…………」

我可是做好了侍奉太太一輩子的準備啊，還已經維持十多年了，家庭主婦的位置一直都是空著。現在還附贈每年兩次出國旅遊和高檔午餐，就只是從來都沒機會告訴別人而已。

就在此時此刻，我感覺到了告別這種生活的可能。

黑肉蘿莉好可愛。

是處女嗎？是處女吧。肯定沒錯，我相信妳。

「……怎麼啦？」

但她沒有回答。

就只是直勾勾地盯著我。

「…………」

「…………」

對缺乏異性經驗的死處男而言，這樣比話不投機還可怕。有種外表已經抬不起頭了，卻連掩飾的機會也不給，要把我整個扒光的感覺。

讓我有點怕。

「話說回來，這個房間其實還不錯嘛。既然是在地下，隔音效果應該很好，獨居的話也夠大了。」

「…………」

「有這麼好的地方能住，搬出去說不定反而不方便呢。不然這樣，我替妳弄個地毯來吧？」

「……這裡不是我家。」

哦，有反應了。

「租的嗎？」

「碰巧發現就住下來了。」

「這樣啊。」

看來遊民不是寫爽的。

「妳也有很多事要忙吧，今天我就打擾到這兒了。如果妳願意，我還想繼續調查這個魔法陣，能請妳幫點忙嗎？對於這樣闖入妳平靜的生活，我先給妳賠個不是。」

「……是無所謂。」

「謝謝妳。」

再往地上的魔法陣灌注魔力，不曉得會不會送我回礦坑裡面的史蹟。按照套路，這種地方的傳送格都是連接兩個固定地點的通道。

下次要帶點伴手禮來。

她會喜歡甜蜜蜜的蛋糕嗎？

我一定要攻陷這個千呼萬喚的流浪兒妹妹。

「那我告辭了。」

說完，我跟先前一樣對魔法陣灌注魔力。

心智集中於地上的圖紋，要它送我回原來的房間。

「…………」

「…………」

可是不知怎麼回事，這傢伙一點反應也沒有。

喂喂喂，現在是什麼情況？

「……怎麼了？」

銀髮黑肉蘿問道。

她還是一樣沒表情，看不出在想什麼，有點恐怖。心裡在想「這死老頭快給我滾回去」的可能恐怕不小。就這點來說，艾絲特想什麼都會寫在臉上非常方便，但這樣傷害也大。

「那個，我也不太清楚是什麼情況……」

再試一次吧。重整心情，再度挑戰。

這次我加倍認真，用兩隻手對地面放射魔力。

然而魔法陣仍沒有任何反應，也沒有魔力被吸走的感覺。曾經發出刺眼眩光的線條，如今一個屁也不放。不過自以為回去也是同樣的方法，確實是我不對。

所以現在該怎麼辦呢？

「…………」

「…………」

這個果果露族人依然盯著我不放。

現在的我真是糗到不行。

講了那麼多高高在上的話卻這麼落漆，非常糟糕。

「那個，我先請教一下……」

我先試著化解這尷尬的氣氛。

傳點不能用，只能自己飛了。

之前趁邊界衝突跟小岡問過，對這世界的地理已有大致上的了解。就算人在隔壁大陸，我這當下也已經做好了跨海飛個兩三天的準備。

如果有段距離，要花很多時間，那才傷腦筋。領地堆了很多工作，不能在外地久留，而且還有諾伊曼的歡迎會要辦呢。

「怎樣？」

「請問這裡是什麼地方？」

「…………」

她用「這傢伙在說什麼蠢話」的眼神看我。喔不，她的表情從先前就絲毫沒動過，但有那種感覺。因為完全看不出她在想什麼，讓我動不動就往負面想。

魔法陣沒啟動，想法也畏縮了起來。

「……大概是暗黑大陸中段。」

「原來如此，暗黑大陸啊。」

「…………」

「…………」

噢，豈是隔壁那麼簡單。

那可是魔導貴族也會唉唉叫的地方啊。

怎麼辦？

「……不好意思，我去看一下外面的情況。」

「小心喔。」

「謝謝妳的關心。」

太好啦，開心。關心我耶，好開心。

醜男咀嚼著這份喜悅走過她身旁，從她背後敞開的門出去。之後是幾公尺長的走道和一段往上的階梯。都是直接鑿穿岩石製成，感覺年代已久。

從階梯底下往上望，能在幾十道台階的另一邊見到像是陽光的光線，果然能通往戶外，而且現在還是白天。不是夜晚就夠值得慶幸了吧。

「…………」

我默默上樓，進入戶外。

等著我的是蓊鬱茂密的樹林。

礦場景致果真無影無蹤，視野惡劣的叢林阻卻我的去路。吱啾吱啾、咯叩叩叩叩等不知來自何方的不明生物叫聲不絕於耳。

難度有點高的樣子。

這種地方對於在東京近郊的樹林都會迷路的現代日本人來說太不友善了。接到兵單參戰而走在樹林裡時，還有黑肉彈這個超棒的嚮導，如今跟她都好幾週不見了。

她現在在哪裡做什麼呢？

「…………」

啊啊，怎麼辦？

感覺真的會迷路。

而且是世界級的。

「……怎麼了？」

「沒、沒事，只是有點不知道要從哪裡開始。」

銀髮黑肉蘿不知何時來到我背後，大概是上樓來看我的狀況。裙襬上的水果都放到床邊了吧，手空下來了。

她就站在伸手可及的位置。

這距離感讓我的人生頓時充滿希望。

好想把她的黑肉舔到發白。

「要回去了嗎？」

「這個嘛，我是很想回去啦……」

能活著回去嗎？

要是魔導貴族沒亂說，這裡是克莉絲汀那種等級的怪物群雄割據的地方。要是那種怪物聯手攻來，縱使有滿級治癒魔法，我也沒有補得來的自信。

光一隻都是一疏忽就會死了。

像這個黑肉蘿的攻擊力和敏捷都非常之高，想打倒她就勢必要先用火球一擊必殺，或是像對戰克莉絲汀那樣開無敵模式打持久戰，沒什麼選擇。

「…………」

「…………」

立場跟剛才顛倒了呢。

原本是要施捨她的，可是她在這占地利，變成我要求助於她了。她還是一樣用三白眼盯著我。儘管表情不變，但能輕易看出那是「這個臭大叔在說什麼鬼」的臉。

真是對不起人家。

「不好意思，我想請教一下。」

「……什麼事？」

「妳知道休茵森林往哪兒走嗎？或是最近的人類聚落也行。」

「兩個都在南邊，彼此離得不遠。」

「這樣啊，我明白了。」

樂觀一點吧。

至少往回春祕藥前進一步了。

原本要幾十天路程，現在一天就解決了。

那我就往綠風精翅膀出發。

「……你要去那裡？」

「我也沒想到會被傳來暗黑大陸。還是先到人類聚落找個地方安頓，處理好以後再到休茵森林去比較保險。」

「去森林做什麼？」

「我需要綠風精的翅膀。原本是打算以後有空再找，但既然都來了，當然不能浪費這個機會。」

「……是喔。」

「跟妳說了那麼多卻辦不到，真是非常抱歉。」

儘管對不起她，現在還是活著回去比較重要。

假如黑肉蘿願意，永遠和她在這洞窟裡生活也不壞。或者說，我寧願拋下一切試試看。被流浪美少女關起來天天照三餐逆姦這種事，足以堪作我的人生目標。

好想被她飼養到死。

若是帥哥，若我是帥哥，是不是就能有這種未來呢？

被黑肉蘿逆姦就是我人生的意義啊！

「再請問一下，南邊是哪邊？」

「……那邊。」

「這樣啊，謝謝妳告訴我這麼多。」

「不客氣。」

什麼都要問實在很糗。

說了那麼多大話後，更是抬不起頭了。

「那我這就告辭嘍。」

「再見。」

「嗯，再見。」

真希望能再陪她久一點。

她的聲音可愛得會讓人上癮啊。

好想聽她喃喃地說叔叔好色。

*

【蘇菲亞觀點】

小女僕今天也是努力工作。

都做到大汗小汗流不停了。

最近每天都要在龍小姐家的辦公室過上一大半，而現在呢，則是因為田中先生的朋友岡薩雷斯先生來訪，有很多事要談。

「蘇菲亞小姐，北區已經弄得差不多了，所以多了不少人手出來，有哪裡需要幫忙的嗎？」

「有、有的！東區的進度有點落後，可以的話請調去那邊。啊，可、可是！如果不方便的話就不用勉強了！」

「好！東區是吧？沒問題。」

「不不不、不、不好意思！」

「別動不動就道歉啦。那我走嘍！」

「慢、慢走！」

岡薩雷斯先生帶著爽朗笑容離開房間。

前腳一出，緊接著又有人進來了。

是諾伊曼先生。

那個又帥又高的官差。

「蘇菲亞小姐，妳聽我說。南區那邊有幾個澡堂比較擁擠，出了一些問題。」

「咦？什麼樣的問題……」

「講白了就是打架。」

「這、這樣啊……」

雖然覺得客人打架不歸我管，可是這種事該怎麼辦呢，田中先生？

「我個人是建議加蓋相同澡堂啦……」

「那個，蓋、蓋房子的事，不等田中先生或龍小姐回來的話恐怕沒辦法……」

怎麼辦？怎麼辦？

田中先生，啊啊，田中先生。

小女僕的呆腦袋快要燒壞了啦。

你到底跑去哪了呢，田中先生？

「那個，如、如果辦一些活動，把人潮引去其他地方，您、您覺得怎麼樣呢？或是定期交換男女浴池……」

「原來如此。我也想過辦活動，不過交換男女浴池不用花錢，而且感覺效果會更好呢。嗯，真是個好主意。」

「這、這樣啊？那個，我是覺得先問問看其他人的意見——」

「我馬上就去辦。謝謝妳啦，蘇菲亞小姐。」

「咦？那、那個，可是，突然說換就換的話，可可、可能不太好耶。要是失敗了，那個……」

結果諾伊曼先生也跟岡薩雷斯先生一樣，就這麼爽快地走了。

拉都來不及拉。

而這時，又有一個人接著進來了。

「蘇菲亞大姊頭！」

「什、什麼事！」

連喘氣的時間都沒有。

現在這一個，就是在岡薩雷斯先生底下工作的那個雞冠頭。仔細一聽，還能聽到走廊上有其他人的聲音，別跟我說門外已經排成一長串了喔。

「大姊頭！有事跟妳報告！」

「什什、什麼事！」

先前肚子陣陣刺痛的感覺開始發威了。有東西在肉底下啾嚕嚕嚕地流動的感覺令人毛骨悚然，額頭上冒出一堆冷汗。

肚子好痛。

好痛好痛。

痛到想飛奔去廁所。

肯定是有比我想像中更軟的東西在門口待命了。

「南區的貧民窟那邊最近聚了很多人……」

不行了。

這是痛到不能忍的那種。

「那個！不、不好意思！我要上、上、上廁……」

「上車？妳要趕去哪裡嗎，蘇菲亞大姊頭？」

「！」

小女僕、小女僕今天也是努力工作。

都做到大汗小汗流不停了。

所以田中先生拜託你早點回來吧。算我求你了，讓我看看你活潑的臉吧。我再也不會奢望回到宿舍吃吃睡睡那種事了，拜託你快快回來吧。

「大姊頭？妳臉色不太好耶？」

「我、我要上廁所……」

「哎喲，真是對不起！說到這個，岡薩雷斯大哥也經常罵我說對女人不夠體貼呢！哎呀，實在很抱歉！那就快去吧，再多都隨妳拉，蘇菲亞大姊頭！」

「…………」

我的少女心碎滿地了啦，田中先生。

看我沏一壺上等好茶給你，你給我等著。

＊

與銀髮黑肉蘿告別後不久。

「不會吧！有沒有搞錯！」

飛翔的我背後拖起了暗黑大陸怪物的火車。我不想慢慢在樹林裡面走，便用飛行魔法升空，結果沒多久就有一堆眼尖的生物沿路追來，種類還五花八門。

一開始只有一隻而已。

我當然是賞牠一顆火球。

回頭就扔。

可是數量愈來愈多，一球幹不掉的也不少，成效不佳的牽制又反而火上加油，一隻隻氣得追過來。

另外，空中迸散的火花本來就醒目，引來一堆好奇寶寶，數量自然雪崩式成長。現在是被幾十隻當地怪物窮追的百鬼夜行狀態。

至於排名呢，扣掉領先的我，前三名依序是這樣的：

名字：娜塔夏
性別：女
種族：火鳥
等級：991
職業：遊民
HP：93610／93610
MP：201705／201705
STR：1079000
VIT：95000
DEX：43952
AGI：122111
INT：24200
LUC：101010

名字：史蒂芬妮
性別：女
種族：上級龍
等級：787
職業：主婦
HP：1003610／1003610
MP：101705／101705
STR：177900
VIT：105962
DEX：43952
AGI：111522
INT：42200
LUC：30020

名字：朵洛琳
性別：女
種族：大妖魔
等級：1002
職業：遊民
HP：113610／113610
MP：1720170／1720170
STR：186000
VIT：89000
DEX：43952
AGI：98111
INT：392200
LUC：71010

暗黑大陸太不妙了吧。

遊民率有夠高，房價到底多刺激啊！

而且等級三位數起跳，二位數一次也沒看過，四位數偶爾有之，讓我徹底認識到這裡的確不是人類能生存的地方。難怪魔導貴族也吃不消。

話說後面還有個面熟的。

名字：喬治
性別：男
種族：紅龍
等級：251
職業：遊民
HP：33610／33610
MP：91705／91705
STR：27900
VIT：15962
DEX：9952
AGI：21522
INT：30501
LUC：7363

在沛沛山是一方之霸的紅龍，在這裡簡直是個屁。故事初期的強敵在中盤以後變成雜碎這種事還滿常見的呢。光是這樣，我就了解暗黑大陸在這個世界是什麼水準了。

「……沒完沒了耶。」

怎麼辦？

數量實在太多。幾十隻在後面追，沒時間停下來回頭。就算繼續飛，他們也不一定會放棄。

而且怎麼飛都拉不開。

「…………」

對了。我心生一計。

一個難得的好點子就這樣蹦了出來。如果用這招，追兵再多都應該能一網打盡。

「好……」

我的注意力集中在前方大地一點，準備在我飛過那裡的同時傾注魔法施法。

施什麼法呢，當然是它啦。

「看招，石牆術！」

和風臉一飛過去，巨大石牆便拔地而起。數百公尺高，逾一公里寬的巨大石牆瞬時從林間沖天聳立。

當然，我後面的火車全都要撞牆。

每個都飛得很快，誰也來不及閃而一個個撞了上去。砰砰砰砰的低響中，還有許多嘎嘶、嗶嘎的怪物哀嚎此起彼落。

全都是牆後的事。

我看不見實際狀況。

只知道追兵瞬時消滅了一大堆。

而石牆仍屹立不搖，真是太棒了。

「……效果比想像中還好耶。」

做法單純，回報相對就大了。

再來用火球擊落閃得過石牆的後續小怪，周圍馬上就安靜了。當然，讓撞牆的怪物又追來就不好了，整個過程都是保持飛翔狀態。

等到完全甩開追兵時，那麼大的石牆已經小得都快看

不見了。而我飛行方向的地平線另一端，開始出現閃亮亮的藍色。

「喔喔，到海邊了。」

話說我還是第一次見到這世界的海呢。

心情有點飛揚。

這世界有沒有泳裝呢？

好想和艾迪塔老師在海中全裸嬉戲。

「……非去不可啊。」

不曉得奇幻世界的海灘長什麼樣？

如果有人魚，就等於是免費觀奶的機會。

魚人那種就不必了。

＊

海邊有人的聚落。

「……人還滿多的嘛。」

規模不大。當然不比多利庫里斯，也比龍城小，大概只比早前驅逐半獸人時的村莊大一點。與其以村落或城鎮形容，還比較像駐紮地或前線基地那樣。

建築方面，木造比石造多得多。沒有鋪設道路，就只是把土地夯實而已。建築物的排列沒有規畫，非常雜亂。從這片混沌看來，這裡和都市計畫是八竿子打不著吧。

一般聚落周圍通常會有田野，這裡卻連影子也沒有。就我猜測，八成是因為環境險惡，農業效率太差，資源都放在狩獵上了。

表示人類並不在這個生態系的高層。

話雖如此，人口密度卻非常高。行人擠得能跟首都卡利斯的大道相媲美，鑽來鑽去非常熱鬧。路邊是一大排攤商，賣一堆看不懂的東西。

魔導貴族說過的暗黑大陸沿岸就是這裡吧。據說在暗黑大陸，人類都只在沿海一帶生活。應該還有類似聚落零星分布在這條海岸線上。

「找點東西吃吧……」

聽到肚子咕嚕叫，我決定先吃飽再說。

總算是平安來到人類社會了。

就喝一杯慶祝一下吧。

我隨意走走，發現一間店飄出好香的味道，腳就自動拐彎，嘎吱推動西部片那種雙推門進去。這裡是當地很少見的石造建築。

「…………」

簡單掃視一遍，發現客人都是大肌肌。

男七女三，其中肌肉率九成九。怎麼連女人都這麼壯啊，令人想到首都卡利斯的冒險者公會。喔不，這裡的人長相比那裡凶多了，每個都長得很嚇人。

年紀差異頗大，下到十幾歲上至六十多。衣服和裝備都很有歲月的痕跡，讓還在穿旅裝的我有點羨慕。當初買的皮甲套裝都在沛沛山被飛龍燒光了。

「……不好意思，有今日套餐的話給我一份。」

「馬上來！」

我在櫃檯坐下，點了一份餐。

很多人白天就在大口喝酒，店裡十分喧噪。看到身邊有人在喝，讓我也跟著想滋潤一下，傷腦筋啊。上菜時加點一杯好了。

想著想著，忽然有人向我搭話：

「老兄，我沒見過你，新來的？」

「……咦？」

「穿這種裝備，你覺得自己活得下去嗎？」

轉頭一看，有個男子向我走來。

是個年約十五六歲的少年，裝備和邂逅艾絲特那時的她穿的類似，一身白銀甲冑非常顯眼。若再披條鮮紅斗篷，更是遠遠就能認出來。

如果是個醜男，我一定會覺得備感親近，可惜他是顏值可比亞倫的大帥哥。相較於自走炮的老好人印象，他則是英氣煥發。鋒利的眼角感覺攻擊力很高。

「啊，所以是鎩羽而歸的？能撿回一條命就夠僥倖的了。這裡可是暗黑大陸啊，能在這裡過日子的，就只有極少數人而已。」

有這張帥臉自然適合說這麼做作的話。

他的頭髮也很有特色，是比較長的捲髮。不知是天生還是自己捲的，髮尾高高地往外翹。再加上金色，很有小丑的感覺。

「這樣啊……」

隨便啦，先點頭再說。

這類角色就是會在閒聊中抖出一些情報來，戲都是這樣演的。例如這是什麼村之類的。反正餐送來之前我也沒事做，就陪他打打屁吧。

「暗黑大陸的環境真的很艱困呢。」

「一點也沒錯。既然你還能有命了解這一點，就只剩下一個選擇，那就是趁早離開這座大陸，不然恐怕是沒下一次機會了。這可是我的建議，一定要考慮清楚啊。」

「非常感謝你的忠告。」

他是貴族還是平民呢？

這裡環境不太一樣，不好判斷呢。

「不好意思，請問尊姓大名？」

「我嗎？」

「對，如果方便的話……」

「我名叫史達・澤・艾留希翁，人稱勇者史達。」

他瀟灑地一撥瀏海，報上名來。

如此誇張的動作，這位仁兄做起來依然是帥氣逼人，帥哥真的太犯規了。我也好想把毛根四平八穩，把前途看好的瀏海痛快地高高撥起，毫無後顧之憂地報上姓名啊。

虧我吃了那麼多海帶芽。

「史達先生幸會，好響亮的名字啊。」

亮到最高點，一閃一閃的咧。他的驕傲沒有因此減損，是因為那張帥臉的緣故吧。當我對眼前這位花美男想一堆有的沒的時，其他地方忽然有道尖聲響起。

「史達！都到店裡了怎麼不趕快坐下呢？難道你是專程來找那個蜥蜴人說話的嗎？」

「啊，同伴在叫我，不好意思。」

「咦？喔，沒關係。」

「那我先失陪了。」

小丑話一說完就往其他桌位去了。

叫他的女性似乎是冒險同伴。

是個蛇腰炸奶又爆肌的金髮美女。上網挖洋片有很高機率會大叫ＯＨ ＹＥＡＨ！ＯＨ ＹＥＡＨ！的那種，身材好到爆。那是他的隊員嗎？

她坐的桌位還有其他男女，每個看起來都是經驗豐富到一身老人臭的冒險者。男的除小丑外全都是冷硬派，女的每個都超正。

好一群想忽視都難的隊充。

羨慕死人了。

我的視線自然往金髮美女疑似Ｈ奶跑，包裹那對肥乳的金屬甲肯定是訂製品。我彷彿用視線揉捏那底下的柔軟感觸般一眼一眼地描。

好想揉。好想揉揉看洋妞的奶。

「你是新來的嗎？」

櫃檯另一邊忽然有人對我說話。

是店員。

他叩一聲將鐵板肉餐放在正前方。飯來啦，有飯吃就是爽。厚厚的肉在燒熱的鐵板上滋滋作響，看來本日特餐是肉排。照樣不知道是什麼肉。

「好歹聽過賽邦王國的勇者史達吧？」

「……沒有。不好意思，我就跟你看見的一樣，來自很偏僻的地方。」

「連西方勇者都不知道啊，也太偏僻了吧？」

「就是說啊。」

勇者果然存在。

「聽說他們在調查魔王復活的事。」

「……魔王？」

魔王果然存在。

「不過我在暗黑大陸開店這麼多年，從來沒聽過這件事。勇者大人是說，某個好像很厲害的聖女預言魔王即將復活什麼的。」

「這樣啊……」

聖女果然存在。

劍與魔法的奇幻世界感在這一刻高到不行。

勇者、魔王和聖女是吧，太刺激啦。

尤其是最後的聖女特別讓人興奮。絕對是處女。都叫聖女了，豈有不是處女的道理。而且以這類世界觀而言，有很高機率是年輕女孩擔任。喂喂，有一搏的價值啊。

在聖●窺見希望之光了。

「有件事我想請教一下。」

「好啊，什麼事？」

「這位聖女是哪裡的聖女呢？」

「你也真是的，說到聖女當然就是大聖國的聖女啊。」

「原來如此。」

大聖國在哪啊，回領地以後問問岡薩雷斯好了。滿滿是那裡有我追尋之物的感覺。既然有聖女在，其他女性的有膜率肯定比其他地方高。

太好了。

得到好消息了。

幹得好啊，小丑。不愧是勇者大人。

「羅德里傑斯，拿吃的過來！」

「來嘍！」

店員羅德里傑斯一聽客人吆喝就走了。

錯過了點酒的機會。

我看著他的背影，心中感慨萬千。

意外離開初始大陸後，我的世界觀一下子開闊好多。在一個國家裡瞎蹲真的不太好。視野寬闊以後，費茲克勞倫斯這姓氏似乎變小了點。

往後是全球化的時代。

當然要成為能夠揚名四海的人才。

為此，我一定要去大聖國看看。不曉得是不是在暗黑大陸到佩尼帝國的路上，看來有必要多了解這個世界的地理了。

我一面大啖剛上桌的肉排，一邊為未來做打算。

不久，店裡有耳熟的聲音響起。

「還以為是誰咧，這不是東方勇者嗎？」

聲音是來自西方勇者。他的音調比其他人高一點，在店裡很好認，醜男的注意力也跟著飄過去。叉起切小塊的肉，一瞥一瞥地觀察。

「……還以為是誰呢，原來是西方勇者。」

「想不到能在這裡見到你，還真巧啊。」

西方勇者在外場中央站著和人說話。

從他剛說的話聽來，對方也是勇者，人稱東方勇者。既然東西方各有一個，那麼該不會還有南方和北方的勇者一整個系列吧。

話說他的長相就是滿滿的勇者味，讓人一眼就想問他是不是勇者，和專門惡龍的勇者一模模一樣樣。年紀和西方勇者相仿，當然也是可恨的帥哥。

這位穿的鎧甲主要是紫色，腰配大型單手劍。看得出是故事後半怪物顯著增強，裝備從商店貨轉換成地城寶箱貨，外觀開始變帥的時期。

「我們來這裡是為了辦急事，沒時間和你耍嘴皮子。」

東方勇者淡然回答。

而西方勇者卻依然輕佻地說：

「反正也是跟我們一樣來調查魔王復活跡象的吧？」

「少廢話，閉嘴。」

「今天還是這麼冷淡啊。還是別盲目亂衝的好，不然踩到披風跌倒就糗大嘍？時間愈是緊迫的時候，就愈是要放寬心，踏實前進才對。」

「你是想要我在這裡把你那條油舌拔出來嗎？你幹的好事我一刻也不曾忘掉。如果不想死在這裡，就乖乖滾開讓我過。」

「怎麼說話這麼難聽，唉，太不像勇者了吧。真是悲哀。」

「隨你怎麼說。」

「畢竟都是勇者，我是很希望跟你打好關係，但看樣子不太容易呢。」

「……哼。」

他們感情好像不太好。

東方勇者背後有幾個像是同伴的人，這幾個男男女女也都以凌厲眼神注視西方勇者。不管怎麼掩飾，那都不是友好的表情。

至於西方勇者的同伴呢，則是完全不在乎這位隊員的樣子，還是坐著喝酒說笑。兩團風格各如同他們的勇者形成強烈對比。

不過呢，這跟小咖男爵都沒關係就是了。

醜男的注意力早早轉回櫃檯。

「不好意思，羅德里傑斯大哥，來一杯酒。」

「馬上來！」

補點剛才漏了的酒比較重要。

他也很快就拿著玻璃杯回來。

「久等啦！」

「不會。」

嘴唇才剛碰到，略烈的酒氣便燒過喉嚨。

接著灌下一大口，熱意順食道降到胃袋口並漸漸散開的感覺有夠爽。這款近乎透明的蒸餾酒滋味不會太烈，感覺很受人喜歡。

相當不錯啊，很適合睡前喝。

「話說今天的陣容很豪華喔，你還真是來對時候了。這麼多大人物聚在一起，其他地方絕對看不到啊。」

羅德里傑斯隔著櫃檯，在品嘗美酒的醜男面前說。

看來是要吹噓一波了。

「這樣啊？」

「西方勇者和東方勇者撞在一起就已經是新聞了，那邊喝酒的還是學園都市的教授。再過去兩張桌子呢，可是南方諸國知名戰團豪門尊榮的人呢。而且在隔壁桌喝的……」

羅德里傑斯機關槍似的講個不停。

看來是真的來了很多大人物。

「原來如此。」

「能讓那麼多高手齊聚一堂之處找不到第二個了。」

自己店裡一次來這麼多名人怎麼會不高興呢。今天店員福利爆表了。這裡搞不好是暗黑大陸的知名店家。

有的居酒屋不是牆上會貼滿名人簽名嗎？

「這麼說來，我回國以後也能吹噓一番了呢。」

「是啊！要幫我們蘇珊餐廳宣傳喔！」

「蘇珊？」

「是我亡妻的名字，我們以前都是冒險者。」

「這樣啊，那個，真的很抱歉……」

「沒關係啦。在這裡，人命比明天吃什麼還不重要呢。說不定這裡明天就會遭到怪物攻擊，變成一把灰了。現在還在為她懊惱，她在天上也不得安寧吧。」

「…………」

羅德里傑斯不帶一點哀愁地爽朗回答。

真的是最前線的感覺。

讓我了解到客人來餐廳也全副武裝是什麼樣的心態，應該不是說笑或嚇唬人的吧。搞不好以前真的就發生過一兩次這樣的事。魔導貴族說得那麼恐怖不是蓋的。

「喂，羅德里傑斯！酒再拿來！」

「來嘍！」

說著說著，其他桌位又叫起他的名字。

杯子遞給和風臉沒多久，羅德里傑斯又跑到其他地方去了。

「…………」

我看著他的背影，思考下一步該怎麼走。

下個目的地就定為大聖國吧。那麼明天該做什麼好呢，想一想結論馬上就出來了。既然都來到暗黑大陸，怎麼能不弄一點綠風精翅膀呢。下次來不知是何年何月呢。

當前就趕快做好準備，啟程摘翅吧。原本要好幾週才到得了暗黑大陸，現在一天就搞定了，豈能放過這個機會。事關回春祕藥啊。

這種時候，問題就在有什麼生物棲息在這附近了。

雖然只待了幾小時，我也體會到一定要避免正面衝突。單挑就算了，要是戰鬥途中不停有怪物湊熱鬧，肯定會變成一場大亂鬥，不曉得治療魔法能多久。

至於用飛行魔法讓怪物追了那麼久的感覺呢，只要不正面對抗，到處飛竄應該保得住性命。那麼只要盡可能避免戰鬥，要達成目的也不是問題吧。

「…………」

好，就這麼決定了。

當前目標定下後，心情感覺也輕盈了許多。這次就卯起來狂放魔法吧。等翅膀到手就立刻離開，直接到大聖國欣賞處女膜，然後返家回春。

真是完美的計畫。

我獨自滿意地點頭，咕嚕咕嚕地默默喝酒。

酒真好喝。

有酒最棒。

喝到醺以後，我決定到附近旅舍早早入眠。羅德里傑斯為我介紹的旅舍就在隔壁的隔壁，據說是他以前的冒險者伙伴在經營。

我踏著輕快腳步來到門前一推。

櫃檯正對門口，店員很快就來招呼了。

是個年過四十的阿姨。

「歡迎光臨，生面孔喔。」

「妳好，羅德里傑斯介紹我來的。」

「他介紹的啊？那就給你打點小折吧。」

「真的嗎？太謝謝妳了。」

如今青春不再的她過去也是在暗黑大陸走跳的巨乳肉彈冒險者吧。羅德里傑斯有上過她嗎？喔不，還是別亂想的好。四十以後就ＯＵＴ了。

我就此和像是老闆娘的女子閒聊幾句。

一會兒後，我要預付房錢而摸腰帶拿錢包時，出了個問題。

我發現少了些什麼。

錢包還在，完好無缺。裡面和在酒館付錢時一樣，有幾枚金幣和一堆銀幣。

然而繫在腰帶上皮囊們似乎哪裡怪怪的。

「啊……」

「怎麼啦，客人？」

腰帶上的皮囊少了一個。

而且偏偏是裝指路幼女御賜寶物的那一個。

「…………」

「……怎麼啦？」

糟糕。

弄丟了。

掉在哪裡了呢？

「不好意思，我有東西掉了。」

「東西掉了？什麼東西？」

「一個這麼大的小皮囊……」

我摸了幾分鐘還是沒找著。

沒辦法，趕緊跑回去蘇珊餐廳。都趴在地上，還請羅德里傑斯幫忙了仍沒找到那個皮囊，真是丟死人了。

還會有比這更悲傷的事嗎？

也許是受到最近顯著下降的ＬＵＣ影響吧。

時候也不早了，於是我決定今天不再找下去，乖乖回旅舍睡覺。

＊

隔天醒來，我到蘇珊餐廳吃有點晚的早餐。

路上思考著該如何向指路幼女賠罪。

結果不知怎地，餐廳裡的喧噪完全不是昨天所能比擬。出事了嗎？昨天切實體會到了這裡有多危險，讓我整個人都緊張起來了。

進了門就馬上向櫃檯後的羅德里傑斯問狀況。

「請問出了什麼事嗎？」

「哦？還以為是誰咧，不就是昨天的扁臉哥嗎！」

居然當面講這種話，也真夠不客氣。

不過這裡是粗人聚集的地方，都是這樣說話的吧。

豪邁狂野的應答真夠硬派的。

「大家都在吵些什麼啊？」

「喔，聽說北邊森林冒出了一道大到嚇死人的牆，所以鬧得雞飛狗跳啦。明明是那麼高又那麼長的牆，前天還連個影子也沒有，就這樣從森林裡長出來了。」

「………」

好像在哪聽過。

昨天只顧拚命逃跑，都忘記收拾了。

「有很多人想組隊過去調查，可是有些人彼此不合，從一大早吵到現在都組不起來，鄰居都要來抗議了。」

「……這樣啊。」

「東西方的勇者大人都說這有可能是魔王復活的徵兆喔。」

「那就糟了，到底是什麼情況呢？」

「但畢竟這裡是暗黑大陸，出了什麼事都不奇怪啦。」

「………」

糗大了，好像捅了一個大漏子。

是不是該立刻趕過去消掉呢？

實在傷腦筋。

這時，店裡的動靜出現了變化。

「好！既然這樣，誰能比我們這一隊先到那裡解開謎團，我就把勇者的稱號讓給他！第一個解開巨牆出現原因的非我西方勇者史達莫屬！」

「少在那邊鬼叫。調查魔王復活是我東方勇者的工作，敢擋路的概不輕饒。如果覺得勇者稱號這麼重就少在那裡充胖子，直接在這找個人讓出去不就行了。」

「哦？口氣很大嘛，東方勇者。」

「沒你大就是了，西方勇者。」

東西方的勇者儼然是勢不兩立啊。

好像隨時會扭打起來。

周圍則是——

「這樣的現象在任何史書上都沒有記載吧。」「別太早下定論，傳說古達西納卡王國的邪神復活時也有出現巨大方尖碑。」「調查巨牆材質過後說不定會有線索。」

「目前資訊的確不夠，除實地調查外別無他法。」

「嗯，老夫也贊成。」「那就要趕在別人動身前出發吧。」

「是啊。要是被人破壞了，該有的也沒了。」

八成是所謂學園都市的教授團吧。

他們在桌上攤開各種資料，議論不休。

而再過去的桌位——

「喂！我們現在要去調查巨牆！想跟我們這隊一起走的就過來！雖然說隊伍編制還是要顧，不過我們還是想盡可能多找一點人，拜託了！」

羅德里傑斯說那是南方諸國的知名戰團。

想在暗黑大陸揚名立萬的不只是先前提到的那幾群。

店裡擠到桌椅都不夠坐，到處吱吱喳喳呼呼哈哈，不分隊伍地交談著。

氣氛熱得額頭都冒汗了。

原來如此，真的是活力十足。

像大航海時代那樣，堪稱為大冒險者時代。

「那你有什麼打算？」

羅德里傑斯隔著櫃檯問。

這是打聽消息的好機會。

「我想去休茵森林，你知道在哪個方向嗎？」

「喔，休茵森林剛好就是巨牆那裡。這個聚落地勢低，沒法直接看見。不過聽實際看到巨牆的人說，找個山丘爬上去馬上就能看見了。」

「這樣啊……」

真的假的。

我的石牆變成神地標啦。

所以我才這麼喜歡它。

不禁想再多升幾級。

「不過巨牆那裡是中段，就算是戰力強一點的，只要稍有疏忽也會喪命。像你這樣的新手，再怎樣我也不推薦你去那裡。」

「哪裡哪裡，能知道位置就很夠了。謝謝你。」

中段，中段是吧。聽魔導貴族說，那裡是還有畫地圖的區域。沒沿岸那麼安全，也沒深處那麼危險，就是這麼難以判斷的灰色地帶。

「如果說什麼也要去，那聽我一聲勸，絕對不要一個人去喔？能夠在暗黑大陸隻身散步的，在這個地區一隻手就數得完。」

「這麼危險嗎？」

「當然啊。一般至少也要四人以上團隊才打得動，而且就算是以攻略速度為優先的精銳部隊，也因為最近大陸的生物變得特別活潑，基本上湊十個人才會出發。」

「了解。」

實際上被暗黑大陸的怪物群追殺過以後，我也認為有此必要。有人守夜才能睡覺，傷者也需要人手扶助。

當然，前方和後方所需的技能大不相同，必須視能力找人。再加上需要晝夜輪班，數量自然倍增。若採取三班制以保充分休息，那就更多了。

話說回來，既然還是有少數幾個能夠單刷，可以感受到人類的可能性還是非常之大。人類的等級究竟能升到多高呢？

「不過也要有隊伍願意收你啦。」

「說得也是……」

怎麼辦？

雖然覺得沒什麼機會，但搞不好真的有隊伍願意收我。這裡就聽從羅德里傑斯的建議，問問這些隊伍給不給組吧。說不定會像亂交團收留我那樣有意外的驚喜。

「我去問問看，謝謝你的忠告。」

「去吧。」

我向羅德里傑斯致個意，離開櫃檯。

前往冒險者嘰哩呱啦的地帶。

乍聽之下，大夥是在商討併隊協議。組更好的隊伍生存率就會提高，每個人的目的都非常單純。真希望也能有我的位置。

「我們這邊前五後三，想跟後方強一點的組！尤其是很會用治療魔法的隊！」「有召喚士嗎，召喚士！需要能召喚動作快一點的！」「會用大範圍殲滅魔法的人喊一聲，這裡盾很厚，保證保護到底！」

「有沒有人會瞬發施法！我們要用小型隊伍快進快出！」「有沒有人或隊伍對殲滅能力有自信的？我們這邊防禦力是有目共睹！」「有沒有對眼力耳力和直覺有自信

的斥侯？這邊有缺！」「拜託，能上屬性抗性的法師麻煩出個聲！」

好像網路遊戲的公共廣場。

好好玩喔。

這種場面教人不興奮也難啊。

我先從滿天飛的吆喝裡勾勒暗黑大陸的戰鬥概況。憑我現在的穿著，瞎撞顯然只會碰釘子。為了擠進隊伍，需要在開口前先蒐集點資訊。

眼睛自然飄來飄去，那邊瞄瞄，這邊瞧瞧。

所見之處盡是對話。

聽了一陣子，我也抓到個大概了。

看來這裡治療魔法只是其次，需要攻擊魔法的還比較多。就我推測，這是敵人ＨＰ很高，防禦也一併提升，難以給予有效打擊的緣故。

然後以此為準招募輔助能力者。

再來才是治療魔法。

在首都卡利斯，補師是唯一熱門。需求會偏成這樣主要是因為治療對象都是自己的好夥伴吧。當任務難度到達一定水準，每個都要進入撞牆期。

相信這裡有很多人具備瞬時補回斷肢的治療能力，反過來說，有這樣的力量就夠了。既然不會要求更高，就不會有人找。大概就是這麼回事。

至於需求最高的，好像是能造成有效物理打擊的前方攻擊手。然而怎麼找也找不到，根本就沒人回答。應該是這種角色早就擔任隊伍的核心人物了吧。

「…………」

很像網遊的高難度地城，太棒了。

好興奮。

好想往眼前這位小姊姊的半裸屁屁一把抓下去。

「……好。」

來挑戰暗黑大陸一年級。

以供需而言，自稱後方攻擊手會比較好。可是目前我會用的攻擊魔法只有火球，不容易錄取吧，於是決定先嘗試以補師身分找隊。

我往募集補師的少數隊伍中女性比例最高的走去。那是八人隊伍有六個是女性的準後宮，而且每個都胸大臉正，美女如雲。

我動作自然地接近。

然後盡可能擺出我很行的臉，Let's try。

「不好意思，你們需要會用治療魔法的人沒錯吧？我對這方面很有自信，可以讓我同行嗎？我也可以幫忙煮飯跟揹行李。」

「……啊？」

「啊，沒有啦，那個，我聽說你們在募集後方隊員，如果不嫌棄的話，可以讓我加入嗎？我還多少會點攻擊魔法，怎麼樣？可以給個機會嗎？」

我對喊著招募成員的女性搭訕。

她是位有頭烏黑秀髮，年約二十歲前半的小姊姊。包覆其豐乳的紅褐色金屬鎧甲肯定是訂製品。腰間的佩劍略粗，看得出是在前方砍怪的戰士。

「…………」

「……怎麼樣？」

她的視線好比是在動物園可愛動物區發現闖進來的骯髒野貓，眼睛一瞇，從頭到腳打量我一番。站在周圍的其他女性成員也是如此。

然後給出的答覆非常簡短。

「抱歉，去找別人吧。」

「……好。」

碰炸！馬上就沉啦。

可惡！

不過要找補師的隊不只這一個。

要是一次挫折就灰心喪志，我哪可能活到三十幾歲。這個困難模式的人生我早就習慣了。全是為了回春祕藥。就算要在地上爬，也要用鞋子也肯舔的氣魄找工作。我還想先舔為敬咧。

「好！」

往女性比例次高的隊伍出發。

是有略垂爆乳美魔女的團隊。

讚啦讚啦。

＊

先說結論，徵團全部失敗。

野雞大學文科也傻眼。

祝你好運聽了十幾次。

最後這邊飄飄那邊晃晃，到處問來問去的我變得很顯眼，誰也不理我，ＧＡＭＥ ＯＶＥＲ。

「……怎麼辦？」

到底怎麼辦？

這也太哀傷了吧。想起了十幾年前的「好，接下來兩人一組」。就算完全沒有前後文，這段話就足以讓我胃痛。出社會以後人事都是上面直接決定，真是太好了。

啊啊，現在不是回首不堪往事的時候。

必須努力爭取未來。

可是該努力的對象全都沒了，到底該怎麼辦呢？

「羅德里傑斯先生不好意思，你願意跟我一起去嗎？」

「……你還是早點死心吧。」

「…………」

最後的希望也甩了我。

大概是從女性多的隊伍找下來也有影響，周圍看我的視線凶很多。相親派對時厚起臉皮到處猛攻時的記憶因而復甦，剛好就是這種感覺。

誰教奶子就是這麼讚呢。這點我絕不退讓。

好想跟鎧甲能看見側乳的戰士一起打。

「我再說一次，新人來這裡可活不了多久喔？」

「可是……」

羅德里傑斯再度勸退。

其實他還滿不錯的嘛，陪我說了這麼多。心裡有點暖暖的。

「不會害你的啦，早點回家種田吧。」

「…………」

儘管他這麼說，我也不會輕言放棄。

這事關回春祕藥啊。

直接飛過去也不是不行，只是暗黑大陸的天空很危險，一起飛就會有一大票飛行怪湧過來。總不能連累綠風精的聚落。

拖火車撞人很沒禮貌。雖然不知道綠風精這種生物有多強，單就艾迪塔老師的描述看來，恐怕是玩不過他們。

然而，把路上所有怪物全清光也很折騰人。他們會不斷地聚集過來，不曉得要砸多少火球才夠。每隻都有噁長毛那麼強，其實很拚命。

一步一腳印走過去才是上策。

所以無論如何都要跟人組隊啊。

「…………」

能在暗黑大陸自由散步的人物，數值都有克莉絲汀那麼高吧。如果體型有她那麼大，在天上飛大概也不太會被盯上。

昨天見到的上級龍什麼的也沒有蘿莉龍原形大。從等級和數值來看，在龍之中的階級，克莉絲汀肯定是壓倒性地高。

可惡，應該跟蘿莉龍一起來的。

如果還有機會，就請她當嚮導吧。

要我舔一千還是一萬次汗鱗都沒在怕。

「喔，又有客人被吵鬧聲引來了。」

羅德里傑斯說道。

視線指向店門口。

和風臉也跟著看過去。

伴隨悅耳的嘎吱聲，西部雙推門打開了。

進來的是我見過的人。

銀髮過腰的她一進門就發現醜男我而當場愣住，同時緊張地叫出聲來。

「啊！」

是背骨暗精靈。

邊線衝突時，展露過不凡劍術的黑肉性感女神。

想不到會在這種地方重逢。

「真巧真巧，好久不見了。幾個星期了吧？」

「你、你怎麼……怎麼會在這種地方……」

她極為驚恐地看著我。

「我才想問妳呢，想不到你會跑到暗黑大陸來。」

還以為克莉絲汀的魔法讓她跟城堡陪葬了呢。過去她說過的奴隸項圈確實已經摘下，脖子乾乾淨淨，所以是鑽頭捲有信守承諾吧。

「唔……」

黑肉彈立刻往腰間佩劍伸手。

熱烈孤立中的和風臉趕快喊暫停。

她才剛進這間店，不會知道店裡的人現在多團結。再說她的奶子在這裡也是數一數二，形狀尺寸都無話可說。

好想把我的黃皮膚埋進她的黑肉裡，用力再用力地揉到變形。一定很暖手。好像用掌心按住勃起的乳頭，賞玩那硬硬的觸感。最後再把臉貼上去瘋狂深呼吸嘶哈嘶哈。

因此我要先發制人。

豈能縱放這個機會嘶哈。

「不好意思，能跟我組隊嗎？」

「……啊？」

她照樣擺出火大的臉，低吼似的叫。

一副有沒有搞錯的態度。

「妳知道普希共和國那邊後來怎麼了嗎？」

「！……」

看來是不用問了。

「城堡好像還在重建喔。」

「唔……」

「而且領地與普希共和國相鄰的費茲克勞倫斯子爵，還答應提供資材的一切所需呢。那座城堡的主人現在也跟她的那個僕人一起到佩尼帝國做人質了，我們前幾天才見過面。」

「唔唔……」

在此時此刻如此狀況下，話權完全是握在醜男手上。

她大老遠跑來這種邊境，就是為了想離我遠一點吧。當時我還以為自己真的會死在她手上，她應該也很在意才對。

這樣我就有機可趁了。

「要是妳答應和我組隊，過去的事我一概放水流，而且流得乾乾淨淨，每天跟我同桌吃飯都不會尷尬的程度。所以妳怎麼說呢？可以幫我這個忙嗎？」

背骨暗精靈表情變得有些緊張。

感覺她真的很有機會，何況我們也組過一次隊，對我的能力有充足了解。即使地點換成暗黑大陸，也不會有任何改變。

苦惱幾秒後，她低聲問：

「組隊是要做什麼？」

「接下來我想去稱作中段的地方做些調查。當然，既然妳成為我的隊友，我發誓絕不會讓妳遭遇生命危險，一定把妳四肢健全地送回這裡。」

「……真、真的嗎？」

安產型精靈顯得很畏縮。

這樣問根本是已經答應了。

「妳還需要問嗎？」

「！……」

暗精靈三度打顫。

奶子也跟著抖動。不論她本身怎麼想，服務精神倒是很旺盛。

「好、好吧……」

「謝謝妳的配合。」

好耶，得到一個夥伴啦。

＊

最後，我這個隊伍就只有我和暗精靈兩個。

即使比起其他隊伍寂寞不少，但遠比孤家寡人好上太多。能和美女單獨冒險我還該慶幸呢。

其他人紛紛對站在和風臉身旁的暗精靈投以同情的視線，有的人還過來勸說什麼別跟這男的組隊，絕對會後悔，根本有毛病什麼的。

不過呢，黑肉彈可是我的老相好。照例是擺一副臭臉，哼一聲就把他們打發掉。在每個人都對我那麼冷淡的環境裡，只有她像在袒護我一樣，心都暖起來了。爽死我也。

就這樣，漸漸沒人多嘴，直到現在。

「第一個解開謎題的永遠是我們學園都市研究團！」

完成編隊的似乎不只是醜男這邊。

其他也有零星幾個調整好了。

剛才大喊的如本人所言，是那群學園都市的大人物。年齡層很廣，十到六十都有，又幾乎是後方職業，在這裡格外醒目。

應是隊長的最高齡男子登高一呼，就此帶隊離去。

東西方勇者的隊伍、南方各國的某某戰團、後宮團和其他雜七雜八的冒險者也爭先恐後地出發。

腳步相當穩健，絕不是迫不得已。

我們也沒有留下的道理。

「那我們也出發吧。」

「……真的要去嗎？」

「那當然，所以才組隊嘛。」

「…………」

這麼猶豫的樣子，應該是因為這裡就是這麼危險吧。好歹是噁長毛水準的怪物到處逛大街的大陸，難度和多利庫里斯一帶的森林天差地遠。

另一方面，羅德里傑斯非常慌張地叫住我。

「呃，喂、喂！你只帶那個精靈去嗎？」

「是啊，就是這樣！」

「別鬧了！你想死就自己去死，少連累別人啊！」

「要等我帶禮物回來喔。」

「啊，別走啊！給我等一下！」

那傢伙現在說什麼都沒用吧。

我全力打馬虎眼，帶著黑肉彈出了門。鏗鋃鏗鋃，門上鈴鐺的脆響蓋過店員的言詞，活潑地為我們送行。

走走走。

沒多久，聚落出入口到了。

接下來是一段頗陡的上坡。用人腳踏實的山道與一旁的茂密樹林令人印象深刻。走上去後有個山丘，然後就是深邃的森林了。我要找的石牆就在森林當中。

從內陸反過來看這條路線，就是人類在在陡峭海蝕崖底下的些許陸地上建立了聚落。羅德里傑斯說聚落有船定期往返，是暗黑大陸與外界聯繫的少數路線之一。

應該是這道高崖巧妙遮蔽了大陸怪物的眼線吧。原來如此，沿海地區真是貼切的稱呼。

從崖底到海面的距離來看，不像是一般的海蝕崖。通常懸崖底下就是海面了，而這裡還有一段足夠建設聚落的距離，讓人對這裡的發展史很感興趣。

「這附近還滿平靜的，走起來也很輕鬆，真是太好了。」

「……跨過山丘以後才是問題。」

「嗯，看來是這樣沒錯。」

開口閒聊，黑肉彈就跟著回話了。

這一點依然讓死處男非常開心。

「自從那場戰事以來，我們就沒有組過隊了呢。」

「……你在酸我嗎？」

「不是不是，怎麼會呢。我很想跟妳和睦相處呢。」

組隊就是要跟可愛女生組啦。

幹勁不是同一個等級。

然而我這個夥伴依然是快發飆的臉。

真希望有生之年能見到臉上堆滿甜笑的黑肉彈。

「又想掉腦袋嗎？」

「妳這麼想要我的頭嗎？」

「誰要啊！」

「那就沒問題啦。」

「唔，你、你這傢伙，說一句應一句……」

我們跟隨事先取得的資訊前進，乾落葉踩起來舒服，聽起來悅耳。和女生一左一右，邊拌嘴邊散步的感覺真好，實在很好。這種有隊友陪伴的感覺，未來也必須珍惜。

「看來妳順利擺脫奴隸身分了，恭喜喔。」

「……哼，要你管。」

「後來妳怎麼啦？」

「也、也沒有怎麼樣啦！」

我得說一句，平平是和女性說話，比起在女子酒吧聽付錢才有的業務性對話，接態度差但不用付錢的女性客訴電話對沒人愛的醜男來說有價值得多了。重點是免費。免費的對話啊。

「對了，妳怎麼會來暗黑大陸？」

「這、這個……」

「該不會是想躲我吧？」

「！……」

噢，被我猜中了。

都好不容易逃走了還被我遇到，這精靈也真倒楣。LUC肯定很低。對了，話說我一次也沒看過她的屬性，不曉得數值是什麼水準。

既然會怕噁長毛，應該沒他強吧。

名字：妲可·珠
性別：女
種族：暗精靈
等級：78
職業：殺手
HP：28850／28850
MP：9000／9000
STR：9300
VIT：11000
DEX：9821
AGI：11030
INT：10942
LUC：101

是怎樣，還滿強的嘛。

會來暗黑大陸，是因為有不小的自信和勝算吧。然而規格仍未脫離人類領域，還是該盡量避免戰鬥。

在這裡等級沒破千，好像不能大搖大擺走路。

「……幹嘛一直盯著我看？」

「沒什麼，只是覺得妳跟之前一樣，還是很有魅力。」

「哈！連奴隸都不敢碰，就只會拍馬屁是怎樣。」

「美女當前，男人總是會卻步嘛。」

明明動手就會砍過來，還講這種話。

突然興奮起來啦，可以感覺到想逼她當性奴的慾望在高漲。再怎麼說，這個珠小妹裝備都太性感啦。這裡那麼多戰士都是全身披甲，她卻只是用幾片金屬保護重點部位的風格。

這使得她裸露度相當高，巨大的胸和莊嚴的屁股大腿都毫無保留地主張自己肥滋滋的存在。我猜，她是沒錢訂製能容納那對爆乳的金屬甲吧。

「…………」

真糟糕。

想著想著就硬了。

必須自制。

「哼，隨你怎麼說。」

「我們接下來幾天都要單獨相處，和氣一點嘛。」

「誰、誰要跟你和氣……」

我們繼續抬槓並微速前進

越過峭壁與山丘而走出沿海地區後，總算是來到暗黑大陸響叮噹的中段。到這裡並沒有任何問題，一隻怪物也沒遇上。

路也被人踏得很紮實，且到處都有擋路樹枝遭砍除的痕跡，小有登山步道的感覺。多虧如此，我們一路談笑風生，走得很高興。

但接下來就沒那麼容易了。

「我們小心點走吧。」

「還用得著你說。」

「要是遇到火鳥或上級龍之類的，就全力逃跑。」

「啊？那種怪物哪會來這麼外圍的地方。」

「這樣啊。」

原來沒有分布到這裡。

這樣反而正合我意。

「好吧，總之小心點走。」

「不用你說我也知道啦！」

黑肉彈重新舉起一路低放的巨劍。你一言我一句，自然就是嘴來嘴去，不過注意力還是放在眼前逼近的森林裡。看情況，應該是不會有什麼大問題。

再來只需要跟她善加配合而已。

「不好意思，能請妳照舊先走嗎？」

「為什麼？你不是能跟魔族過招嗎？」

「怎麼說呢，就是那個嘛。」

「你白痴啊？我就是在問你那個是什麼。」

「……好像會有怪蟲跳出來。」

「…………」

「事先幫我砍掉可疑的樹枝之類的就好。」

我就是討厭蟲啦。而且這裡還是暗黑大陸，就連蟲的等級也一定都很高。

像五顏六色的雨林種或一碰就會噴臭液的那種肯定都有。萬一撲到我臉上，我有用火球幫這裡都更的自信。

「……你還是一樣莫名其妙。」

「對不起，能幫我這個忙嗎？」

「…………」

我乖乖低頭請求之後，黑肉彈默默向前走，用手上巨劍隨意砍除樹枝替我開路。即使她會為自保而在關鍵時刻毫不手軟地反叛，同時也是比我想像中更細心的好女孩。

如果能過安穩日子，說不定會是個好太太。

而且我現在才注意到，走在她後面就可以盡情觀賞這對安產型大屁屁。大腿推起臀肉的模樣給了我前進的勇氣。肉感四射啊。

看她是理所當然。追求適合生小孩、繁衍後代的肉體，是深深刻畫於生物本能，自然物種必然的慾望。若以好色這種膚淺的概念予以否定，實在愚不可及。

甚至該為此自豪才對。

「…………」

「…………」

受不了啊。

之後我們對話變得很少，在森林地帶默默前進。

如羅德里傑斯所言，林縫間不時閃現巨牆的影子。不枉我奮力來一發大的，那道昨天才剛造的石牆成了非常好的地標。即使我鮮少在森林裡走動，也可以走陸路到達而不至於迷路。

有距離這麼近的目標，和風險的冒險前途也明朗了起來。對於回春祕藥，前幾天還像是遠在天邊的事，結果一晃眼就發現它近在手邊。想到這點，心又雀躍起來了。

大概走了一小時。

身體開始發熱時，有狀況發生了。

「呀啊啊啊啊啊啊啊啊啊啊啊啊啊！」

某處傳來尖叫。

不是我。

也不是珠小妹。

是蓊鬱密林另一邊傳來的。

「這聲尖叫……」

「嗯，離我們很近。」

夥伴表情緊繃，舉劍的手顯得更用力，手臂和大腿的肌肉都為之隆起。有肌肉的女生真香。平常明明軟綿綿幼咪咪，一進認真模式就大爆硬的感覺，可謂雙重享受。

人是一種會在異性上追求自身不足的生物。腹肌明顯浮現的樣子對懶散的死社畜而言實在耀眼。健身中心的會員卡不曉得浪費了多少張。

就這點來說，柔菲是正中我紅心啊。

蘿莉腹肌，我愛你。

有沒有辦法讓我能仔細瞧瞧柔菲腹肌的起伏呢？

「怎麼辦？」

「去救人吧。多半是那間店裡的人。」

「在暗黑大陸都自身難保了，你還想要救人？」

說到痛處了。

如果是一群火鳥，逃都來不及了，更遑論在保護他人的情況下戰鬥。即使黑肉彈說沒有分布到這裡來，也不是不可能跳出數值接近的怪物。

遭遇M魔族和蘿莉龍的記憶發起警報。

「那就先躲起來看看樣子吧。」

「……哼，你真的是個怪人。」

陣形改變。醜男在前，大奶妹在後，太完美了。這次換我讓她看屁股。啊啊，想到她在看我，突然覺得不錯爽。被美女盯上的感覺真好。

我們就此迅速且謹慎地穿過草叢，往聲音來向前進。

大約移動二三十公尺後，那畫面衝進眼簾。

那是個掃倒了樹木，如廣場般較為開闊的空間。

「喂喂喂，這怎麼辦啊，菲利普！不要死啊啊啊！」

「可惡、可惡！不要管我，你自己快逃啊，亞歷山大！」

疑似叫亞歷山大的男子跪在地上，抱著大概叫菲利普的另一名男子。菲利普肚破腸流，軟趴趴地好像快死了。亞歷山大頭部也有傷，紅色從額頭流到眼下。

兩個都是長毛金髮帥哥。

而且像得讓人覺得是雙胞胎。

尤其是前者，那個劃過眼角流向下巴的血痕實在帥得不得了。如果被餐廳牆上突起物撞破頭而流血成這樣，也可以帥上一波。

「亞歷山大、菲利普！你們先走！」「這裡我們來擋！」「我們絕不會讓你們死！」「我們一定會追上，快退！」「拜託你們，一定要活下去！」

對他們這樣叫喊的，是一群上前線掩護的女人。每個都是遍體鱗傷，旁人看了也絕不會認為沒事。儘管如此，她們還是以保護男人為先，看了教人動容。

而且我記得她們，就是我在蘇珊餐廳第一個詢問，女性比例最高的後宮型隊伍。果然是後宮啊。不是偶然，定是必然。

她們對這個菲利普和亞歷山大也太痴心了吧，可惡。

「等等，那妳們不是……！」

女生又對他們高聲叫喊。

「不用管我們！你們快逃！」「只要你們能活下來就行了！」「你們的身體不只是你們的啊！」「我、我不是為了你們喔！」「這種程度的怪物才不算什麼呢！」「沒錯！」

這就是帥哥的實力嗎？

至於對後宮團單方面施暴的敵方怪物，又是什麼貨色呢？我移開視線，發現的是貨真價實的怪物。

外觀像是長了觸手的陰莖，高約五公尺。形同肉棒的主幹大筋部位長了顆巨大的眼珠，不停轉來轉去查看周圍狀況。

構造基本上和我在地方都市派龐——鑽頭捲城堡遺址的地下迷宮見到的樹繩妖相同，所以和風臉怎麼看都是專門凌辱女性的角色。好想在龍城的貧民窟也擺一個。

然而可惜的是，那一條條觸手要的都無疑是後宮成員的命。習性與我所知的樹繩妖完全不同，真希望這些活肉棒能有多一點邪念，太遺憾了。

「……你打算怎麼辦？」

看了一會兒，一旁忽然有人的動靜。

暗精靈也湊到蹲在樹叢裡的我身邊來了。

好個側擊。

「兩隻樹繩妖還是太棘手嗎？」

「原來那也是樹繩妖啊。」

意外的急速接近讓我怦然心跳。真的是用力跳了一下。

那肉彈肢體蹲得離我好近，也往我所看之處看去。肩膀都快碰到了。我若無其事地偷瞄，發現這個位置可以就近俯瞰她的奶，簡直是男友的位置。

水啦。這個位置太讚了。

比起正面注視，這樣看能讓人在心理上加倍感受她的異性魅力。

「那是凶邪樹繩妖。最好不要跟一般樹繩妖相提並論。」

「………」

「不過，還是比高階魔族弱多了吧。」

這距離也讓我聞到黑肉彈濃濃的汗香。女性體味能緊緊抓住中年大叔的心不肯放開，有點臭還比較興奮。艾絲特和艾迪塔老師就算是無臭了。

啊啊，話說最近的蘇菲亞特別臭，讚。

「這個嘛……」

先看看怪物屬性再說吧。

名字：涅洽

性別：男

種族：凶邪樹繩妖

等級：201

職業：獵人

HP：213010／213010

MP：1007005／1007005

STR：17900

VIT：15900

DEX：23900

AGI：11500

INT：11200

LUC：21000

名字：多利多斯

性別：男

種族：凶邪樹繩妖

等級：209

職業：獵人

HP：200010／200010

MP：110001／110001

STR：18000

VIT：14010

DEX：28002

AGI：12035

INT：12100

LUC：19100

喔，和紅龍差不多。

若是沛沛山的我或許會有場苦戰。不過我現在跌跌撞撞地也練到了百來級，又學到了石牆術這麼棒的魔法，絕不是收拾不了，兩隻也一定沒問題。
「我應該一個人就能處理了，去救人吧。」
「……真的嗎？」
「妳還是先躲在這裡吧，有個萬一就趕快逃走。」
「就算不是強怪，但好歹也是兩隻凶邪樹繩妖啊？牠們的毒……」
「那我走嘍。」
「啊，喂……」
交代好之後，我便向凶邪樹繩妖動身。
篤定決心，飛身跳出草叢。敵方怪物發現第三者突然出現，莖部像通了電的電動按摩棒一樣瘋狂扭動，眼珠子自然也緊盯著醜男。
後宮團的男男女女也是一樣，極為錯愕地看過來。大概是以為有其他怪物被這場騷動引來了吧。
很遺憾，是個和風臉。
「你們都別動。」
醜男出現了。

醜男的攻擊。
「火球術！」
雖然沒必要出聲，但這種時候架勢很重要。
我簡短地下達指示，大喊一聲。
用最愛的火焰魔法先幹掉在近距離逞凶的一隻。在牠周圍叫出幾十顆排球大的火球，之後一起往頭部砸下去。
幸好敵人很高，不然很有可能波及後宮成員。未來若組隊戰鬥，勢必要配合前線考慮使用何種魔法。
「治療術！」
接著送一發治療魔法給肚子破洞的菲利普當見面禮。
這個治療魔法應該叫治療術嗎？
隨便啦，有就好。
叫什麼都不會影響效果。
「是、是誰！」「他說火球術？」「凶邪樹繩妖……被、被他一擊就幹掉了？」「怎麼可能！凶邪樹繩妖的魔法抗性比紅龍還高啊！」「竟然有這種事……！」「怎麼可能！」

一群人墳場見鬼似的大呼小叫。火球炸裂的同時，後宮成員的視線全都從倒下的怪物身上轉到出招的和風臉。

感覺真不錯，美女的驚愕視線看得我好爽。

另一隻按摩棒似乎因同伴倒下而比較警戒，大幅向後一跳，遠離抵抗到現在的女孩。用力甩動肉棒往後跳的樣子很有喜感，有點可愛。

嘴角差點就要浮起來了，不行不行。

我繃緊表情，同時悠然地走向戰場中央。

然後這麼說：

「這裡就交給我吧。」

到位。

我好帥。

和風臉的出現使她們表情出現變化。驚愕只是一瞬間，發現這張見過的臉讓她們立刻尷尬了起來。呃，怎麼是他這樣。

這也是當然的啦。

打我槍不是快假的。

「你、你不是……」

個子最高的美女惶恐地問。

就是請求組隊時面試我的那一個。

話說他們對上那兩個帶頭的男性，我根本沒打過招呼。他們坐在蘇珊餐廳很裡面的位置，別說對話，連見面的機會也沒給我。

「有話晚點再說，先把另一隻解決掉。」

「……知道了。」

這裡就速戰速決吧。

要是其他怪物聞聲而來就糟糕了。

*

不消幾分鐘，剩下的凶邪樹繩妖也掛了。

和第一隻一樣，用火球術解決。

怪物嘎嘶一聲倒地，躲在草叢裡的暗精靈見屍骸再也沒有動靜才出來。看來她有聽醜男的話，乖乖看狀況。

「……還真的打贏了。」

不曉得她在不高興什麼，照樣擺臭臉說話。

「是啊，多虧有妳。」

「哼，關我屁事。」

我獨一無二的隊友短短這麼說便轉向一邊去。到底是哪裡不滿意啊，女人心真的很難懂，我會有破解的一天嗎？老實說，實在無法想像。

「…………」

「……怎麼，有話想說嗎？」

「沒有，不是那樣啦……」

這是，後宮團的女隊長找上黑肉彈。

「妳不是跟這個人組隊的……」

她在蘇珊餐廳聽到我們的對話了吧。

肯定是認為請黑肉彈仲介，會比跟醜男當面對話容易。這我也贊成。還以為後宮團長的心理一定有問題，社交能力還滿高的嘛。

「……那又怎麼樣？」

但可惜的是，這位黑肉彈不會陪笑臉。

是個對話能力全點到奶子和屁股上的美女。

不太適合當對話對象。

「沒、沒有，只是沒想到你們真的就兩個人來……」

「你知道那個男的有多強了吧？他要一個人走也沒問題啦。」

「…………」

只是，說話溫和一點也不會少塊肉嘛，不然會讓人家以為我是壞人，以為我是只想跟女生組隊的好色男耶。

那其實也是正確答案啦。我自問自答。

老實說，她大概是說對了八成。

我是很想跟美女組隊。

所以絕對沒想過單獨前往。

我可以拍胸脯保證。

「不，我沒有自大到那種程度。暗黑大陸的環境有多嚴酷，我想我也體會過不少。因為這個緣故，我深深認為沒什麼比可以互相照應的同伴更重要。」

巨牆不是生假的。

當時真的很緊迫。

攸關性命的鬼抓人啊。

「你說這種話都不會臉紅啊？」

「因為是事實嘛。」

「……哼！」

暗精靈馬上又別過頭去。

商量對象自然就換成我了。

「……那個，有件事想拜託你。」

後宮團的美女來求助啦。

「什麼事？」

「可以的話，能讓我們也加入你的隊伍嗎？我們在暗黑大陸也有不少經驗，可是照這樣看來，光是返回沿海地區都很有危險。」

「我是無所謂，可是其他人……」

「不好意思，假如不喜歡我們的話，可以至少讓他們兩個加入嗎？拜託，算我求你了。不管前進還是後退，我們都已經無法保護他們了。」

美女視線指的偏偏就是隊伍裡僅有的兩名男性。前不久那些決死的咆哮，看來絕不是吼假的。都這種狀況了，還是以帥哥兄弟為優先呢。

硬底子的外貌協會，令人尊敬。

「只要是我們做得到的，說什麼我們都答應。不管是錢、裝備、還是貞操，你要都給你。所以拜託，能至少讓他們加入嗎？臨時提出這種不情之請，真的很抱歉……」

一度拒絕我入隊卻突然這種話，處男心止不住滾滾狂喜，都震顫起來了。拿性服務當報酬這種事我也好想試一次啊。這提議真是太美了。

「沒關係。連妳在內，大家一起走吧。我才不要只收男人咧。女生才是本體，才是核心成員啊。」

「真、真的可以嗎？我們在蘇珊餐廳那樣對你……」

「在這種環境下，互助的精神比什麼都重要。」

「…………」

話說每次提到蘇珊餐廳，我都有對話節奏被打亂的感覺。羅德里傑斯，你怎麼就不取一個帥一點的名字啊？喔不，他也沒想到自己的店生意會這麼好吧。

「還是妳不想跟我們一起來？我不會勉強的。」

「怎麼會呢，我、我不敢有那種想法！」

「那就沒問題了吧。」

經過一番曲折，後宮團入夥了。

開心。

＊

同伴增加是值得高興的事，若又是賞心悅目的女性，那就更美了。然而她們都跟在我背後，對話的機會一次也沒有。

反而是坐擁後宮的那兩個男人一直找我說話。

「哎呀，真的是得救啦。竟然能用火球一擊消滅凶邪樹繩妖，超屌的啦！」「我整個人發麻到不行，褲底都要濕啦，田中大哥！」「太崇拜了啦！」「一上場就要變傳說了耶！」「就是啊！名人堂級的！」

怎麼有點痞啊。

暗黑大陸的人都哈這味的嗎？

不曉得。

只知道他們長得有夠帥。

兩個長得很像，髮型又一樣，說不定是兄弟或雙胞胎。往後放的長髮也很適合他們。那種柔亮的金髮靠脫色絕對弄不出來。

適合金髮的帥哥真好，打從心底羨慕。

「哪裡哪裡，我還有得學呢。」

「沒有這種事啦！你現在是我的偶像！」「我也是！我已經好幾年沒有這麼感動了，硬到我自己都不敢相信耶！超硬的！」「我也是、我也是！硬到乒乓叫啊！」

兩個都是二十幾歲，以這裡的冒險者而言有點年輕。略垂的雙眼，配上言行與飄逸長髮，似乎加倍突顯他們的痞，好像玩過很多女人。不管怎麼想都讓人好羨慕。

真想要他送我一個後宮妃子報答救命之恩。

「其他人還好嗎？各位好像都很累了呢。」

「沒事的啦，你幫我們放了治療魔法嘛！田中大哥，拜託讓我們跟隨你吧！會不方便嗎？如果說什麼都不行的話，我們就乖乖回沿海地區去。」「是啊！我也拜託你！」

什麼我也拜託你，你們只是第一天認識醜男我而已耶。這種莫名其妙的對話品味潮到不行啊。而且我剛才轉移話題，是為了請你們介紹女生給我認識，該不會都沒注意到吧。

好想跟女生說話。好想跟女生說話啊。

「不，也沒有到不方便的程度……」

達成原先的目的——平安加入後宮團，我固然是非常高興。可是嚴格說來，我要的是取代你們蹭女孩子。這就跟去找小姐陪酒，來的卻是男公關一樣。

「真的嗎！感恩！」

「感恩！」

「…………」

被有後宮的痞子圍著吵，尿意都會變殺意。而且兩個一搭一唱，加倍煩。被他們從兩邊立體放送，我都覺得自己也痞起來了，一不小心就想耶～起來耶～

而且兩個長得有夠像，漸漸分不清誰是菲利普誰是亞歷山大了。問也麻煩，不如就合稱痞子兄弟。

「喂，你真的要帶他們一起走啊？」

黑肉彈不滿地質疑。

看來他們不是她的菜。

外貌協會的蘇菲亞一定很高興。

「人愈多愈好嘛，有問題再討論就行了。」

「……既然你沒意見，那就隨你吧。」

「謝謝妳的體諒。」

順利取得原有隊員的同意後，我們正式出發。

趕快到目的地去吧。

暗黑大陸（二）

Dark Continent (2nd)

隊員多了好幾個。

人多好辦事。

一行人壯起了不小的膽，在森林裡大步前進。不過醜男始終沒機會跟女生對話，倒是兩側痞子兄弟的抬轎攻擊愈發激烈，令人怨嘆這世界的不公。

唯一的救贖是我眼前走在隊伍最前端的黑肉彈屁屁。隨雙腿挪動而左搖右晃的成熟蜜桃穩穩支撐著處男的心。肥滋滋的臀肉跨越裂縫交互摩擦的畫面，給予沒人愛的可憐蟲踏出下一步的動力。

如此走了約一小時後——

「哇啊啊啊啊啊啊啊啊啊啊啊啊啊！」

又聽見慘叫聲了。

來自我們前進方向的草叢另一邊。

「田、田中大哥！好像有人慘叫耶！」「剛剛叫得好像真的很不妙耶！」「就是啊！超不妙的樣子，絕對有怪物來了啦！」「說不定來了個很不妙的……」「來了啦，絕對是很不妙的啦！」

放心，不用你們說，我也知道不妙。

你們慌成這樣我還覺得比較危險。大概是前一戰讓他們真的太害怕，有點小陰影了。和默默跟從的女性們相反，這兩個男的實在有夠吵。

「喂。」

帶頭的黑肉彈停下來回頭。

我知道她想說什麼。

「……就用先前那樣吧。」

「知道了。」

啊啊，一個眼神就能溝通的感覺超爽的。

用隻字片語就獲得超乎詳細說明的效果，是我長久以來的憧憬。

現在非常有冒險者的感覺。

我和暗精靈換位，獨自前行。當然也沒忘了要後面的男男女女躲起來等。萬一跟過來，我搞不好手一滑就會用火球烤焦痞子的臉。

獨行持續了十幾公尺。

最後，我看到了那一幕。

「振作點啊，塞西爾！不要死啊啊啊！」

「你自己快逃啊，賈斯汀……！」

事情發生在草叢另一邊，較為開闊的地點。

一個男子跪在地上，抱著癱倒的另一名男子。後者肚破腸流，好像快死了。前者臉頰也有傷，紅色流滿下巴。綻開的傷口看起來好痛。

兩個都是帥哥。

尤其是前者的傷口，實在帥得不得了。不曉得是受到怎樣的攻擊，劃出了非常漂亮的十字。就算留下疤痕，也是能望著遠方說：「這個嗎？喔，是我以前在暗黑大陸保護同伴受的傷」的榮譽勳章。

「莉莉，快幫塞西爾放治療魔法！」

「可、可是這樣夏巴達巴度就沒有輔助魔法了！」

「唔，完蛋了嗎……」

話說，這情境好像在哪見過。

而且這個叫塞西爾的我有印象，就是在蘇珊餐廳跟西方勇者找碴的東方勇者。叫賈斯汀的十字疤先生和其他站出去保護他們的人都是他的隊員吧。雖然印象沒勇者那麼深，但還是有那麼一點。

奇怪，登場人物好像一口氣多很多。

享譽全球就是這麼一回事嗎？假如能互相交換名片，搞不好會拿一大疊。簡直就像被編入大型企畫的起始成員一樣。像這類案件大概在頭一個星期隨便就能跟各大關係企業拿個幾十張。

這樣反而不容易記住誰是誰。什麼塞西爾，什麼莉莉，一定明天就忘光。尤其是只會用郵件或電話聯絡的人，整個就是臉和名字對不起來。搞得每當有人在大型會議之類的場合找上我都讓我非常尷尬。

其他人不曉得會不會，總之我很不會記名字。想不起客戶負責人而慌張的事也不只有一兩次。如果對方脖子上有掛社員證，我都要拚命偷瞄，設法得知他的名字。

所以這實在是沒辦法的事，以後就以團隊為單位來稱呼。例如痞子隊、東方勇者隊這樣，好記得不得了。這和想不起客戶人員的名字時，會用某某公司大哥你好之類用公司名稱來蒙混是一樣道理。

「這次是焰靈嗎？」

黑肉彈不知何時來到我身旁。

照例是男女朋友的位置，好開心。

正面的奶子是外出的奶子，經過修飾，給人看也無所謂的奶子。從旁邊俯視的奶子是給親密對象看的奶子，不會公然暴露的私人奶子。

就是這樣。我說了算。

「那這次該怎麼辦呢……」

「果然連你也不容易嗎？」

還是先看看屬性再說。

名字：迪妮絲
性別：女
種族：焰靈
等級：401
職業：遊民
HP：9001／9100
MP：4101111／4101111
STR：18000
VIT：4010
DEX：9002
AGI：10035
INT：202100
LUC：1900

好不均衡的屬性。

跟某某人一樣呢。

「這東西只能用物理攻擊打，屬性魔法沒什麼用。記得有聽人說過，牠們是這個地區最難打的怪物。東方勇者的隊伍會陷入苦戰，就表示這消息沒錯吧。」

「原來如此。」

那麼火球就不能用了。不知道屬性魔法實際上是什麼鬼，感覺上重點就是屬性吧，火啊水的那種。大概吧。

然而愛冒險的男孩子就是會想試試看。

「要避開嗎？」

「不，好像沒問題。」

「……你真的要去嗎？」

「如果後面那幾個想跑出去，麻煩妳擋住他們。」

「知、知道了。」

見到黑肉彈點頭，我便挺身出戰。

和上次一樣，一口氣跳出草叢踏入戰場。一旁有溪流，溪畔都是礫石。暗黑大陸這名稱雖然刺耳，溪水倒還十分清澈，令人神爽。

寬約兩三公尺且不怎麼深。有可能是打算在溪畔稍作休息時意外遇襲。由此可見，隊友互相照應真的很重要。

有人哨戒，其他人才能放鬆身心休息。若以此為出發點，至少要找十幾個人採三班制站哨才算穩當。

想著想著，我忽然覺得自己都要都變成客服中心接聽員或資訊中心的監控員了。奇幻世界變成這樣感覺有點哀傷。算了，晚點再來慢慢想編隊概論。

現在是魔法的時間。

「吃我的火球！」

我在目標周圍叫出幾十顆火球。

但沒有立刻擊發。東方勇者隊上幾個前線戰士還圍在怪物附近要抑制其攻勢，炸傷他們就本末倒置了。

「前面幾個快後退！」

總之先警告一聲。

不愧是勇者的隊，馬上就進入狀況而往後跳開。

這種團隊合作的感覺太酷啦。

同時，我造出的火團往中央的怪物集合。

火球接連命中，激起連續十幾聲響徹八方的低沉爆炸聲。每一擊都炸得氣體狀的焰靈本體搖搖晃晃。

我也沒忘記治療魔法。

「治療術！」

往倒地的東方勇者和扶持他的賈斯汀丟一發。

尤其是賈斯汀，那麼帥的臉頰十字疤說什麼也不能讓他留下。

「什麼，被焰靈的毒侵蝕的身體開、開始恢復了……」「什麼！」「竟然能一次解掉焰靈的毒……！」「而且不用唸咒就能放這麼高等的治療魔法！」「不、不可能吧！怎麼可能！」

傷者都痊癒了的樣子。

至於怪物那邊是怎麼樣呢。

名字：迪妮絲

性別：女

種族：焰靈

等級：401

職業：遊民

HP：2101／9100

MP：4101111／4101111

STR：18000

VIT：4010

DEX：9002

AGI：10035

INT：202100

LUC：1900

效果的確不好。

這是黑肉彈說的屬性魔法云云的緣故吧。明明HP破兩萬的凶邪樹繩妖都一擊KO了，這邊全彈砸下去卻只砍了幾千。

然而也不是完全無效，事實上還是砍了七成左右。既然對方HP低，仗著我的高INT硬轟應該是打得掉。

再一次。

「火球術！」

如同前一次，我叫出眾多火球包圍敵方怪物。

並旋即射出，轟轟轟地炸開。

『喔喔喔喔喔喔喔喔喔！』

一陣彷彿強風灌入樹洞的低鳴響起。

那是焰靈的哀嚎嗎？

當最後一顆火球炸裂，敵方怪物如燭火般在空氣中消散。和先前打倒的龍或樹繩妖不同，沒有任何血肉殘留，相當乾淨。

「居、居然能用火球打敗焰靈……」

隨後而來的低喃，是來自東方勇者。

我不認為治療魔法會沒效，但還是關心一下比較好。

於是我自然地走到勇者身旁問：

「你還好嗎？」

「！……」

他的眼睛在視線對上醜男的瞬間瞪得老開。

話說我也問過他是否願意讓我加入。

當然，他拒絕了。

「傷勢怎麼樣？」

「……沒、沒事，都好了。傷和毒都完全痊癒了。」

「那就好。」

「…………」

東方勇者臉上也露出先前遇到痞子隊時美女隊長的尷尬反應。同樣是想起了蘇珊餐廳中的對話吧。

那對彼此而言都是個不幸呢。

「怎麼啦？」

「沒、沒事，別在意。」

過去的事就算了。

現在只管朝回春祕藥所需的材料綠風精翅膀前進。

是看見怪物消滅了吧，黑肉彈和痞子兄弟隊成員從樹叢裡現身，向我們跑來。路上發現東方勇者的存在而略顯驚訝，但也只是一瞬之間。

「田中大哥果然厲害！」「我超興奮的！剛才的火球讓我好感動喔！」「就是說啊！我眼淚都流出來了耶。你看，這邊！在這邊！」「我也是！我也是！」

痞子兄弟照樣用雙聲道狂吵，後宮成員卻一句話也不說。雖然能感覺到她們不時在瞄我，但自從一開始和美女隊長說過話後，我們就再也沒有對話的機會。

暗精靈無視於他們，對我說：

「喂，田中……」

「好，我知道。」

她這是在催我快出發。

看樣子，她不太喜歡跟人相處。平常臉不是臭假的。我自己也被痞子兄弟動不動就發癲弄得很煩，快趕路吧。

「那麼不好意思，我們先走了……」

「請、請等一下！」

「喔，什麼事？」

「……抱歉，方便問個問題嗎？」

正想轉身時，東方勇者忽然叫住我。

這次又是怎樣？

雖然心裡已經有數，還是姑且聽之吧。

「怎麼了？」

「後面那些人……是跟你一起行動的嗎？」

「是啊，我們現在組成一隊了。」

「……這樣啊。」

「嗯。」

我坦率承認。

東方勇者猶豫片刻後，支吾地問：

「……那個，如、如果可以的話，可以帶我們一起走嗎？」

「可是我們在做的只是一般的調查，沒有勇者那種使命……」

「拜託，算我求你！我不能再讓同伴冒更大的危險了！我知道這樣想很膚淺，但還是請你帶我們同行吧！有困難的話，只帶我的同伴也可以！」

他大聲請求，並深深地鞠躬。

露出些許的臉上是非常認真的表情。

「在蘇珊餐廳那樣拒絕你，純粹是我有眼無珠！我的同伴是無辜的！」

好像在哪聽過類似的話。

若暗精靈說得沒錯，那多半是不幸遭遇焰靈澆熄了他的氣焰吧。每個人都會有處不來的對象，況且他還以同伴為優先，不負勇者之名啊。

都說成這樣還拒絕他，我豈不是成了壞人嗎？

「那好吧。既然你都道歉了，我是無所謂。」

「真、真的嗎！」

「也不會少一塊肉嘛。」

而且東方勇者隊上還有可愛的女孩子。

高標準的死處男面對再小的可能都要全力投球。

「那個，怎麼說呢……真、真的非常感謝你。」

「哪裡哪裡。」

噢，隊友又變多了。

*

繼痞子隊之後，東方勇者隊也加入，隊伍變成近二十人的大團。在森林中行進的腳步也快了一點，一不小心就變成ＧＯＧＯＧＯ狀態。

黑肉彈繼續幫我掃除樹枝和蟲蟲。

隊伍由她領頭，朝巨牆直線前進。

「田中大哥，能跟勇者一起組隊好棒喔！」「超棒的！這段冒險可以代代講給我子孫聽了！」「當然是要講的啊！會變成傳說耶！」「就是啊！我都想拿筆寫下來了！」

多虧痞子兄弟，整個變成小學生遠足狀態了。

與後宮成員的對話依然掛零，東方勇者隊也似乎不太好意思，只是默默跟在後面。都是因為他們在蘇珊餐廳拒絕過我吧。

害得導護老師好孤單。

當年那些老師會不會都是這種心情呢？我不禁胡亂想像。顧小孩很累人，在教室講課應該輕鬆一點。遠足時老師好像都不太高興，大概就是這個緣故吧。

如果有一群小學三四年級，剛開始對異性感到好奇的美少女圍著老師問：「老師老師，雞●是什麼～？」老師就會有用不完的幹勁了。為什麼暗黑大陸沒有小●生棲息呢？

好想抽插蘿莉●。好想和蘿莉●打濃情蜜意內射炮。

「田中大哥，你真的超棒的啦，我都硬起來了！我決定要一輩子跟隨你！」「等一下，先硬的是我好嗎？」「啊？你說什麼？他治療的是我耶！」「我也有啊！我的頭不是有受傷嗎！」「少來少來，我是受重傷耶！」「這種事跟輕重傷沒關係啦！」

我說痞子兄弟，你們就不能安靜點走嗎？

你們絕對是會對老師瞎起鬨，惹老師生氣的那種學生。而且回程還會睡死在電車上，到站了才被老師叫起來，隔天啥都不記得。老師年紀大了，疲勞會留到明天啊，混帳東西。

「田中大哥、田中大哥你怎麼說？」

「你給我的治療比較熱情吧！」

什麼熱情不熱情。

你們兩個是一起補的啊。

「我想是沒差多少……」

你們找我說話，我一點也高興不起來。而且長那麼像，很抱歉我照樣分不出誰是菲利普誰是亞歷山大。拜託賞我後宮妃子吧。

「可是可是，我補了很多肉回來耶！」「跟那沒關係啦！治療不是看傷勢大小！心意多寡比較重要啦！是吧，田中大哥！」「啊？什麼時候有這種事了！」「你說什麼！」

我就這麼被一路痞子兄弟糾纏著走了一會兒。

然後又來了。

「唔喔喔喔啊啊啊啊啊啊啊啊啊啊啊！」

是慘叫。這次又怎樣了啦？

眾人自然停下了腳步，你看我我看你，對慘叫議論紛紛。人數多了，喧嗓也就大了。生死關頭不是遇假的。

不過這狀況也只是一下子，不等人開口，他們就主動壓低聲音，恢復平靜，最後視線轉呀轉地轉到我和黑肉彈身上來。

什麼話也沒說，但全是要我們下決定的眼神。

「……怎麼辦？」

「也不能怎麼辦啊……」

只能去看看了吧。

背後有這麼多目擊者。以小市民的想法來說，現在只有救援一途。總不能丟下有機會救的等死，降低我的全球風評。譬如東方勇者，絕對是跨國的頭銜。

要是他們給我亂傳，我哪受得了。

被名人在社群網站譴責，這個人就不用混了。

一樣的道理。

「我去看一下。」

「……真是學不乖。」

「我也沒辦法。」

黑肉彈都給我白眼了。

「妳自己也一樣犯賤啊」這種話湧到喉頭又被我吞了下去。她也是迫於無奈嘛。

我再度和她交換位置，留下後面的人，往慘叫聲的方向走。步步為營，用自己的手推開草木前進。途中，葉子上有隻埋伏已久的鮮豔毛蟲向我急速接近，害我差點叫了出來。

走了幾十公尺，噢，我發現了。

就是那個有點開闊的廣場地形。

「振作點啊，澤諾教授！不要死啊啊啊！」

「你自己快逃吧，因戴克斯副教授……」

一個男子跪在地上，抱著癱倒的另一名男子。後者肚破腸流，好像快死了，前者眼睛周圍也有傷。

值得一提的是前者的傷口，不曉得受了什麼攻擊，傷口漂亮地上下劃過眼皮，卻沒傷到眼睛。即使留下疤痕，也是可以當作裝飾欣賞的傷。超帥的。

而且兩個都是帥哥。

肚破腸流快死的是年約六十，一把年紀還把蓬鬆金髮往後梳的帥老阿伯。帥到我這同性都覺得喜歡年長男性的女生說不定會一見鍾情。

將他抱在懷裡的是年約四十五六的帥哥，最大特徵是M形禿，不過長相怎麼看都很帥。是個略顯荒蕪的額頂反而給他滄桑與威嚴的帥大叔。

他們身邊還有許多隊員在對抗怪物。這裡不太一樣，是美少女、美女和更多帥哥的組合，簡直像現充的網聚。

「我的魔法竟然沒用？」「柯波拉老師，敵人從前面、啊啊啊啊啊！」「啊！馬格利塔！你竟、竟、竟然為了保護我……！」「馬、馬格利塔！振作點啊，馬格利塔！」「這裡交給我，你們快呃啊啊啊啊啊啊！」「阿雷古羅博士！」

會發生什麼事，我都瞭若指掌了。

都準備成這樣了，我能不上嗎？別說什麼見死不救，都給了我非出面不可的使命感。我都忍不住猜想他們其實根本沒事，完全是恭請和風臉參戰的排場。

目睹一連串慘狀後，精靈小姐問：

「還要去嗎？那是隕石龜耶？而且還三隻……」

「這個嘛……」

如黑肉彈所言，敵方怪物是龜形，不過體型比大家都說好大好大的海龜更大，有四噸卡車那麼大。而且尾巴還有類似流星鎚的刺疣，甩得呼呼響。

是個能力好比大型重機械的怪物。

先看個屬性再說。

名字：修吉
性別：男
種族：隕石龜
等級：２９１
職業：遊民
HP：４９００２１／５１００２１
MP：１０２７０／１８２７０

STR：19000
VIT：204010
DEX：11002
AGI：9908
INT：20100
LUC：2900

名字：麥可
性別：男
種族：隕石龜
等級：292
職業：遊民
HP：503321／513321
MP：11070／16170
STR：18011
VIT：191000
DEX：10010

AGI：8801
INT：19100
LUC：1022

名字：安娜
性別：女
種族：隕石龜
等級：289
職業：遊民公主
HP：601001／621100
MP：11070／18170
STR：19011
VIT：221010
DEX：12400
AGI：8770
INT：18121
LUC：1200

好，大概沒問題。

ＡＧＩ偏低，應該能靠石牆術擋一波。就個別用牆包起來，從近的用火球各個擊破，感覺不會太辛苦。徹底運用先前戰鬥的經驗加加油吧。

該注意的可能是特別高的ＶＩＴ。被打中一下就會完蛋，必須用最大火力確實擊倒，一旦讓牠們反擊就糟了。不過呢，其實先前也都是這樣，基本上就是穩穩壓制住再攻擊。

「我走了。」

「……我不說了，隨便你。」

「後面那些就麻煩妳顧了。」

「知道了。」

黑肉彈接下指示後，上場時間到。

和先前一樣，迅速跳出草叢殺他個措手不及。這次不是火球起手，先用石牆術將三隻怪物中較遠的兩隻繞一圈包起來。

再加上蓋子，配上地面就是上下左右前後完全密閉了。從昨天那道巨牆的強度看來，能撐上一陣子才對。至少衝撞是撞不碎。

接著往剩下那隻去。

用這一招收拾牠。

「火球術！」

其實我也只有這招啦。

另一個是用來趕艾迪塔老師的魔法。

老師專用的喔。

艾迪塔老師專用一詞聽起來好悅耳啊。

我要珍惜這種感覺。

「什麼，用石牆關隕石龜？」「沒用的，牠們的尾巴連鋼鐵都能輕易砸碎啊！」「就是啊！區區石牆術怎麼關得住！」「可是你們看，連一個裂縫也沒有耶！」「怎麼會，不、不可能吧！」「那真的是石牆術嗎？」

教授群嘰哩呱啦地叫成一團。

連那個肚子破洞、叫澤諾教授的也很關切石牆，大聲嚷嚷著。他身體沒問題嗎？裡面的東西噴一半出來了耶。

不管其餘兩隻，先放治療魔法。

「治療術！」

我照樣隨便喊一聲，予以救助。

痛痛飛走啦。

腹部創口瞬時癒合，內臟復原，長肉長皮長體毛，很快就恢復原來的肚皮。真想治年輕女生，老阿伯的肚子看了一點都不開心。

算了，趕快處理其餘兩隻吧。

「火球術！」

我收回石牆牢籠同時攻擊，上百顆火團在牆壁消失之際一齊朝隕石龜狂砸。牠們體型巨大，根本避不開來自四面八方的火球。

並應敵人數量重複一次。

火球砸出砰砰、砰砰的大爆炸，打顫腹部的爆炸聲不只震撼鼓膜，大地都為之跳動。周圍林木也被衝擊吹得猛搖，落葉紛紛。

一連串的爆炸持續了幾秒。

風吹散爆煙，顯露出兩隻完全嗝屁的巨龜。和首先擊倒的那隻一樣整個燒焦，滿鼻子焦肉臭味。

「……沒問題了吧。」

見到敵人完全不動，我試著這麼說。

都第三次了，我當然已經習慣。

情緒很鎮定。

另一方面，學園都市的人非常震驚地向我搭話。每個都是穿袍，甚至還有六十多歲的老人家，與其他隊伍比起來十分與眾不同。

若不是店長羅德里傑斯事先告訴我，我多半會懷疑這個袍子集團的身分而不敢冒然協助吧。隊員裡一個穿甲的也沒有，極具特色。

「剛、剛那真的是石牆術嗎？」

第一個出聲的就是那個澤諾教授。

剛才還倒在地上的人咻一下跳起來就往我衝，一點遲疑也沒有。他也是全隊中年紀最大的，之前說六十多歲的就是說他。

「對呀，就是石牆術。」

「什麼……」

我老實回答，而他表情更驚愕了。不打招呼就先問魔法，學者味十足啊。

「那火球術……」

「是啊，我想大概只是一般的火球。」

我是不懂這裡拿什麼將火球術定義為火球術，總之先表示那是火球術沒錯。既然我自己覺得是火球術了，當它是火球術就行了吧。

「竟然有人能用火球術擊敗隕石龜！」

「對了，你身體都沒事了嗎？」

「啊，對喔，我得救了！得救了！謝謝你！」

「哪裡，不客氣。」

事後才對自己得救起反應，不愧是魔法學者。熱愛魔法的怎麼都是這種怪人。我自然而然地想起魔導貴族，套在他臉上。

「那我們先走了……」

耽擱太久，讓他聊起細節就麻煩了。

要是像某人一樣要我秀魔法，我可受不了。被人發覺那個巨牆和我用來關烏龜的石牆是同一種東西，一定會有一堆屁事滾滾而來。

要在他們察覺之前趕快落跑。

我往旁邊瞥一眼，見到原先躲在草叢裡看情況的人往這兒走來。黑肉彈帶頭，痞子隊和東方勇者隊在後。

大概是因為見到他們吧。

教授說出了似曾相識的話。

「唔……那是些人是？」

「要和我一起到巨牆去的隊友。」

對了，我沒問學園都市團隊是否願意讓我加入。不是因為沒有女生，就只是那個，學歷什麼的好像比較高，不太敢接近，自然就避開了。

現代人就是這樣吧。

「……請恕我冒昧，我有個不情之情。」

「什麼事呢？」

「我知道這是我們自己的問題，實在很抱歉，不過……」

澤諾教授表情變得非常愧疚，繼續說：

「不嫌棄的話，能讓我們同行嗎？在蘇珊餐廳，我也有看到閣下在找隊伍卻選擇了忽視。我在此誠心道歉。」

近兩公尺的大漢鞠躬致歉的樣子壓迫感還真不小啊。雖然是穿袍持杖，光看體格還比較像戰士，應該還能活上好幾十年吧。

「啊，哪裡，不需要跟我道這種歉……」

「我以為自己已經做足功課，但暗黑大陸果真是個極為危險的地方。我這樣的老頭死了無所謂，但總不能讓還有未來的學徒和年輕教師命喪於此。拜託，拜託讓我們同行吧。」

被長輩用哀求的眼神這樣看，豈有不點頭的道理。

「這樣的話，我才要請各位多多照顧呢。我們在暗黑大陸有很多不懂的地方，能有學園都市學識淵博的各位同行，肯定是非常大的幫助。」

學生是國家之寶啊。

說得更具體些，學歷愈高的學生，被車撞的慰問金也愈高。

這世道就是這麼回事。

就為前途光明的年輕女學生加點油吧。

「真的嗎！不好意思，感謝你如此寬宏大量。」

「哪裡哪裡。小事一件，不用那麼誇張……」

「閣下何名何姓，哪裡人士？」

「敝姓田中，目前在佩尼帝國受人照顧。」

「這樣啊！佩尼帝國的田中閣下是嗎！」

光從這句話聽來，感覺好像很威風。

「這幾天雖然不長，但還是麻煩你照顧了。」

「彼此彼此！請閣下多多關照！」

他們都是我當初多麼渴望的隊伍。

不斷拒絕我的隊伍。

造化就是要這樣弄人才高興。

＊

路上始終是話聲不斷。

現在除了痞子一左一右的立體聲放送，還夾雜學園都市眾教授的發問，實在有夠吵，而後宮成員仍是一句話也沒有。眾教授來找我的也大多是男性，男人味重到不行。

前面黑肉彈的屁屁真的是我唯一的救贖。

「田中大哥，你真的超強的啦！一個人單挑三隻隕石龜，未免也太帥了吧！」「我好崇拜你喔！超崇拜的！」「我從很久以前就開始崇拜了！」「啊？不要拿我的崇拜跟你的相提並論，深度不一樣好不好！」

「先前的火焰魔法可以讓我再看一次嗎?不必唸咒就能有那樣的威力，完全超出火球的範疇啊。」「啊，這點我也很好奇！」「我、我也要請教治療魔法方面的事……」「如果有唸咒，威力會更強嗎？」

真的好累。

不過，假如店長羅德里傑斯說得沒錯，他們都是世界級的玩家。東方勇者隊本是如此，學園都市的教授群也一樣吧。有印象艾迪塔老師也說過學園都市怎樣怎樣。

痞子團隊能在暗黑大陸走跳，無疑已是一流冒險者了。應該是到處都有支持者，就像以多利庫里斯為中心的小岡一樣。

因此，每一個我都不能不理，要用最基礎的禮節應付他們。然而這還是有極限的，只能祈禱盡快抵達巨牆。

尤其是痞子隊特別煩。

「喂，差不多到一半了……」

走了一會兒，黑肉彈停下來說。

看她額頭也冒汗，大概是喊休息的意思吧。我是很想一口氣走到底，可是人這麼多，是該找時間稍作喘息。我自己也因為在陌生森林裡行進，繃得很累。

「那麼，我們就在這休息一下吧。」

哨戒就直接依隊伍輪替好了。

包含我和黑肉彈在內，整團共有四隊。以一隊十五分鐘計，一輪以後也都休息夠了。就讓活力旺盛過頭的痞子隊站第一班吧。

休息時，我拿很多事出來想。

但就在這時，冷不防地，我又聽見了那聲音。

「嘎啊啊啊啊啊啊啊啊啊啊啊啊啊啊！」

有人快死警報響啦。

怎麼又是這一套。

而且聲音很粗，十之八九是男性。

「…………」

「…………」

視線自然轉動，我和黑肉彈面面相覷。

她也同樣是抱怨「怎麼又來了？」的臉。

就是又來啦。

「那個，不好意思，我去看一下。」

「……知道了。」

我簡短交代一聲便往慘叫來處走去。

如果對方是女生，我還能多點幹勁，可是受傷的每次都是臭男人。表示這些隊伍裡的男性都是會挺身保護同伴的男子漢吧。

此時此刻，我好恨這些混帳的熱膽赤誠。

這麼想著走了幾十公尺，我從林縫間見到的畫面不知是果然還是必然，又是群遭遇怪物而滅團在即的冒險者。

「振作點啊，史達！不要死啊啊啊！你不是勇者嗎！」

「你、你們別管我，快逃……」

「說什麼傻話！我怎麼能丟下你這個勇者呢！」

「既然這樣，我就把勇者的頭銜交給你了……查爾斯。」

「史達——！」

一個男子跪在地上，抱著癱倒的另一名男子。後者肚破腸流，好像快死了。前者臉上也有傷，紅色流滿下巴。綻開的傷口看起來好痛。

而且兩個都是帥哥。

我對那個叫史達的有印象，乃西方勇者是也。

抱著他的應該是隊員，年約三十幾歲。從覆蓋全身的金屬甲冑和掉在一旁的大盾來看，是上前當坦的角色。

肩膀有夠寬，魁梧身軀又比醜男高出兩個頭，看起來比誰都勇猛，不過頭盔底下卻有雙溫柔的眼睛，令人印象極深。一定是平時個性敦厚，容易被動物親近那種。

前者的傷照例不知在帥什麼，讓人頗吐血。

「南西！快幫史達放治療魔法！」「約、約瑟夫對不起，剛那一下把我的魔力都用光了……」「我的天啊！」「南西！看前面！」「！」「南、南西——！」「不要——！」

團員們吼叫個不停。

細節就容我割愛了，簡稱西方勇者隊成員ＡＢＣＤ與其他。反正現在記得住，明天一覺過後臉和名字就對不起來了。

重點是現在西方勇者遭遇危機。

得快點救人。

更糟糕的是，他們的對手很不好惹。

名字：娜塔夏

性別：女

種族：火鳥

等級：９９１

職業：遊民

ＨＰ：９３３６１０／９３３６１０

ＭＰ：２０１７０５／２０１７０５

ＳＴＲ：１０７９００

ＶＩＴ：９５０００

ＤＥＸ：４３９５２

ＡＧＩ：１２２１１

ＩＮＴ：２４２２００

ＬＵＣ：１０１０１０

出來啦，火鳥。

而且就是昨天窮追和風臉的那一隻。

「…………」

罪惡感不是蓋的。

拖車成果在一天後撞上了西方勇者隊。無論如何都得救救他們，不然就睡不好覺了。萬一有人不幸喪生，心裡一定會留下巨大的疙瘩。

現在正是努力一波的時候。我相信這串進了森林就連打魔王般的遭遇將在這一站畫下句點，然後踏出了腳步。

臭火鳥，看我宰了妳。

「什麼！那、那不是火鳥嗎……！」

黑肉彈不知何時又來到好近好近的女友位置。

看來一般而言，那是十分凶惡的怪物。

「不好意思，這次要請妳離我遠一點。」

若以蘿莉龍一戰為準，退幾十公尺也算不上安全。

高等怪物的魔法都有一騎當千的威力。

「呃，喂！再強也不能亂來啊！那不是應該到這麼外圍來的怪物！人類要打倒牠是絕對不可能的！我們對牠的習性也不太了解啊！」

黑肉彈吠了一堆，但我依然無視。

從她身旁站起，一舉跑過幾十公尺距離。用手撥開茂密的樹枝草叢，跑向西方勇者一團進退兩難的位置。已經有很多樹斷折倒塌，形成一個小廣場。

這些樹看起來不像是剛倒的，就我推測，可能是過去有其他動物在這打鬥而造成。

加上來襲的怪物是鳥類，多半是他們來到廣場時，不巧被火鳥在空中發現了。哎呀，可見要盡可能避免在這種地方休息。

想著想著又一聲嘎嘶。敵方怪物的下一步是攻擊西方勇者。無法動彈的他面對襲來的尖喙，只能閉眼等死。扶持他的隊友也一樣。

這下糟了。

「火球術！」

我跳出草叢，以火焰魔法偷襲。

十幾個約一公尺大的火球隨我的叫喊浮現在空中，隨即一個個砸在火鳥身上。手法和先前一樣，火球堆圍著一起炸。

火鳥看起來完全就是火屬性，事實上，牠每次振翅也都有火花閃動，我自己都覺得拿火球砸牠是不是有毛病。

可是沒辦法，我想不出別招了。

『！』

敵方怪吃了幾發後大幅振翅飛上空中，並後退十幾公尺。目光截然不同，十分警戒地看著西方勇者隊。

鳥姊昨天在空中看起來沒那麼大，如今在有比較對象的地面上，感覺就超乎想像地巨大。雖然跟克莉絲汀沒得比，也有翼展三四十公尺的大小。

體型也比周圍樹木高出一顆頭，還有好多條長長的尾巴，讓牠整體看起來更為巨大。對於這麼大的火鳥，那一波不曉得能削掉多少傷害。

「治療術！」

我以治療魔法一道治癒西方勇者隊。

同時查看敵方怪物數值。

名字：娜塔夏
性別：女
種族：火鳥
等級：991
職業：遊民
HP：733610／933610
MP：201705／201705
STR：107900
VIT：95000
DEX：43952
AGI：122111
INT：242200
LUC：101010

可惡，沒什麼效。

果然是屬性不對的關係嗎？但跟克莉絲汀比起來軟很多，只要和之前那樣花時間多來幾次，沒打不倒的道理。

『咕耶～！咕耶～！』

鳥姊叫起來了。

一陣眩光籠罩她全身。

大概是治療魔法。

問題是那會消耗多少ＭＰ。

待金光退去，我再次查看數據。

名字：娜塔夏
性別：女
種族：火鳥
等級：991
職業：遊民
HP：933610／933610
MP：1707705／2017705
STR：1079000
VIT：95000
DEX：43952
AGI：122111
INT：242200
LUC：101010

太好了，在預估範圍內。

「你做什麼，快走！不然連你也會被捲進來啊！」

西方勇者嚷嚷著說。

不知何時他已經站起，往我跑來。才剛在鬼門關前徘徊的人卻先顧別人死活，博愛得令人尊敬。他那有點造作的言行，現在也覺得有點可愛。

先看看他的數值吧。

名字：史達・澤・艾留希翁
性別：男
種族：人類
等級：101
職業：勇者

HP：39850／39850
MP：1050／17850
STR：21300
VIT：10958
DEX：19821
AGI：9030
INT：19942
LUC：19291

以強度來說，稍微比魔導貴族高一點。大叔是魔法特化，史達則是很勇者的萬能戰士。這數值在人類裡十分卓越了吧，高等獸人或翼龍這種都能秒殺。

可是那在暗黑大陸還是很艱難的樣子。遇上紅龍或樹繩妖倒還好，焰靈或烏龜肯定免不了一場苦戰。如今在我們眼前熊熊燃燒的鳥姊則完全不是他們能夠對抗的怪物。

我看看左右，在附近草叢發現黑肉彈，大概是來看狀況的。對上眼時，我試著對她使了個眼色。視線在她和西方勇者隊之間來回兩三次。

於是她輕輕點頭，迅速跑來。

用她英凜的聲音朝西方勇者隊喊：

「你們才應該快走！快逃啊！」

「唔，妳是和他組隊的那個精靈……」

「少廢話，快走！你們那點戰力根本沒用！」

「妳、妳說什麼？這我可不能裝作沒聽見啊！」

我用側眼看著黑肉彈不由分說地抓住西方勇者的手就要往草叢拖。真的照我想的去做了耶，這種團隊合作的感覺讓我好開心。

在魔王戰用眼神溝通，靈魂都震顫到不行啦。

黑肉彈的話讓勇者頗為憤憤不平。是勇者的自尊不許挫敗，還是他仍未喪失自信呢？如果他是能靠變身強化的勇者，那真是對不起。

「再說妳是怎樣，要丟下他、丟下隊友不管嗎！」

「少廢話，快走！他沒問題的！」

「怎麼可能有這種事！」

黑肉彈和西方勇者在緊急時刻爭執不休，其餘隊員也要替他助威般大聲聲稱自己比較行。

「就是啊！雖然治療魔法幫了很大的忙，可是這是兩回事！」「怎麼能交給用火球打火鳥的人！」「妳才快點逃吧，那種裝備根本耐不住火鳥的熱線啊！」

而敵方怪物可不會貼心地等她們吵完。

『咕嘎～！咕嘎～！』

鳥姊叫了。

張大的嘴裡有轟然烈火湧出的感覺。

像在全力表示我要吐火。

這個猜測準確命中，下一刻眼前已是一片紅。

不好了。

「石牆術！」

千鈞一髮之際，萬能魔法石牆術上線了。一道大牆拔地而起，隔開我、黑肉彈和西方勇者這邊。另外，由於對方會飛，我還在上端加了蓋，呈倒L形。

緊接著，火焰衝上石牆。

放射長達十幾秒。

「什麼，用石牆擋住了火鳥的噴吐！」「怎麼可能！」「不、不、不可能的吧！」「如果不可能，那我們見到的又是什麼……」「太、太厲害了……」「這實在太誇張了……」

近來幾小時已經聽慣的吹捧又傳進耳裡，每個都是來自西方勇者隊，隊長勇者本人的聲音也摻雜其中。窺見隊上還有十幾二十歲女性的身影，精神都來了。

不管聽幾次，這種話就是聽不厭啊。

有點想囂張一下。

『咕嘎～？咕嘎～？』

噴火的聲音停止了。

我在石牆上開個小窗查看牆後狀況。我們這位鳥姊呢，正對憑空出現的石牆歪著頭，若有所思的樣子。好像在說：「奇怪？他們上哪去了？」

有點可愛。

不能放過這機會。

我立刻對牆後砸火球，灌注可觀的魔力來一波大的。由於有石牆掩護，沒必要顧忌西方勇者隊。用上吧上吧的氣勢在鳥姊周圍造出許多好幾公尺大的火球。

『咕嘎？咕嘎～！咕嘎～！』

剎那間，火鳥倉皇振翅。

該不會是想開溜吧？

「火球術。」

我對牆洞另一邊大喊。

火球逼至鳥姊。

『咕嘎啊啊啊啊啊啊啊啊！』

一道特別淒厲的聲音響起。

同時火球轟轟轟地接連命中。雖然有點可憐，這時候可不能留情。要是有個疏忽，恐怕就換我們成為牠的晚餐了。暗黑大陸的名產就是弱肉強食啊。

如果像蘿莉龍那樣聰明，當寵物也不錯，但鳥姊好像有點呆，不太適合，最好還是在這裡解決牠，不然哪天又殺來就麻煩了。

『咕嘎！咕嘎！咕嘎啊啊！』

然而，我的思慮功虧一簣。

炸了十幾發之後，鳥姊搖搖晃晃地飛上空中，從爆炸中脫身了。可能是火球密度有點不夠，不足以攔阻牠，不過火球依然是追向目標。

火鳥用力振翅，颳起大幅吹歪鄰近樹木的旋風，有的小樹還從根部被折斷。若沒有石牆遮擋，也會吹得我們東倒西歪吧。

空氣劇烈流動，轟聲大作。

原以為牠要展開反擊而緊張了一下，但鳥姊毅然轉身，轉眼間就飛得遠遠的了。身影瞬時縮成一個小點，融入藍色之中再也看不見。

不知是種族性質還是個性問題。

總之沒想到鳥姊是個膽小的怪物。

「什麼，火鳥逃跑了……」

戰場恢復平靜。

西方勇者的低語格外響亮。

＊

片刻，確定開溜的鳥姊沒有回來的意思，我總算鬆了口氣。讓石牆縮回地底下，腳步自然地走向西方勇者。

至少還是問候一句比較好吧。

「你還好嗎？」

「！……我、我很好，託你的福。」

能夠自行站立的他隨手轉轉手臂表示無恙。裝備的損傷很醒目，但是底下的傷勢已完全治癒，其他隊員也完好無缺。

很好很好。

「想不到我也有讓人救的一天……」

「在這種地方本來就該互相扶持嘛。」

「…………」

他表情變得好複雜。

大概在他來的地方，勇者頭銜足以讓他呼風喚雨吧。

這時，其他人從一旁的草叢紛紛現身。黑肉彈帶頭，然後是痞子隊、東方勇者隊和學園都市隊，還夾雜幾張陌生的臉。

大概是和風臉對戰火鳥時加入的吧。

不知不覺變成逾五十人的大團了。

「這、這人也太多了吧……」

「是啊，路上遇到就變這樣了。」

由於目的地都一樣，會這樣匯合也是必然的結果吧。畢竟森林裡沒有鋪路，路上也沒什麼山壁或懸崖等天然的屏障。

若每隊都打算走最短距離，路線自然會集縮成一條，聽見聲響也會過去看看狀況，更別說是同族的慘叫聲了。然而，遇見的隊伍每個都是滅團邊緣也未免太扯。

「不會吧，田中大哥！不會吧！」「剛剛那是火鳥沒錯吧！」「超強，田中大哥真的超強！能夠單獨打退火鳥，簡直不是人啊！」「真的超崇拜的！」「真的！」

痞子兄弟馬上起鬨了。

不好意思，請讓我裝作沒聽見。

和他們抬槓，時間再多也沒完沒了。

我繼續和西方勇者對話。

「如果還有人哪裡有傷還沒好，請告訴我，我還有能力治療。」

「你跟他們是……」

西方勇者見到其他隊伍走出草叢而這麼問。表情這麼錯愕，是因為東方勇者隊也混在他看的方向裡吧。

「因為我們都要到那座巨牆去，所以就暫時組成一團了。」

「……原來是這麼回事。」

「是啊。」

「…………」

我沒有隱瞞的必要，便坦率解釋。

西方勇者一聽，表情立刻凝重起來。從東西方勇者在蘇珊餐廳的對話，不難理解他心中的矛盾。同隊的夥伴都不發一語，靜靜看著他做決定。

「……我想問一下。」

「什麼事？」

過了一會兒，他所做的請求和其他人沒有多大差別。

他帶著絕不算小的躊躇，非常不好意思地低聲說：

「如果可以的話，拜託，請讓我收回我在蘇珊餐廳說的那些話。還有剛才在戰鬥中說的話也都是出於我無知的狂妄之言，請你恕罪。」

「也沒有嚴重到需要道歉啦……」

「考慮到我接下來想說的，這樣道歉還遠遠不夠。」

要說什麼，我已心裡有數。

前面都重複好幾次了。

「能讓我們的隊伍也和你們一起走嗎？如果我不行，至少帶我其他同伴走吧。拜託，這件事就麻煩你成全了。我什麼事都願意做，你儘管說。」

都被搞了那麼多次，我也沒什麼好考慮的了。

再說只接收他其他的隊員，就等於是丟西方勇者一個人在森林裡遊蕩，平安返回人類聚落的可能無疑是非常之低。我怎麼能這樣對待維護世界和平的大咖呢。

「好啊，沒關係。大家都一起來吧。」

「真、真的可以嗎？你好像都沒考慮的樣子呢？」

我爽快答應，新隊員上線啦。

對方的疑問顯得很驚訝。

似乎沒想到我會答應得如此輕易。

「兩人比一人強，三人比兩人強，人手當然愈多愈好，畢竟這裡是暗黑大陸嘛。我不知道各團究竟有何目的，但只有要能互相協助，就應該一起合作吧。」

「……你也需要合作？」

「是啊。」

「…………」

「怎麼啦？」

「沒事，請別在意。謝謝，你願意接納我，我好高興。」

「哪裡哪裡，別想太多。所謂出外靠朋友，本來就是人之常情嘛。」

「真的很高興聽見你這麼說。請恕我一再重複，但我真的很感謝你。」

「這種事不需要跟其他隊友商量嗎？」的疑問，我也不是沒有，但說不出具體的話。還是把他的想法當作全體意願比較好吧。勇者不是當假的。

「除此之外，我還有一個請求……」

「請求嗎？」

「火鳥在逃出你的火球之際，掉了一條尾羽。」

西方勇者的視線往火球爆點瞥去。我也跟著看了過去，發現一條金燦燦的羽毛。那是鳥姊逃跑時飄然落下的一根尾羽。

「嗯，對啊。真不是普通漂亮。」

「可以把它讓給我嗎？」

「好哇。」

「……咦，真、真的嗎？」

「我是無所謂。」

我大方答應，結果西方勇者面色忽然凝重起來。

是哪裡有問題嗎？

「呃，是這樣的。雖然我知道是我自己請你讓給我，不太應該說這種話，不過火鳥的尾巴非常值錢，這麼簡單就答應，會讓我覺得是不是哪裡有誤會。」

「喔，這樣啊。」

原來是這麼回事。

魔王怪掉的寶的確是特別貴重。

「我們和東方勇者都是跟隨聖女的指示，以調查魔王復活跡象的名義來到這裡。但我們還有幾個其他目的，其中之一就是蒐集這個火鳥的尾巴。」

「這工作也太不容易了吧。」

「能在中段區域遇到火鳥其實是很幸運的事，可是沒想到牠有這麼強大。暗黑大陸真的不簡單，每件事都比傳聞更可怕。光憑我們的能力，就連摸進巢裡偷拔羽毛都很困難。」

「原來如此。」

從深處把這麼危險的怪物拖出來，讓我很有罪惡感。

然而他們也因此平安達成目的，可以當作功過相抵。

再說，我想要的是綠風精的翅膀。

就把火鳥尾羽送給他們來折罪吧。

「值再多錢也無所謂。既然是勇者需要的東西，那多半是用來拯救世人，極其重要吧。如果我為了錢財而私吞，嗯，我也會良心不安。」

在這裡賣他一個人情，以後說不定會替我介紹女孩子。勇者會往來的女孩子一定是良家婦女居多，也就是處女率高，值得期待啊。

「真的嗎？我再說一次，那真的很值錢。」

聽他反覆向我確認，我都好奇起來了。

姑且先問清楚好了。

「所以是值多少錢？」

「你是從哪個國家來的？」

「我嗎？我是從佩尼帝國來的……」

「那就是能在首都卡利斯最好的地段蓋一棟大宅吧。」

西方勇者走過燒焦的地面拾起尾羽。的確是能稱為非常值錢的東西。以艾迪塔老師府上地段值金幣百枚左右來說，大概有近千枚金幣的價值。

只要撿幾根回去，別說是當前的營運資金，接下來幾年都不用工作了。真是可惜，早知道就多拔幾根。鳥姊不只是等級高而已呢。

「這真是很大一筆錢呢。」

「而且因為用法的關係，以後要我還你也還不了。」

「這樣啊。」

「這個東西很少出現在市面上，所以我才會來到暗黑大陸。」

既然他自己都這麼說了，總不能平白給他，否則他心裡也不會踏實。需要找個雙方都能接受的折衷點，可是我缺乏這世界的常識，難以下決定。

「那麼，就當作是欠我一個人情吧。」

「這個人情還真大，有點可怕耶。」

「不急，有機會再還就好。」

「就是不曉得這個有機會是什麼時候，所以欠人情才可怕啊。」

「既然你懂得這個道理，對我來說也是再好不過。」

「你叫什麼名字？」

「我叫田中，西方勇者大人。」

「好的，佩尼帝國的田中是吧？知道了，我會牢牢記住的。對了，不要叫我大人。沒什麼比被一個更優秀的人這樣麼稱更傷自尊的了。」

「這樣啊，那我就叫你皮耶（註：即小丑之意）好了。」

「皮耶？那誰啊？」

「啊……」

對喔，這傢伙不叫皮耶。

那是我亂取的綽號。

髮型實在很像小丑。

記得羅德里傑斯是叫他勇者史達嘛。

「也罷。既然你想叫我皮耶，那就皮耶吧。」

「……真的好嗎？」

「嗯。」

西方勇者皮耶似乎很滿意地點了頭。

讓人想起當時的新生齊藤啊。

「那就這樣了。」

「路上麻煩你了。」

「彼此彼此。」

他伸出右手，我也以右手緊緊地握住。

握手過後，這一連串對話總算到了頭。

好，繼續往巨牆行進。

＊

擊退火鳥之後，我們是一路順遂。

在蓊鬱密林中徒步行走很花時間，才過三分之二天就黑了，要紮營過夜。西方勇者讓沒準備露營用具就出發的和風臉到他帳篷裡睡，好開心。

路上是遇過幾次怪物，但威脅程度都只跟紅龍差不多，不是我們這一大團聯隊的對手。還不用和風臉出手，幾十個冒險者的壓倒性攻勢就驅散了暗黑大陸的魑魅魍魎。

一開始就這樣就不用受那種罪了嘛。這般真心話不禁衝到喉頭。其實每個人都有這種想法吧。

只不過，如此單純的想法總會遭遇各種阻礙，所以人們才會以團隊名義，在自己定義的框架裡分立自己的族群。蘿莉龍那般簡單粗暴的生活方式讓此刻的我有點羨慕。

行軍第二天，我們花了半天時間才總算抵達目的地。

來到巨牆底下。

「離這麼近看，更是超乎想像地巨大呢。」

「是啊。」

我與黑肉彈比肩而立，讚嘆自己的偉業。

其他人以學園都市的教授群為首，爭先恐後地跑到牆邊勘查去了，令人想起因校外教學而第一次來到東京地區的鄉下國中生，滿嘴「好厲害～超厲害的～」的感覺。

真是一段令人懷念的回憶。

不過，和風臉的目的並不是這道高聳的牆。

「其實我來到這裡是為了別的目的。」

「……是喔？」

「要一起去嗎？還是妳想留在這裡？」

我是覺得先跟她說一聲會比較好。

而她想了想之後回答：

「不好意思，我們就在這分手吧。」

「知道了。雖然很可惜，但這也是沒辦法的事吧。」

我是真的覺得可惜。

她對我這個不諳森林的現代日本人而言十分珍貴，光是願意率先替我掃除樹枝怪蟲，就是個夠可靠的嚮導了。

而且隨她每一步左搖右擺的肥屁屁更是極品的動力來源。讓不習慣在森林裡走動的我能夠堅持到最後。

啊啊，好可惜。

「那麼，我就在這裡告辭了。」

「好、好吧……」

跟黑肉彈說掰掰了。

開始隻身尋找綠風精的聚落。

都來到這裡了，一個人走動也沒問題吧，感覺能在天黑之前找到。就算今天找不到，這裡應該還會有人紮營，再厚著臉皮找個帳篷蹭就好。

好個完美的計畫。

於是我離開巨牆邊，再往森林走去。

一邊注意蟲吻一邊行進的我感到一股濃濃的孤寂。四周突然靜了下來，竟讓人想念起痞子兄弟的吵鬧，人心還真是不可思議。

「…………」

不過他們若真的跟來，我還是會覺得煩就是了。

我就這麼想著這些無聊事一直走、一直走、默默一直走。途中用火球燒了好幾次蟲，但仍不氣餒地走。不諳森林的腳走到痛了，就放個治療。

大概走了幾個小時，我聽到了聲音。

什麼聲音呢？像是草木摩擦的沙沙聲。往那一看，見到一團低矮的樹叢在搖晃。我認為是遇上了怪物，身體不由自主擺起莫名其妙的防備架勢。

緊接著，樹叢另一邊也有生物出現。

「！……」

對方也因為發現我而備戰。

戰鬥爆發在即，場面一陣緊張。

「唔……」

「啊……」

然而準備要開戰時，我發現了一件很重要的事。

對方是哥布林。

兩隻哥布林。

「……你是，那時候的，人類。」

「那你就是那時候的哥布林嘍？」

我對他手上那把劍還有印象。

劍經過重度使用變得坑坑洞洞，彷彿隨時會斷。那把平凡的單手劍是我當初在首都卡利斯買來防身用的短劍。原本就覺得很遜了，現在更是比最後一次見時悽慘，傷痕累累。

另一隻體型小一點，依附在他背後的哥布林，也鮮明地喚起了我的回憶。他們就是我原先在首都卡利斯近郊的森林，和佩尼帝國與普希共和國國境一帶都遇過的藥草哥布林。

「……哥布林，還記得你。」

「嗯，我也記得你們。」

對方也想起了我是誰。

雙方不約而同地放鬆姿勢。

「好久不見。」

「是啊，好久不見了。想不到會在這種地方見面。」

這場重逢，居然是哥布林先對我說好久不見。

那簡單自然的幾個字讓我好感動。

心整個都暖起來了。

「你們能平安離開戰場真是太好了。」

「嗯，太好了。」

這哥布林還是一樣耿直。

不過一走就跑來暗黑大陸，也未免跑太遠了吧。如果繼續留在戰亂地區，感覺生存率還遠高於這裡耶。這裡怪物的強度完全不是軍隊能比。

話說回來，藥草哥布林的能力是長什麼樣呢？

名字：蘭斯洛特
性別：男
種族：哥布林
等級：151
職業：戰士
HP：48888／48888
MP：7800／9850
STR：32300
VIT：21958
DEX：11821
AGI：10030
INT：9942
LUC：8291

名字：卡塔莉娜
性別：女
種族：哥布林
等級：149
職業：魔法師
HP：18888／18888
MP：27800／39850
STR：9300
VIT：9958
DEX：19821
AGI：9030
INT：39942
LUC：12291

這對藥草哥布林兄妹是怎樣，都比勇者強耶。

以前還在接近人類都市，不怎麼深的森林裡受了重傷。妹妹性命垂危，哥哥也是搖搖欲墜。

說不定他們也像我跟蘿莉龍和M魔族戰鬥而累積經驗值一樣，這一路上經歷過種種冒險而瘋狂升級了。

糟糕。這樣想以後就覺得藥草哥布林好帥啊。

我最愛這種的啦。

「你跟妹妹感情還是很好，真是太好了。」

「兄妹，感情好，是好事。」

「對啊，是好事。非常好的事。」

「對了，這個……」

哥布林兄的手探進懷裡掏了起來。

不久後遞出的是我過去給他的金幣。我是想給他當旅費，但看樣子他到今天都沒用掉。

「……那是我給你的金幣吧。」

「要給人類，你拿去吧。」

「不了，不需要特地還給我。」

「你說，人類。」

「什麼意思？」

「你說有一天，要交給，值得信任的，人類。」

「對啊，我是這麼說過。」

「哥布林，見過，很多人類。跟他們，說話，也跟他們，戰鬥。後來，哥布林覺得，最值得信賴的，人類，就是你。」

「…………」

「所以，要把這個，給你。」

是怎樣。

超感動的啦。

眼眶一整個濕熱起來了。

「聽、聽你這麼說，我真的好高興。」

「所以，這個，給你。拿去。」

「不用啦。這是我送你的禮物，以後你就留在身上吧。這樣子我，嗯，我會更高興。」

「……真的嗎？聽說，這是很，貴重的東西。」

「所以我才希望你留著嘛。」

「…………」

「如果真的不需要，丟了也沒關係。」

「……好吧。哥布林，會留著。」

「謝謝你。」

「哥布林，收到禮物，好開心。」

「那真是太好了。」

這哥布林簡直太棒了。

雖然看起來是好醜好凶好可怕的華爾滋，心裡卻暖呼呼的。根本是治療系。可以感覺到深藏在心靈深處，治療魔法所無力修補的傷口紮實地癒合。

因此，我非警告他們不可。

「我有件事要告訴你們。你們走了這麼遠的路來這裡，告訴你們這種壞消息，我也非常過意不去，但這件事一定要告訴你們才行。」

「什麼事？」

「其實這附近來了一大群人，要是被他們發現，即使是現在的你們也會很危險。」

「……真的嗎？」

「告訴你們這種事，我真的很難過。你們還是盡量趁早遠離這一帶吧，拜託了。」

「是嗎，又要走了……」

「需要的話，我可以送你們一程……」

「知道了。哥布林，會聽你的話。」

「每次見面都好像在趕你們走，真的很對不起。」

「謝謝你，告訴我們。」

「……哪裡，不客氣。」

如果要我和藥草哥布林跟痞子兄弟選一邊作伴，我肯定是選藥草哥布林。想都不用想。

「那麼，哥布林，要走了。妹妹，安全重要。」

「嗯，就是說啊。這樣就對了。」

「掰掰。」

轉身的同時，哥布林兄妹朝我揮手。

看來他們真的跟人類交流過。

那麼，我也來教他們其他的道別方式吧。

「人類在這種時候不說掰掰，會說後會有期。」

「後會有期？」

「對。」

他想了想，說道：

「……後會有期。」

「好。有緣的話，我們又會再見面吧。」

「嗯。」

簡短應聲後，哥布林哥哥帶著妹妹往樹林另一邊走，人類一直目送到他們的背影消失在一根根樹幹後，完全看不見為止。

我也不能輸給他們。

他們給了我一點為明天積極過活的勇氣。

好，再加把勁。

＊

我在接連的際會與別離中橫過暗黑大陸。會覺得有點感傷多半是年紀大了的緣故。這幾年淚腺實在很鬆啊。

四周仍是走到哪裡都是枝葉蓊鬱的森林地帶。

嘰啾嘰啾，嘎咕咕咕。不明蟲鳴斷斷續續地響，不時草叢沙沙一晃，有小動物從腳邊竄過。

告別藥草哥布林後，我又不斷往前走。大約走了一小時，前方傳來聲響。

這次是說話的聲音。

「嘻嘻，是人類耶。」「人類來了。」「嘻嘻、嘻嘻。」「臉好扁喔。」「臉好扁的人類。」「皮膚好黃。」「真的，好黃喔。」「黃色的人類來了。」「黃色的人類、黃色的人類。」「嘻嘻，扁臉黃皮。」「扁臉黃皮來了。」「嘻嘻、嘻嘻。」「扁臉黃皮來了、扁臉黃皮來了。」

是誰在欺負扁臉黃皮啦。

這種遜到掉渣的傳話遊戲隱約透露霸凌初期的警訊。

「…………」

我東張西望，忽然在視線一角的樹蔭下發現有個東西在動。

「啊……」

「他發現了。」「被發現了。」「嘻嘻、嘻嘻。」「被扁臉黃皮發現了。」「在看耶。扁臉黃皮在看這邊。」「扁臉黃皮在看這邊。」「嘻嘻，在看這邊。」「扁臉黃皮在看我們。」「扁臉黃皮在看這邊。」「嘻嘻，扁臉黃皮看到我們好驚訝喔。」

是小妖精。

好多小妖精。

有人的形體，體型卻相差甚遠，是只有三十公分高的小生物。背上長了淺綠色的翅膀，非常地薄，而且半透明，能隱約看見後方景物。

頭髮不是金色就是銀色，兩者都淡得偏白。膚色不愧是能不斷嗆我黃，每個都白得好美。美白到為美膚傷透腦筋的日本女孩都會流口水吧。

最具體的特徵是每個看起來都是年輕女性。再具體一點，就是每個都全裸。大概是沒有穿衣文化吧，真是糟糕的生物。

這樣的生物像蚊柱一樣，幾十隻聚在森林一角。

「啊，不好意思，妳們該不會是綠風精吧……」

為了取得翅膀，即使叫我扁臉黃皮也不介意，放低姿態接觸她們。

「扁臉黃皮跟我們說話了。」「嘻嘻，扁臉黃皮說話了。」「聽到扁臉黃皮的聲音了。」「扁臉黃皮好像知道風精耶。」「嘻嘻、嘻嘻。」「扁臉黃皮知道風精。」「嘻嘻，扁臉黃皮想跟風精說話嗎？」「想說話嗎？想說話嗎？」「扁臉黃皮沒朋友。」

好像可以溝通。

不過，和她們商量似乎需要一點技巧。

說話不著邊際，難以捉摸。

「就是那樣沒錯。可以跟我說說話嗎，風精？」

「扁臉黃皮好像想說話。」「想說話耶、想說話耶。」「嘻嘻，扁臉黃皮只有一個人嗎？」「只有一個人，就他一個。」「嘻嘻、嘻嘻。」「沒有其他扁臉黃皮。」「好孤單喔，扁臉黃皮好孤單喔。」「為什麼要一個人來找風精說話呢？」「為什麼？為什麼？」

這算天真無邪嗎？真的是天真無邪嗎？

如果是藏著惡意，我會有點沮喪。

尤其在這個一對多的狀況。

「其實我有件事想請各位綠風精商量。」

「要商量、要商量耶。」「孤單的扁臉黃皮有事要商量。」「嘻嘻、嘻嘻。」「扁臉黃皮要商量什麼事、什麼事呢？」「是一個人太寂寞了嗎？」「嘻嘻，扁臉黃皮孤單寂寞。」「寂寞，寂寞，扁臉黃皮孤單寂寞。」「扁臉黃皮想跟風精交朋友？」

感覺跟她們耗太久，我的心靈會千瘡百孔。若是一對一，我還不會那麼在意吧，然而一次面對十個以上，即使對方不是人也還是很難受。

「是啊。可以的話，我們就從朋友開始吧。」

「朋友耶、朋友耶。」「扁臉黃皮想跟我們做朋友耶。」「嘻嘻，扁臉黃皮也想當我們的同伴啊？想當我們的同伴啊？」「扁臉黃皮想當我們的朋友呢。」「扁臉黃皮是朋友嗎？風精的朋友嗎？」「嘻嘻、嘻嘻。」「扁臉黃皮這麼大，不能進我們家喔？」「扁臉黃皮的家在哪裡？」

「我家離這裡很遠很遠，來這裡是因為有點事要做。話說妳們的背上有長翅膀耶，好漂亮喔，淡淡的綠色好可愛。」

「哇～哇～扁臉黃皮誇我們耶。」「嘻嘻，誇我們耶。扁臉黃皮誇我們耶。」「扁臉黃皮沒長翅膀？為什麼？」「扁臉黃皮是人類，所以不會長翅膀喔。」「好奇怪～好奇怪～為什麼人類不會長翅膀呢？」「嘻嘻，好奇怪喔～」「不會長翅膀的人類好奇怪喔～」

說出口以後我才想到。

綠風精的翅膀就長在眼前她們的背上嘛。那是兩片一組，美麗又可愛的淺綠色翅膀。或許是半透明的關係，感覺脆弱得一碰就碎。

想要翅膀，就等於是要連根拔下吧？不行不行，未免太可憐了。就算用治療魔法補回來，讓這麼可愛的妖精受苦，我也會受到不小的良心譴責。

那麼，我究竟該如何採集呢？

「我想問一下，妳們會不會換翅膀啊？」

「換翅膀？翅膀會換嗎？」「不知道～不知道～」「嘻嘻，不知道～」「之前有人翅膀掉了喔？」「怎麼了？怎麼了？」「被壞精靈拔掉了。」「哇～好可怕，精靈好可怕。」「精靈好可怕、精靈好可怕。」「精靈很可怕，不可以靠近。」

那該不會是說艾迪塔老師吧。

想到情報是來自於她，滿滿是正中紅心的感覺。

和黑肉彈分手或許是分對了。

就在我這麼想時，眾多綠風精的其中一個說道：

「該不會，扁臉黃皮也很可怕吧？」

而那轉瞬之間傳播開來。

不知怎地，原本這邊飄飄，那邊飄飄，懸浮於枝椏之間的小妖精們戛然而止，可愛的眼睛全往醜男轉。

有點毛。

在這美妙情境中感覺到的詭異是怎麼回事呢？

「啊，不是啦。我、我不是精靈，只是普通的人類……」

「扁臉黃皮也會對風精做壞事嗎？」「為什麼扁臉黃皮要當風精的朋友？」「當風精的朋友做什麼？」「為什麼要來森林裡？」「人類跟精靈很像。」「扁臉黃皮說他有事。」「有說有說。」「有事是什麼事？」「什麼事、什麼事？有事是什麼事？」

有不好的預感。

而我的直覺十分正確。

脆弱的人類刻意冒險來到風精的聚落，剛見面就誇她們翅膀漂亮。除非都是豬頭三，否則不難想像我來到這裡圖的是什麼心吧。更別說有過前例了。

這下糟了。

「人類，好可怕。」「人類，好可怕。」「扁臉黃皮好可怕。」「扁臉黃皮好可怕。」「好可怕，怎麼辦。」「怕的時候就要跑。」「怕的時候要打回去。」「人類強不強？扁臉強不強？」「人類很弱喔。」「人類很弱呢。」「那麼扁臉黃皮也很弱。」「扁臉黃皮很弱、扁臉黃皮很弱。」

看來是全場一致通過的樣子。

說話傻傻的，實際上倒是挺聰明的嘛，可惡。

先看一下數值。

隨便挑兩個來看。

名字：柯波拉
性別：女
種族：綠風精
等級：１２９
職業：村人
ＨＰ：４０８５０／４０８５０
ＭＰ：３７８５０／３７８５０
ＳＴＲ：９３００
ＶＩＴ：１８９５８
ＤＥＸ：９８２１
ＡＧＩ：９０３０
ＩＮＴ：２０９４２
ＬＵＣ：２０２９０

名字：瑪莉貝爾
性別：女
種族：綠風精
等級：１１０
職業：村人
ＨＰ：３９０００／３９０００
ＭＰ：３５００５／３５００５
ＳＴＲ：８１１１

VIT：15900
DEX：9035
AGI：8903
INT：19931
LUC：20555

單一個體的能力大概比西方勇者弱一點吧。

然而她們數量很多，有幾十個。若一舉攻來，對紙糊裝甲的扁臉黃皮來說比昨天擊退的火鳥還要可怕。

這可不好。

鳥姊勢單力薄，靠火球硬推就沒事。在這麼多妖精圍攻之下，搞不好無敵魔法也擋不住。

在我背脊發涼時，對方又出現變化。

「打死扁臉黃皮吧。」「打死他、打死他。」「嘻嘻，打死扁臉黃皮以後要做什麼？」「吃飯、吃飯。」「把扁臉黃皮吃掉。」「多吃一點，多玩一點。」「嘻嘻，拿扁臉黃皮當玩具。」「打死扁臉黃皮以後拿來玩。」「來玩來玩。」

下一秒，風精一起殺過來了。

就像捅了蜂窩一樣，一整群撲過來。

「！……」

不是鬧著玩的。

用火球反擊不是不行，但是萬一漏太多，馬上就要被圍毆。

這推測使我立刻選擇石牆術。

「石牆術！」

我用三公尺見方的牆圍住自己上下左右前後。

當防護罩用。

「扁臉黃皮躲起來了。」「躲起來了、躲起來了，躲到牆壁裡了。」「嘻嘻、嘻嘻。」「牆壁好擋路。」「牆壁好擋路、牆壁好擋路。」「怎麼辦，有牆壁就不能玩扁臉黃皮了。」「嘻嘻、嘻嘻。」「看不到扁臉黃皮的扁臉黃皮了。」「怎麼辦、怎麼辦。」

石牆另一邊傳來啦哩啦雜的討論。

怎麼辦，有點卡關的感覺。

只能等到她們不耐煩嗎？

「這個牆壁敲得破嗎？」「要敲破嗎？要敲破牆壁嗎？」「嘻嘻、嘻嘻。」「看看能不能敲破。」「會是誰第一個敲破呢？」「來比賽、來比賽。」「第一個敲破的人，可以第一個吃扁臉黃皮嗎？」「嘻嘻，第一個打破的先吃。」「第一個打破的就能先吃。」「我想先吃。」

好個超高速民主。

我們人類也能這麼容易取得共識就好了。

不久，牆後傳來炸彈般的爆炸聲，好多好多重疊在一起。轟、轟，石牆震動，傳遞衝擊。看來就跟我聽見的一樣，綠風精們一起開始攻擊了。

雖然隔著牆看不見實際狀況，但應該是魔法之類吧。

「…………」

怎麼辦？

不曉得石牆能撐多久。十幾二十次攻擊魔法應該是沒問題，再多就不曉得了，況且綠風精還是一整團幾十隻。

我也有點急了。

「牆壁好硬喔。」「好硬喔、好硬喔。」「人類不出來耶。」「扁臉黃皮不是人類嗎，好硬喔。」「人類很硬嗎？」「人類很軟喔，軟綿綿的喔。」「為什麼牆壁這麼硬？」「人類很軟喔？」「可是牆壁很硬喔？」「魔法沒用耶。」「為什麼扁臉黃皮是人類還這麼硬呢？」

忽然有個點子。

不曉得能不能隔牆丟火球。

現在四周沒有自己人，準頭偏了點或隨便亂射也沒問題吧。小妖精是真的想宰了我，就現況而言，幹掉幾隻良心也不會痛。

其實我早該這樣了，看長相可愛就忘了她們也是暗黑大陸的生物。這下子我切身體會在這裡疏忽大意會有什麼下場。

「……好。」

我貼牆尋找聲音最密集的位置。

萬一在牆裡炸開，我就吃不完兜著走了。所以十足確定對方位置後，我集中精神施放魔法。想像的是盡可能小的火球飄浮在牆外。

「火……」

就在我小聲發招時——

「啊～！果果露！果果露來了！」「果果露！果果露！」「快跑、快跑，果果露很可怕！」「果果露好可怕！」「比人類更可怕！」「比精靈更可怕！」「快跑、快跑，不要被果果露抓到！」「快點、快點，趕快跑！」「趕快遠離果果露！」

外面出現變化。

好像有人來了。幾聲叫喊過後，小妖精停止魔法攻擊，原本斷斷續續的衝擊忽然平息。發生什麼事了呢？疑惑的我戰戰兢兢地在圍繞四方的石牆上開個幾公分的小窺視窗，光線透入黑暗的牆內。

小心翼翼查看後，我發現小妖精一個也不剩，只有一個見過的人佇立在外頭。

「啊……」

「…………」

我從小窗與她對上了眼。

小妖精們說得沒錯，是果果露。

日前在暗黑大陸的史蹟遇到的黑肉蘿。

＊

從綠風精的圍攻中解救和風臉的不是別人，正是前幾天邂逅的銀髮黑肉妹妹頭美少女。確定威脅解除後我收回石牆，周圍只剩她一個。

「謝謝妳出手搭救。」

我鞠躬致謝。

實在沒想到會是她救我脫困。

「……沒什麼。」

她回話的口吻卻是那麼冷淡。

果果露真是太酷啦。

想帥死誰啊。

原本想讓她愛上我，我卻要先愛上她啦。

「妳該不會是正在前往人類聚落的途中吧？」

她說現在穿的衣服是從人類聚落買來的，所以跟我住過一宿的海邊聚落多少有點往來，不然也不太可能在這種地方巧遇。

因為她住的位置要更北邊一點。

生活圈也是以此為準吧。

「……給你。」

但我完全想錯了，她遞出來的東西是——

「啊，那、那不是……！」

就是我前幾天弄丟的小皮囊啊！

裡面裝的是指路幼女給我的寶物。

「掉在那個洞窟裡。」

「這樣啊……」

所以是那樣吧。

多半是我剛被魔法陣傳送而撞牆那時掉的。仔細一看，縫在皮囊上原本繫在腰帶的繩子斷了。

「……不是嗎？」

「喔不，沒有錯。謝謝妳。」

我趕緊收下她交出的皮囊。

打開一看，寶物還在。

「謝謝妳，真的太謝謝妳了。」

好高興，超高興的。

太好了。

這對我很重要啊。

比我想像中重要得多了。

這樣我就有臉繼續跟指路幼女說話了。

「……有那麼重要嗎？」

「對，裡面裝的是我的第一次。」

「…………」

這可是我的收禮破處紀念，非要帶進棺材裡不可。就這麼決定了，我決定了。這就是三十多歲處男的似海情深。怎麼樣，怕了吧。我就是這麼高興啊。

對於果果露專程送還給我的心意，我也是一樣高興。

「謝謝妳特地到這種地方來找我。」

「因為你說要來休茵森林找綠風精。」

「這樣啊，所以妳才……」

她果然是為了送還失物而來。

這份善良讓我愛上她了，教我如何不愛上她。

畢竟路上有那麼多比她更強的怪物在閒晃，隨時有可能送命啊。而且袋子裡裝的，不過是個說客套話也稱不上昂貴的小石頭。這對我當然很重要，可是其他人不會理解它的價值。

所以我愛上她了。

怎麼有這麼好的女孩啊。

「沒想到綠風精會攻擊你，不過我也是因為這樣才找到你的。」

「這、這樣啊。我什麼也沒準備就跑到這來，實在太冒險了呢……」

說得一點也沒錯，應該多準備點再來挑戰的。昨天連電魔王打得太爽，得意忘形了。這樣不好，啊啊，很不好。

這裡是暗黑大陸，要隨時保持警覺。

「對了，我必須向妳鄭重道謝才行。請恕我一再重複，真的非常感謝妳救我一命。我好像太狂妄了點。」

「……這沒什麼。」

「可以的話，我想送點東西答謝妳……」

但現在的我究竟能送她什麼呢？

想一想，也只有錢包了。送錢雖然俗氣到極點，卻總比不送的好。女生除了帥哥，最愛的就是錢了。

如果我是帥哥，我也很想把自己送給她，然而我沒那個命，自然只有後者能選。

「不需要。」

「不，千萬別這麼說。妳可是救命恩人呢。」

錢包裡還有幾枚金幣和銀銅幣若干。

要送就該送金幣吧。

該送幾枚呢？

蘇珊餐廳跟那裡的食宿費都不貴，有幾枚銀幣就能吃上好幾天了。在暗黑大陸，醜男也有得是辦法賺錢。若以打獵為主，生活應該不成問題。

好。雖然跟原定方向不同，這裡就先以誠意為重吧。

「非常抱歉，只能給妳這樣的東西……」

我將錢包裡的金幣全掏出來獻給果果露。

只要它們能化為這位美少女的血肉與衣裳，我就心滿意足了。與其變成和風臉的酒錢，這樣更有意義可言。不知名的金幣啊，要好好服侍她喔。

「…………」

「…………」

然而對方卻沒有拿取我交出的金幣。

就只是交互看著我的手和臉。

「……怎麼了嗎？」

「這樣真的好嗎？這裡很危險呢。」

「沒錯。就是因為這樣，我更希望妳能收下。」

「錢很重要。」

「如果能給妳更像話一點的數字就好了。」

我補一句道歉的話，將盛放金幣的手更往前伸。

她與醜男相視片刻之後——

「…………」

「能請妳收下嗎？」

「……好吧。」

她輕輕地點頭，收下了金幣。

手指稍微相觸時，我整顆心噗通噗通狂跳。更進一步說，連雞雞也跳起來了。果果露好可愛。我想，她的體溫要比普通人高一點吧。

這樣的地方讓我愛意爆發。

「……謝謝。」

「哪裡哪裡，該道謝的是我才對。」

她喃喃地道謝，化作極品聲波傳入耳中。

耳朵要懷孕啦！

「…………」

「…………」

不過話題實在少得尷尬，得設法充實一點。

經過幾次謝謝和不客氣之後，對話很快就斷了。至今我所邂逅的異性，說起來大多話多，和果果露這樣的冰山美人相處倒是第一次。

而且這裡還是暗黑大陸，究竟流行聊些什麼呢？「聽說南邊一點的地方最近有火鳥出沒喔」這樣？不不不，太沒情調了。沒情調。

在我窩囊地猛擠腦汁時，想不到她先開口說：

「對了，綠風精的翅膀呢？」

「咦？啊，那個，很可惜……」

煮熟的鴨子飛了呢。

「……是喔。」

「老是讓妳見到這麼丟臉的樣子，實在很抱歉。這還真不簡單呢。」

「就算是綠風精，多起來也是很危險。」

「就是啊，我也親身體會到了。」

我可是百分百純正的後方人員，被她們貼上來就完蛋了。而且對方是玩人海戰術，即使能暫時用治療魔法硬撐，最後還是會被壓倒。

重點是一招斃命。

「翅膀怎麼辦？」

「這次有心理準備了，所以想再挑戰一次。」

下次可不會被她們的可愛外表蒙蔽。

定要全力摘翅。

畢竟這裡可是弱肉強食，只有吃或被吃的暗黑大陸。

「……是喔。」

「對。」

既然她們對我起過殺意，我殺回去也不會心痛。

可以不帶罪惡感地活活拔掉她們的翅膀。

「…………」

「…………」

結果，我又搞砸了。

應該在點頭時另開話題的。我回得太簡短，讓沉默再度降臨兩人之間。快找話題，得快把話題持續下去才行。

心裡焦急的我拚命地想。

結果，對方又拋出意外的提議。

「……可以的話，我來幫你。」

「什麼？」

「……可以的話，我來幫你。」

「咦，啊，剛認識就麻煩妳幫我的忙，不太好吧……」

我感動到眼淚都快閃出來了。

難道是那樣嗎？桃花期嗎？桃花期到了嗎？會繼續進化成後宮期嗎？不，不會有這種事。單純只是因為這位少女心地善良罷了。

好療癒啊！

醜男的心靈獲得療癒啦！

「嫌麻煩就算了。」

「我怎麼會嫌麻煩呢！」

我急忙否認。

呼呼搖頭，全力地搖。

「……是嗎？」

「嗯，那是當然。可、可以的話，拜託妳幫幫我。」

我求得鼻孔都噴氣了。

而她的回答是——

「……嗯。」

是嗯耶，好可愛。好可愛喔。

果果露好可愛。

叔叔現在好興奮。

想直接拉她去度蜜月的心情。

「在那之前，我方便請教妳幾個關於綠風精的問題嗎？雖然我說得自己好像很厲害，但畢竟是第一次見到實物，有幾件事想問清楚。」

「知道了。」

黑肉蘿老師開課啦。

*

【蘇菲亞觀點】

今天小女僕也在辦公室努力工作。

坐在舒服的皮椅上用寬敞的桌面辦公，真是太棒了。

在家裡幫忙記帳時，都是在廚房角落用層架當桌子站著寫，根本是天與地的差別，幹勁自然就來了。

「我說蘇菲亞小姐，他還沒回來啊？」

「是、是的！我這邊都還……」

現在除了我之外，岡薩雷斯先生也在。

「雖然全城就屬他最不可能有事，還是讓人有點擔心啊。」

「岡薩雷斯先生，你知道他去哪裡了嗎？」

看來他也很擔心田中先生。

田中先生已經失蹤幾天了。

他或許是每次都突然就出門，一轉眼就不曉得跑到哪裡去。可是平常至少還會留個紙條，這次好像不太一樣。

究竟跑去哪裡了呢？

「我也不敢保證，只知道最後一次見面時，他好像在找東西，所以我就給了一點建議。該不會跟那有關吧？」

「建議是嗎？」

「也不是多有用的東西啦。」

到底是什麼呢？好在意喔。

不過隨便亂問，恐怕會燙傷自己。經過最近這麼多鳥事後，聰明的小女僕學會了自重。

沒問題的，我不會問的。

「田中先生不管到哪去都沒問題吧。」

「這點我也同意，其實根本不用擔心他，他到暗黑大陸去也能活得好好的吧。只是他有一點缺乏常識的樣子，希望不是被人給騙了。尤其是女人那方面。」

「就、就是說啊……」

田中先生的確好像很容易受女人的當呢。我也有這種感覺。就這方面來說，有艾絲特小姐陪著他，對他來說或許是一件非常有幫助的事。

我是很希望他們能在一起。我會祝福他們的。

「蘇菲亞小姐，妳在嗎？」

這時，房門外有人說話了。

是諾伊曼先生的聲音。

「我、我在！請進！」

「打擾啦。」

門喀恰一聲地開啟。

出現的果然是我想的那個人。

「唔，岡薩雷斯也在啊。」

「怎麼？我在不方便嗎？」

諾伊曼先生大步來到桌前，和岡薩雷斯先生說話。諾伊曼先生瘦瘦高高，一身知性氣息；岡薩雷斯先生則是魁梧剽悍，很有安全感。

坐在桌前的我被他們一左一右夾在中間，感覺像公主一樣，還不錯嘛。兩位都是非常有魅力的男性，又長得很帥，使我的待嫁少女心蠢蠢欲動。

「沒那種事。」

「真的嗎？」

「不要太欺負蘇菲亞小姐喔。」

「誰欺負她啦？」

「沒有嗎？」

「這樣不被他宰了才怪。」

「嗯，那倒是。」

岡薩雷斯先生和諾伊曼先生剛認識沒多久，但處得很融洽。會是因為都認識田中先生，有共通話題的緣故嗎？像這樣互相開玩笑的情景時有所見。

但話說回來，大家好像把我當作田中先生的女人，讓我有點頭痛。不曉得還有沒有挽回形象的機會。最近都沒見到亞倫先生——咦，這麼說來，我認識男性的機會好像變得很少耶。

周圍完全沒有單身男性。

這樣對我這年紀的女生不太好吧。

是個不小的危機吧。

我也到了不找個對象就糟糕了的年紀。

「請、請問，找我什麼事……」

「看樣子，岡薩雷斯可能也提過了。就是東區已經整備得差不多，需要討論以後物資的增減，所以來問妳還有多少緩衝的空間……」

諾伊曼先生垂眼查看手上的文件，向我報告龍城近況。小女僕坐正姿勢，仔細拜聽。可是他才剛開口就不幸被其他聲音打斷了。

就像是故意等他一樣，房門砰一聲猛然掀開。

「喔喔喔喔喔喔呵呵呵呵呵！蘇菲亞，喝茶時間到嘍！」

是螺旋捲小姐。

她尖銳的笑聲把一切都捲走了。

「喂喂喂，我說普希的大小姐啊，妳怎麼老是這樣？」

「哎呀？你們兩個大男人在蘇菲亞房間做什麼？」

朵莉絲小姐一進門就愣住，盯著岡薩雷斯先生和諾伊曼先生看。

所謂的「什麼」都沒發生，小女僕我也是很哀傷的。

還有就是，這裡是田中先生的辦公室，不是我房間。

＊

森林裡，我向果果露請教了許多事。

在暗黑大陸生活多年的她的每句話都非常受用，讓我重新體認自己是多麼無知。而現在，我們的話題不知不覺從通識教育轉移到討論未來該如何行動。

圍繞在如何取得綠風精翅膀的種種。

「我幫你拔。」

「不，這樣實在太麻煩妳了……」

她不假思索的表情和初遇時一樣平板。只是和風臉深深明白，那極為平淡的言語背後潛藏著她滿滿的體貼。

果果露好可愛。

她實在太體貼，害我幾乎要誤會了。

不，我是真的很想誤會。

「可是，這樣最確實。」

「這麼說也的確是這樣沒錯，我無話可說了。」

她的能力是搏鬥特化，速度又快，很適合這任務吧。

可是總不能全丟給她。

至少我得摘的部分我要親自來。

「那就我在前，你在後。」

「知道了。不好意思，靠妳幫忙了。」

敵人為數眾多，勢必需要有人擋上一擋。

假如沒遇見她，或許我會返回巨牆求助。先不說火鳥，若是面對綠風精群，他們也是足夠的戰力。在這種對方以數目為優勢的情況，他們遠比豪華一點主義的我有效多了。

「……什麼時候出發？」

「稍微休息一下，等天黑以後怎麼樣？」

其實我體力和精神都全滿。

就只是想要稍微，稍微多陪伴果果露一點。採完翅膀後我們八成就要說再見了。所以即使對不起人家，我還是不斷一瞥一瞥地窺視她黑黑的大腿、黑黑的上臂和黑黑的脖子。

「對方數量很多，所以我想利用夜色掩護，盡可能減少戰鬥。但假如綠風精在夜晚也看得很清楚，這樣就行不通了。」

話說回來，怎麼說呢？

用這種低級的眼神看她，讓我好有罪惡感。

這都是因為我知道她有一顆純真的心。若是梅賽德斯或黑肉彈我一定看爆，完全不跟她們客氣。然而換做果果露，自然就會收斂一點。

啊啊，是因為那個嗎，偶像和粉絲的距離嗎？若真是如此，那麼M魔族和鑽頭捲的關係或許也是這麼回事吧。

我多少能了解他那怪異的價值觀了。

但話說回來，我也想看看她被一群來路不明的人輪姦。如果她其實個性淫蕩，叼住雞雞就不放，那不是很銷魂嗎？真想看她全身黑肉被白濁液噴得黏糊糊的樣子。

「…………」

男人心也是很複雜的。

雖然沒柔菲那樣，但我也好像快搞不懂自己了。

「不方便嗎？如果妳有事要做……」

「沒關係。」

「真的沒關係嗎？」

「……真的。」

「要妳這樣配合我，真的很抱歉。」

「不會……」

好耶，話題有延長。

再來該聊什麼呢，繼續往正熱的綠風精發展嗎？請她講授休茵森林其他怪物的分布狀況好像也不錯。無論如何，希望能坐著聊。

她穿的是連身裙，且下襬不長，坐上椅子什麼的十足有機會走光。最近很少拜見艾迪塔老師的小褲褲，希望今天能一次看個爽。

「對了，綠風精的聚落是在這一帶嗎？如果很近的話，可能先離遠一點比較好。」

「我也不清楚詳細位置。」

「那就小心一點，找個能坐的地方等吧。」

好，話題接得很順。

等我們換了位置，就是她坐下之時。

「畢竟這樣一直站著，也沒什麼休息到嘛。」

我自然地帶動話題，暗示下一步動作。

但就在踏出第一步時——

周圍迸出火藥爆炸般的轟然巨響。

「！」

「爆、爆炸？」

與我們有段距離，至少爆風還沒吹到，大概隔了一層樹林。不過震盪不小，劈哩哩的響聲順著地面爬上腿來，撼動肺腑。

「……那邊。」

果果露指向林縫之間，空中的一點。

我跟著看過去。

發現一團滾滾濃煙。

「怎麼了……」

剎那間，我還以為是那個雜牌軍遇上森林怪物了，但方向與他們紮營的巨牆相反，而他們又不太可能繞到我前面去。

爆炸聲究竟是從何而來呢？

「綠風精是往那裡逃走的。」

「咦，真的嗎？」

「……大概。」

我躲在牆裡，啥都沒看到。

既然嚇跑他們的人都這麼說了，應該就是這樣吧。

「說不定是有其他人變成綠風精的獵物了……」

「又或者是綠風精自己變成獵物。」

「也對。」

這裡是暗黑大陸，雙方都有可能。

以前者而言，置之不理也無損於我的目的，但若是後者，就等於辛苦找到她們的位置卻白跑了一趟，非要避免不可。

「我們去看看吧。」

「知道了。」

當機立斷。

我和果果露一起走向爆炸地點。

好想看她走光。

*

走了一會兒，來到可以看清狀況的位置。

「！……」

「這下不太妙耶。」

被我猜中了，有怪物正在向綠風精群肆虐。什麼怪物呢，是一隻很大的龍。牠展翅懸浮於空中，在牠底下就像烏雲罩頂。

那是粗壯樹木密集的地方，到處都能見到像是風精挖出的樹洞，其中還有小縫縫忽隱忽現。那就是她們的家吧，生態跟貓頭鷹很像。

規模約有幾百平方公尺。這個像是綠風精村的聚落正以現在進行式遭受火舌侵襲。不愧是木造建築，燒得又快又旺，逃出家門的綠風精到處亂飛。

「是龍！」「龍來了！」「龍好可怕！龍好可怕！」

「要被燒死了，大家要被燒死了！」「房子要燒掉了～」「食物也要燒掉了～」「每個人都要被燒掉了～」「快跑～快跑～」「好燙喔～好燙喔～」「要死掉了～要熱死了～」「龍好可怕喔～」

她們像被煙燻的蜂群般倉皇飛竄，但外表沒有蜂類那麼勇猛。綠風精就只是逃竄，在著火的樹林間飛來飛去。

懸空的龍到處噴火，綠風精一隻又一隻悽慘地著火墜地。雖然才剛差點死在她們手上，現在見到這種慘狀還是會覺得不忍。

『咕喔喔喔喔喔喔喔喔喔喔喔喔！』

龍大聲咆哮。

血盆大口裡有火光急速湧上。

想採綠風精的翅膀，現在還真是趁火打劫的大好機會。從燒傷的她們身上拔下翅膀花不了多少力氣。龍噴的火也能用石牆抵擋一陣子。

可是我實在無法見死不救。

畢竟這些綠風精長得真的很可愛。

而且她們都全裸。

如果在此刻出手搭救，即使機率很小，也可能有一兩個會愛上和風臉。這麼一來，說不定就能獲得我夢寐以求的下半身行動裝置了。

好想讓願意用騎乘位硬塞進去的小妖精過一輩子膨肚生活。

「我走了！」

我簡短說一聲便轉向了龍。

現在不是說誰前誰後的時候。

「啊，等等……！」

背後傳來果果露的聲音，但我不予理會。

狀況分秒必爭。

總之先丟火球。

請龍吃一顆。

「火球術！」

所幸對方還沒注意到我。

不知有何目的，就只是在空中隨意吐火蹂躪綠風精的家園。感覺火舌似乎是以包圍聚落的方式延燒，不知該往哪裡跑的小妖精們自然就逐漸往中央聚集。

是打算趕成一團以後一網打盡吧。

豈能讓牠稱心如意。

既然對方沒發現我，我便以大量火球偷襲龍。藏身於樹林之中，在對方視線死角死命造火球。

『！』

當對方發現時，已經有幾十個火團逼至眼前。

都是一如既往的快速球。

砰！砰砰！火球痛快炸響，聲音比煙火在近距離爆炸還大，震動透過空氣一陣陣打得肚子裡陣陣發麻，爆風吹得衣服啪啪響。

龍也被轟得頗為驚慌。

『唔喔喔喔喔喔喔喔喔喔喔喔喔喔！』

發出和先前不同的咆哮。

同時猛力拍動雙翼。

一拍再拍，巨龍大幅抬升幾十公尺，鳥瞰聚落。藍天之下，雄偉的身影使獵龍與前天拖火車的情境浮現腦海。

「唔……」

我立刻轉攻為守。

採取隨時能放石牆術的架式。

不過可能是火球太痛了，牠還來不及看損失多少血就迅速轉身飛走。再等一會兒也沒有回來的樣子，應該是逃跑了。

肯定是因為敵暗我明，不想單方面挨打而做此選擇。

火鳥也好，這隻龍也罷，暗黑大陸的高等生物都還滿謹慎的嘛。看起來有點眼熟，該不會和鳥姊一樣，都是我前天拖過來的吧。

記得有什麼上級龍之類的。

如果真的是牠，那可真對不起綠風精。

然而她們也曾對我不利，就算扯平了吧。為表善意，我再放個涵蓋整個聚落的治療魔法，姑且救助一下倖存的綠風精。

「治療術！」

痛痛飛走吧。

地表浮現涵蓋全村的巨大魔法陣，墜地的綠風精在其光輝照耀下迅速痊癒。零星有幾個沒有動作，但絕大多數都重新飛上了天空。

只是燒焦的樹我就沒轍了。現在依然是火舌遍布，到處都是燃燒的聲音。放著不管恐怕會變成不小的火災，該怎麼辦呢？

「……你真的把龍趕跑了呢。」

途中，背後忽然有人說話。

是果果露。

依然是那麼美麗可愛的聲音啊。

「幸好對方很小心。」

「…………」

她照例默默盯著我看。究竟在想些什麼呢？

蓋在褐色肌膚上的輕柔銀髮，些許露出底下充滿異國風情，骨碌碌的紅色大眼珠。但眼皮有些半掩，以略冷的眼神抬眼看著我，殺傷力極大。

心底都被她看透的感覺真教人受不了啊。

「怎麼了嗎？」

「……沒什麼。」

「我為我擅自行動，沒照事先說好的做向妳道歉。」

「結果好就好。」

「很高興妳這麼說。」

和果果露的對話。

和果果露說話時，四處分散的綠風精聚集到了我們這兒來。大概是被對話聲吸引來了，一隻又一隻地增加，讓人有點緊張。

「是扁臉黃皮。」「扁臉黃皮來了。」「果果露也來了。」「扁臉黃皮和果果露來了。」「扁臉黃皮跟果果露在一起。」「果果露跟扁臉黃皮跑來了。」「果果露好可怕、果果露好可怕。」「我有看到，扁臉黃皮把龍趕走了。」「扁臉黃皮把龍趕走了？」

一言一語層層堆疊，轉眼就變得好吵鬧。

「扁臉黃皮為什麼會在這裡？」「果果露好可怕、果果露好可怕。」「扁臉黃皮跟果果露是好朋友？」「扁臉黃皮很強。」「扁臉黃皮把龍趕走了。」「扁臉黃皮會用火球。」「扁臉黃皮不弱嗎？」「果果露好可怕，果果露很危險。」「扁臉黃皮其實很強？」「扁臉黃皮很可怕？」「扁臉黃皮不是人類嗎，也很可怕？」

有夠吵的生物。

七嘴八舌當中，一隻綠風精飛出群體，輕飄飄地來到伸手可及的距離。大概是我肚臍的高度。讓曾想殺死我的生物離這麼近，感覺不太舒服。

自然就警戒了起來。

而對方抬眼對著我問：

「扁臉黃皮會對風精好嗎？」

心兒揪了一下。

靠，也太可愛了吧。

全身噴發著小動物感，讓人不由得想保護她。同時又好想左手裝備她，右手點滑鼠，瘋狂上下猛擼。兩種相反的心情在心中糾結的感覺實在太刺激啦。

小縫縫大放送更是爽度加倍。

聽到族人這樣說，其他綠風精也一起注視我們。一晃眼就有近百隻綠風精一個樣地注視著我和果果露。那是期待的眼神吧。

那我自然不會潑人家冷水。

「扁臉黃皮會對風精很好喔。」

就叫我扁臉黃皮吧，ＯＫ的啦。

看在那麼美妙的小縫縫份上，隨妳們叫吧。

見和風臉點頭，風精們又喧鬧起來。

「扁臉黃皮會對風精好！」「扁臉黃皮會對風精好！」「扁臉黃皮跟果果露一樣！」「果果露跟扁臉黃皮一樣嗎？」「會對風精好的扁臉黃皮跟果果露一樣！」「果果露和會對風精好的扁臉黃皮一樣！」「果果露會對風精好嗎？」「果果露是會對風精好的扁臉黃皮嗎？」「扁臉黃皮是果果露？」「果果露？」「果果露？」

這樣混淆好像不太好，沒問題嗎？

還是說她們興奮起來就是這樣？

果果露。果果露。

綠風精們的注意力自然轉向我們的果果露。

「……果果露會對風精好。」

好心的黑肉蘿也很識時務地爽快點頭。

見狀，綠風精們臉上堆起大大的笑容。

「扁臉黃皮跟果果露會對風精好！」「扁臉黃皮和果果露是風精的朋友！」「扁臉黃皮跟果果露是風精的同伴！」「扁臉黃皮是好人類！」「果果露是好果果露！」「扁臉黃皮一個人嗎？」「扁臉黃皮跟果果露一樣！」「扁臉黃皮也一樣！」「跟扁臉黃皮一樣的果果露！」「果果露沒關係嗎？」「果果露沒問題嗎？」「果果露大概沒關係。」「果果露大概沒問題。」「扁臉黃皮會對風精好！」「扁臉黃皮也一樣，沒問題！」

照例是超高速表決。

看來扁臉黃皮已經獲得綠風精的同伴判決了。

並以此為準，也認為果果露應該無害。

太好了、太好了。

「看來這次不會被她們攻擊了呢。」

「……好像是。」

我們也互點個頭，放鬆心情。

然而遭龍火焚燒的地帶依然火舌飛竄，到處蔓延，氣溫上升很多。光是站著額頭就猛冒汗。

當然，綠風精們不會安於現況。

眼前的危機解除後，注意力便轉到自己的聚落。

「家燒起來了、家燒起來了。」「火好旺喔。」「快滅火、快滅火。」「家要沒有了。」「快點、快點。」「加油、加油。」「努力滅火。」「我家已經燒光光了。」「我家也燒掉了。」「再不滅火就會全部燒掉。」「快滅火、快滅火。」

綠風精群之中有幾個率先飛上空中，一路飛到周圍林木的頂端位置。不曉得要做什麼的我有點緊張地看著她們行動。

隨後，她們向前伸張的小手的前方浮現了魔法陣。

放出的是柔菲也曾秀過的水魔法。

水量比當時強上幾分，如灑水車的力道從林梢往地面灑，火勢瞬時削弱。獨力難以轉圜的救火行動在眾人合作下倒還夠看。

看著天上的異色彩虹，讓我再一次覺得這裡真的是奇幻世界。

＊

綠風精的水魔法用了一小時才終於撲滅龍火蔓延的地帶。等到再也看不見火光時，地上滿是水坑，一片泥濘。

本來應該很夢幻的妖精國度也都完了。

「家燒掉了。」「沒有家了。」「要蓋新家了。」「今天要在哪裡睡覺呢？」「好想睡喔。」「好想睡、好想睡。」「好想在家裡睡。」「沒有家了。」「家已經沒有了。」「可是好想睡。」「在外面睡吧。」「我要在外面睡。」「外面很危險喔。」「不可以在外面睡。」

每句話都在訴說她們悲慘的遭遇。

而這當中出現了一句無心之言。

「我的家還在。」

「不公平。」「真不公平。」「太不公平了。」「好羨慕。」「我也想要家。」「我要家、我要家。」「家非常重要。」「為什麼、為什麼、為什麼？」「為什麼我家沒有了？」「我家也沒有了？」「為什麼、為什麼？」「不公平。」「真不公平。」「太不公平了。」「不公平。」「不公平。」「不公平。」

「……搞錯了，我家也沒有了。」

「…………」

多數決的缺點在此刻全面爆發啦。

照這樣下去，她們會依循民主主義而走向非常悲慘的結局。見過綠風精平時和善又吵鬧的樣子之後，這樣突然不說話又集體注視單一個體的反應有點毛骨悚然。

而且表情都很正經。

一點笑意也沒有。

先前明明笑得那麼開心。

嘻嘻、嘻嘻那隻上哪去啦。

「沒有了。沒有嘍？沒有了……」

「…………」「…………」「…………」「…………」

「…………」「…………」「…………」「…………」

「…………」「…………」「…………」「…………」

「…………」「…………」「…………」「…………」

「…………」「…………」「…………」「…………」

「…………」「…………」「…………」

唯一的幸運兒拚命裝傻。

不難想像一場針對小縫縫之家的血腥爭搶即將爆發。

這裡可是暗黑大陸，該說是必然的嗎？即使是長相可愛的小妖精也和人類不一樣。理性和本能的界線也不太明朗。

實在是看不下去。

身為曾經有家的勇者自當盡快解決這個問題。

「各位，我有一個想法……」

我自然而然地提議了。

受同伴注視的那個第一個反應。

「扁臉黃皮說話了！」

表情似乎很焦急，該不會這種事不是第一次，真的有人被肅清過嗎？一這麼想就覺得這般可愛的生物恐怖得不得了，真是奇妙。

所謂集團也有集團的難處，就是這麼一回事吧。

「扁臉黃皮怎麼了？」「扁臉黃皮要做什麼？」「家怎麼辦？」「家會變怎樣？」「家不夠住。」「我要家、我要家。」「我要家、我要家、我要家。」「扁臉黃皮要住哪裡？」「沒辦法招待扁臉黃皮了。」「扁臉黃皮也要一起在地上睡覺嗎？」「一起嗎？一起嗎？」

「露宿實在太辛苦了，我就送妳們一個家吧。」

「要給我們家嗎？」「家嗎？家嗎？」「扁臉黃皮要給我們家？」「風精的家在樹上。」「扁臉黃皮的家在樹上嗎？」「樹燒掉了。」「要怎麼給我們家？」「全部都燒掉了，什麼都不剩了。」「扁臉黃皮要騙風精嗎？」

「不不不，我沒有騙妳們。雖然不能給妳們原來的家，但至少能在找到喜歡住的地方以前，給妳們一個住得安穩的地方。當然，不喜歡我也不會勉強。」

「要給我們家嗎？」「真的？」「我想要家！」「我要家、我要家！」「想在家裡睡覺。」「在家裡睡覺很重要。」「非常重要、非常重要。」「我喜歡有家，我要家。」「扁臉黃皮，我要家，我要家。」「給風精家，風精會很高興。」「風精會很高興。」「風精會很幸福。」

大豐收啊。

果然有家是一件很美好的事。這些綠風精還滿內行的嘛。人與綠風精跨越種族隔閡互相理解的感覺還真不錯。

「不過我有件事想請各位幫個忙。妳們有一些同伴在剛才的火災中過世了，可以把她們的翅膀分給我幾片嗎？不用很多，真的幾片就夠了。」

「沒問題！」「給我們家就可以。」「拿去！」「儘管拿、儘管拿、儘管拿。」「想拿多少就拿多少。」「全部拿走也可以喔！」「只要給我們家，隨便你拿。」「風精不會騙人。」「風精會守信用。」「所以給我家，我要家。」「我想要家。」「給我家。」「我要家、我要家。」

好耶，成交了。

我夢寐以求的回春祕藥。

材料已經唾手可得啦。

「既然妳們同意了，那沒問題，我來幫妳們蓋家。」

我在拉吉烏斯草原蓋一整座城可不是蓋假的。這過程中提升的石牆術建築技術深有幫助。雖然綠風精的房子跟人類住宅有些大小上的不同，只要能克服就大同小異了。

這裡就看我露一手吧。

*

經過幾小時的工程，綠風精的家便完成了。

只蓋一間是不需要多少時間，不過討家住的聲音上達三位數，全部蓋完自然要付出相對的時間。即使一間只要幾分鐘，上百間也會蓋到天黑。

以致於全部竣工時，四周已經黑壓壓一片了。

「……好厲害的魔力，不像是人類呢。」

果果露在我身旁呢喃。

她所看的方向是一排排剛出爐的新房。造型極為單純，說穿了就是巢箱。如郵箱般一個個設置在三至五公尺長的支柱上。

地點在龍火焚燬的聚落舊址稍微北邊一點，有茂密樹林的位置。經過日前的冒險，我知道容易從空中看清的區域很危險。

另外，新房的防火能力很優秀，前天還擋過火鳥噴的火。不過也不能因此就傻到大搖大擺地蓋。所謂入境隨俗，要低調地藏在森林之中。

於是小妖精的郵筒是並列於樹幹之間。

「扁臉黃皮好厲害！」「好厲害！好厲害！」「扁臉黃皮把家蓋好了！」「家蓋好了！家蓋好了！」「新家好可愛！」「新家好好看喔！」「新家地板是平的耶！」「扁臉黃皮的家是平的！」「平的！平的！」「平的！」「平的！」

好像不是在稱讚我，是想太多嗎？

綠風精們笑容滿面，到處嬉鬧。看來她們很滿意，看得我心中滿是不同於建城的充實。

啊～真是太好了。有幾個已經鑽進巢穴，從洞口探出頭。

這種創造性的工作真的好棒啊！

比費神的貴族交際快樂太多了。

「妳們這麼滿意，我也高興。」

我也自然就笑起來了。

一隻綠風精輕飄飄地飛來我身邊。仔細一看，原來就是爆料自家沒事，頓時遭同伴嫉妒，差點被拿來血祭的那一隻。

當然，我也替她蓋了房子。

找和風臉有什麼事呢？

在我滿頭問號時，她向前伸出雙手。

手上有著淺綠色的東西。

「這該不會是……」

「我幫你拿風精的翅膀過來了。這送給扁臉黃皮。」

「哎呀，真不好意思。謝謝妳特地替我送來。」

原來是拿約好的報酬來了。

對她們來說，這樣等同是肢解同伴的屍體。是獲得新家太高興了，還是綠風精隊同胞的遺體本來就不屑一顧呢，我無從知曉。

但無論如何，現在誠心道謝收下來就對了。

「拿去、拿去。」

「謝謝，我收下了。」

我從小小的手中接過翅膀。

醜男獲得綠風精翅膀了。

好耶。

往回春祕藥前進一步了。

接下翅膀時，手指碰到她的掌心而小鹿亂撞的心情是我要帶進墳墓裡的祕密。和全裸小縫縫肉體接觸的經驗可不是那麼容易有。差點要愛上她啦。

「……太好了。」

「是啊，太好了。因為有妳，才能這麼順利。」

美麗可愛的聲音從旁傳來。

是果果露。

好可愛啊，果果露。

果果露、果果露。

好想用食指和拇指伸進她褐色的嘴裡，揉捏粉紅色的小舌頭。沾滿唾液的舌頭一定是溫溫滑滑，揉起來非常享受。希望以後都能用她豐沛的濃稠唾液點醒我的睡眼，清爽迎接每一天。

「……我什麼也沒做。」

「要是沒有妳，我在來到這裡之前就沒命了。」

「…………」

怎麼說呢，自從指路幼女以來，我好像很久沒遇過正常女孩子了。周圍的異性每個都是怪咖，像這樣可以普通對話的異性朋友令人感覺好新鮮。

好想一直跟果果露說話，永遠說下去。

愈來愈不想回佩尼帝國啦。

「所以妳也有功勞，謝謝妳。」

「……沒什麼啦。」

果果露像是害羞了，轉一邊去。

難道真的是那樣嗎？桃花來了？後宮期？

看來傳說中的人生顛峰終於也降臨我身上啦！

好想內射果果露。

「…………」

「…………」

一靜下來，對話自然就斷了。

她這種話少的酷酷個性我也好喜歡。

這時，綠風精開口了。

「我們要送禮物給扁臉黃皮。」「風精是有禮貌的生物。」「風精是守禮節的生物。」「謝謝你幫我們趕走龍。」「還給我們家。」「風精感謝你。」「非常非常開心。」「要送禮物。」「送禮物、送禮物。」「風精要送禮物給扁臉黃皮禮物。」

「我們要送禮物給扁臉黃皮。」「送禮物、送禮物。」「扁臉黃皮是人類。」「送人類禮物。」「送人類禮物。」「要送什麼？」「人類喜歡什麼？」「要送什麼呢？」「送什麼、送什麼？」「送扁臉黃皮會喜歡的。」「扁臉黃皮會喜歡什麼？」「人類喜歡什麼？」

好像想送我點什麼。

可是我有翅膀就夠了，而且現在還能不限時欣賞小縫縫，夫復何求。右看盡是小縫縫，左看也是小縫縫，幸福得不得了。

儘管如此，若真要我許願，我是很想帶一隻風精回去伴我旅行。有這麼多隻，幹一隻走也不會露餡吧。我忍不住會這麼想啊。

「…………」

不行不行不行，帶回去絕對藏不住。

東西都到手了，早點說再見吧。

「各位綠風精有這樣的心意，真的讓我十分高興。不過請原諒我婉拒這麼有魅力的提議，我差不多該回去了。我自己還有很多事要辦，不能在這裡待太久……」

就在我開口說最後一句話時——

聽見一道離得很近的爆炸聲。

「！……」

我當場說不下去，戒備了起來。

身旁的果果露也是一樣。

綠風精們也因此吵鬧不休。

「好大的聲音！」「有聲音、有聲音！」「什麼聲音？」「這是什麼聲音？」「那邊好亮。」「好亮、好亮！」「晚上也好亮！」「都晚上了為什麼那麼亮？」「好亮、好亮！」「那是什麼光？」「為什麼會亮？」「亮是為什麼？」

「燒起來了、燒起來了！」「燒起來了啦！樹燒起來了！」「不是澆熄了嗎，為什麼？為什麼？」「為什麼又燒起來了？」「因為著火了、因為著火了！」「為什麼會著活？」「因為有人放火！因為有人放火！」「誰放火的？」「啊……」

就在我們注視的方向，有個巨大的軀體出現在林縫之間。

「「「「是龍！」」」」

一如綠風精們的叫喊，空中有龍的影子。

而且有點眼熟。

就是白天侵襲她們聚落的那一隻。

「看樣子是來報仇的……」

以暗黑大陸的生物來說還滿有骨氣的嘛。

不愧是龍，不能和某鳥相提並論。

從胡亂噴吐的火焰中，可以窺知牠多半是前來報仇卻發現聚落原址人去樓空，所以在鬧脾氣。真是個自我中心的龍啊。

若置之不理，我為小妖精們好不容易蓋好的新房又要陷入火海了，非避不可。她們和我一樣對房子深有情懷，讓我說什麼也得救救她們。

「大家都退後，我來處理。」

我向龍前進一步。

這時，果果露說話了。

「先等一下。」

「沒時間等了。」

「那是古龍，恐怕不會像上次那麼順利，小心一點比較好。我上前吸引牠的注意，你在後面攻擊吧。」

「……妳說古龍？」

不會吧，蘿莉龍的族人？

這下我也不太敢貿然行事了。

「對，所以我也要去。」

「可是這樣妳也有危險。」

如同果果露的語氣，她的戰力頗為堅強，不過對上古龍還是得另當別論。光是等級就差了好幾倍，以各項數值來說，也確實不是同一個級數的強敵。

啊，對了。

無論如何，都應該先看看對方的能力。

即使都是古龍，多少還是有差異。

名字：克莉絲汀
性別：女
種族：古龍
等級：2999
職業：鎮長
HP：10950000／10950000
MP：7900000／9900000
STR：1837504
VIT：757402
DEX：922994
AGI：2304000

ＩＮＴ：８７８０３０
ＬＵＣ：２３３２９

真的假的。

不是很像蘿莉龍，根本就是她本人。

職業是鎮長，肯定不會錯。

難怪覺得眼熟。不是因為前天的火車，是以前就見過。話說最近都只見到她蘿力爆表的模樣，都忘了她原本長怎樣了。

但話說回來，她不是要送魔導貴族回首都卡利斯嗎？怎麼會出現在暗黑大陸？其中脈絡我實在猜不透啊。該不會是回鄉探親吧，真不想和她家人見面。

「…………」

「…………」

算了，現在先以保住森林為優先。

對方看來完全沒注意到我的存在。

以她的個性，置之不理八成會燒光才甘心。那對整個暗黑大陸而言或許只是小小的森林火災，但對綠風精的新聚落來說卻很致命，豈能任她胡來。

「那個，不好意思。」

「什麼事？」

「這裡可以完全交給我嗎？」

再怎麼樣也不能讓果果露去應付古龍。

所以得重新商量。

既然對方是那隻嬌嬌龍，事情就好辦了。

「你打算怎麼做？」

「詳情晚點再解釋，但我跟妳保證，我絕對不會亂來。」

我正視她的雙眼這麼說。

表示我必定能阻止災害擴大。

而她似乎也感受到了和風臉的誠意。

「……好吧。」

「謝謝妳。」

果果露頗為乾脆地點了頭。

於是醜男發動魔法，飛向天上的龍。

＊

我飛出林木之間，在龍面前現身。

對方立刻有明顯的反應。

『啊……』

龍形的克莉絲汀驚愕一叫。

不同於蘿莉模式的她，這一聲吹得耳朵轟轟作響，立於她面前的我衣服也隨之激烈拍盪。力氣還是這麼大。一顆眼珠就有人軀體那麼大了，這也是當然的吧。

「妳總算注意到我啦，克莉絲汀。」

『你，為、為、為為、為什麼會在這裡！』

「我才想問妳呢。妳不是要送法連閣下回家嗎？」

蘿莉龍在龍城答應我的是將魔導貴族送回首都卡利斯。我曾再三叮嚀，蘿莉龍自己也去過好幾次，還以為這次一定沒問題呢。

『那是因為，那、那個……』

蘿莉龍突然慌了起來。

不要跟我說她把魔導貴族吃掉嘍。

「……克莉絲汀？」

我稍微壓低音調，表情嚴肅地問。

結果她尾巴尖端不知怎地開始搖起來。

『不是！你、你不要亂想喔！什麼都沒做！我、我、我什麼都沒做喔！只是那個人、那、那個人他……』

她一副急得要死的樣子，說著不著邊際的話。

該不會是那樣吧？在路上或到了首都卡利斯以後，魔導貴族的處男力忽然爆發，結果蘿莉龍狠狠反咬一口，跑路回暗黑大陸，所以才會出現在我眼前這樣？

拜託拜託，原來你是這樣的人嗎，魔導貴族？

「法連閣下人在哪裡？」

我試著問道。

結果稍遠處有別的聲音傳來。

「我在這。」

樹林之中，有個人以飛行魔法飄起。

搞什麼，一起來的嗎？

說人人就冒出來，嚇我一跳。

「法連閣下？你不是回首都卡利斯了嗎……」

太好了，我猜錯了。

但話說回來，他們怎麼會跑來暗黑大陸？難道是魔導貴族的處男力足以攻略古龍，準備要去見岳父母了吧。

抓點綠風精當伴手禮這樣。

「你不是說過想來暗黑大陸嗎？」

「是啊，是有這個印象沒錯。」

我們是在佩尼帝國首都卡利斯，魔導貴族推薦的餐廳吃午餐時聊到的，當時我問了他很多關於暗黑大陸的事。

「有天我遇到教你鍊金術的那個精靈，就問了你為何會對暗黑大陸感興趣，於是她說你在找綠風精的翅膀。」

「這樣啊？那怎麼連你們也跑過來了呢？」

「因為之前那件事，我欠了你不少人情嘛。」

「該不會只因為這樣吧？」

「再說我自己也對暗黑大陸深感興趣，而現在還有古龍這麼厲害的飛行能力，怎麼能放過這個機會呢。」

「原來如此。」

這下懂了。

「而且這隻龍好像很在乎你。」

『！……』

蘿莉龍的尾巴抽了一下。

同時大叫：

『少、少胡說！明明是你自己說要來的，人類！我是因為你拜託我，才特地飛到這裡來的耶！』

「對，的確是這樣沒錯。」

『吼嚕嚕嚕嚕嚕嚕嚕嚕。』

克莉絲汀威嚇魔導貴族似的鼓動喉嚨。

而我們的魔法大叔呢，則是已經很習慣應付她的樣子，泰然自若地看著她。感情不錯嘛，太好了。

不過這麼一來事情會有點棘手。

「謝謝兩位有這樣的心意，我真的很高興。」

「別放心上。我也說了，主要是因為我自己感興趣。」

『被、被你感謝也沒什麼好高興的啦！』

蘿莉龍和淡然的魔導貴族完全相反，還在嘴硬。

尾巴明明搖來搖去的。

「可是燒掉綠風精的聚落還是不太好，凡事都該有個節制嘛。站在被害者的立場想一想，也不會少塊肉吧。」

『！……』

搖晃的尾巴再度一抖，緊張得繃直。

這蘿莉龍的原形比蘿莉模式還好懂得多了呢。

『綠風精這、這麼弱小的生物，有什麼好顧慮的！』

「妳不也會顧慮法連閣下嗎？」

『唔！……唔……』

蘿莉龍的情緒從緊張、驚愕再轉為憤怒。

即使外表有巨大變化，內心卻一點也沒變。

「至於那個翅膀，我已經順利拿到了，所以就請妳別再燒森林了吧。當然，妳這麼好心幫我，我個人是十分高興的，克莉絲汀。」

『就、就說了，我我我、我不是為了你！是那個人類拜託我，所以我把他送過來，就這樣而已！不多也不少，知、知道了嗎！』

「可是高興還是高興嘛。」

『！……』

蘿莉龍的尾巴又慢慢搖起來。

她自己有注意到嗎？

不，應該沒有吧。

否則會立刻止住才對。

多可愛的節拍器啊。

「所以說，能請妳趕快住手嗎？」

『……好、好啦。既然你都那麼說了，就這樣吧。』

「謝謝妳。」

我好像愈來愈懂得怎麼應付克莉絲汀了。

感覺事情可以平安落幕。

然而不盡然每件事都能圓滿。

那些聲音是從凌空相對的我、蘿莉龍和魔導貴族下方傳來。來自聚集於樹林間的綠風精。

「扁臉黃皮跟龍是一起的？」「龍跟扁臉黃皮是一起的？」「為什麼、為什麼？」「為什麼扁臉黃皮跟龍在說話？」「龍跟扁臉黃皮好？」「為什麼、為什麼？」「為什麼龍跟扁臉黃皮好？」「扁臉黃皮跟風精不好？」

會懷疑也是當然的。

而她們的民主主義也因此往極其自然的方向流動。

「扁臉黃皮跟龍好。」「龍跟扁臉黃皮是一起的。」「扁臉黃皮在跟風精好以前就跟龍好了。」「扁臉黃皮跟龍是一起的。」「不只是扁臉黃皮，還有其他人類。」「有人類跟龍在一起。」「人類跟龍在一起。」

質疑呼喚質疑，然後有某個風精這麼說：

「扁臉黃皮說他想要風精的翅膀。」

一聽見這句話，綠風精舉團譁然。

「扁臉黃皮騙了風精嗎？」「想要風精的翅膀，就跟龍一起來了嗎？」「風精的家被龍燒掉了。」「龍跟人類好。」「人請龍做的嗎？」「扁臉黃皮是跟龍一起來的。」「扁臉黃皮是龍的同伴。」

「風精跟扁臉黃皮不是朋友。」「龍跟人類才是朋友。」「龍跟扁臉黃皮才是朋友。」「扁臉黃皮跟龍是一起的。」「風精的家被龍燒掉了。」「龍跟人類。」「龍跟扁臉黃皮。」「家被燒掉了。」「家被燒掉了。」「家被扁臉黃皮燒掉了。」「燒掉了、燒掉了。」

果然變成這樣。

不過她們似乎忌諱於克莉絲汀，沒有像上次那樣直接攻過來，就只是遠遠地交頭接耳譴責我。

對我來說，這樣還比較痛。

我絕對沒有設計她們，但在她們眼中儼然就是這麼一回事。我是可以嘗試辯解，但她們恐怕不會信吧。

「…………」

該怎麼回答呢。

『吼嚕嚕嚕，這群小蟲真吵。』

聽了綠風精那麼一長串，蘿莉龍鼓動咽喉。

嚇得她們立刻閉嘴，同時僵直發抖。轉瞬間，如小蜘蛛離巢般倉皇逃逸。

「呀～好可怕！」「快逃、快逃！離龍遠一點！」「會死掉！又要死好多風精了！」「快逃、快逃！」「不快逃就慘了！」「龍好可怕、龍好可怕！」「人類也好可怕、人類也好可怕！」「果果露也好可怕、果果露也好可怕！」「都好可怕！每個都好可怕！」

我的天啊，好不容易和小縫縫築起的友誼被克莉絲汀一瞪就全完了。連讓我辯解的機會也沒有。

甚至來不及說再見。

何其悲催啊。

「克莉絲汀……」

『！……先、先聽我說！』

「全都是我的誤會造成的，不是你們的責任。」

『唔唔……你老是說那些有的沒的……』

人類就是會計較這些有的沒的的生物。

就請妳多多包涵吧。

「……那我們也沒必要再待在這裡了。」

如此可悲的離別使得我的內心十分感傷。然而世事往往就是這麼不盡人意，為了不給她們再添麻煩，我們還是早點撤退吧。

再說飄在天上的蘿莉龍非常顯眼，萬一引來其他怪物就麻煩了。雖然以弱肉強食的角度來看應該是不用怕，但凡事還是小心點好。

「法連閣下，我們先回岸邊的聚落吧。」

「嗯。既然你這麼說了，就這樣吧。」

「謝謝你的體諒。」

『吼嚕嚕嚕嚕嚕。』

克莉絲汀似乎很不服氣，但並沒有出言反對。

既然要回去，就請她先變成蘿莉模式吧。直接飛到駐紮地十之八九會被攻擊。綠風精聚落已經淪陷了，人類聚落非守住不可。

「克莉絲汀，能麻煩妳先變成人形嗎？」

『啊啊？為、為什麼我非得變成人形不可啊？』

「因為我們是朋友，這樣比較親近嘛。」

『！……』

尾巴搖擺幅度變大了。

效果卓越啊。

之前在貧民窟對話的經驗真有效。

「不行嗎？」

『……那好吧，就聽你的。』

好，這樣事情就告一段落了吧。

＊

我們等克莉絲汀縮小後才落地。

她平時那件禮服就收在魔導貴族的行囊裡。好久沒欣賞到頂級白虎的蘿莉龍●啦，今晚的配菜就決定是我們的軟嫩龍了。

「……那真的是古龍嗎？」

蘿莉龍順利著裝完畢。

見到她現在的模樣，果果露不禁這麼問。

那樣一隻巨無霸變成了比她還小的女童，會有疑問也是當然的。和風臉第一次見時根本沒認出來，也嚇了一大跳呢。

「是啊，就是她。」

我誠實點頭回答。

隨後，魔導貴族順應她的問題般說話了。

視線在我和果果露之間來去。

「褐色皮膚，銀白頭髮，再加上那條尾巴……」

「怎麼了嗎，法連閣下？」

「你跟果果露族一起行動啊？」

「你也曉得嗎？她是我來到這裡以後第一個遇到的人，很親切地告訴了我很多事呢。雖然人們好像對這個種族有些意見，但若可以的話，我希望她能受到相同的待遇。」

她可是因種族就被歸為賤民，不當人看的美少女啊。

得趁這時候多衝點好感度。

所幸她是懂魔法的人，魔導貴族應該不會虧待她。他可是個只要對方懂魔法就能不顧身分高低，胸懷不知是寬大還是狹窄的男人呢。

但話雖如此，狀況似乎不太對勁。

魔導貴族看著果果露，表情頗為苦惱。

「果果露族沒有分布到暗黑大陸棲息才對啊，是從外地流入的嗎？不過他們和人沒什麼差別，以這裡怪物的程度來說，不太會有隊伍特地帶果果露族來，還真是難得。」

「這樣啊？」

「果果露族的能力的確是非常有用，可是為此到處觸摸這大陸的生物，風險也未免太大了。他們的力量要在人多的地方才能發揮真正價值……」

魔導貴族突然陷入自問自答模式。

再加上皺著眉頭唸唸有詞。

在他身旁的蘿莉龍也有些反應。

『…………』

她什麼也沒說，默默地來回踱步十多公尺。表情很正經，縮著身子與我們保持距離，眼睛不敢大意般地緊盯著果果露。

這反應非常不像她。

「你們兩個都怎麼啦？」

『……喂，那不是高等果果露嗎？』

「高等果果露？」

對喔，她的屬性視窗是這樣寫的。

高等果果露是什麼意思，我也有想過那麼一下下。

「高、高等果果露？」

聽了克莉絲汀的問題，連魔導貴族都用飛行魔法跳開保持距離。自然與她站在一塊，表情比蘿莉龍還緊張，臉頰還在抽搐。

「……法連閣下？」

到底是怎麼回事啊？

別說沒湊上來了，反倒遠離應該有興趣的對象，真是稀奇。

「以前我在書上看過，有一支分布於暗黑大陸的果果露族，好像是學園都市的圖書館吧？喔不，錯了，應該是大聖國的史錄。對，就是在那讀到的，沒有錯。」

「法連閣下，你知道她的背景嗎？」

我再三詢問。

因為現在的氣氛很不好。

就像有人說：「那不是鍬形蟲，是蟑螂吧？」一樣。

我都抓在手裡了。

「你剛說是在這裡遇到的？真的嗎？」

「對啊，真的。從這裡更北邊的地方。」

我講起了我是如何邂逅這可愛的黑肉蘿。

街友感爆發的草堆臥舖實在太可愛啦，窮困美少女就是讚。在處男眼中，赤貧寡言的女生保證是新娘人選的前幾名。

然而魔導貴族不知是哪裡不滿，表情凝重。

「……這麼一來，很可能被她說對了。」

她是指克莉絲汀吧。

所以我就不懂了。

說到底，果果露族到底是何方神聖？感覺好像在哪兒聽過，但我想不起任何與這個有關的一切。我應該是來到佩尼帝國後才聽過這個詞，那麼究竟是在哪聽過的呢？

「高等果果露嗎？嗯，我想她的確就是這個種族沒錯。可是這又怎麼了？法連閣下，你的反應跟我所認識的你很不一樣呢。我實在不懂你為什麼會表現得好像很嚴重的樣子。」

果果露是很強沒錯，但是她身旁有個遠比她強大的蘿莉龍，沒必要退得這麼誇張。這樣對人家很沒禮貌，不太好吧。

「……你了解她嗎？」

「我想我是有大致上的理解啦。」

果果露是無家的遊民。

我是佩尼帝國的新手男爵。

新手男爵收無家遊民為妾的日子近在眼前。

「什麼……那、那你還把她留在身邊？」

「這樣有什麼問題嗎？」

「！……」

魔導貴族一臉驚愕。

前所未有的級別。

我也看過很多次他吃驚的表情，但這次非同小可。實在搞不懂他在緊張什麼，換個人問問好了。

「克莉絲汀。」

結果我一叫她，她的視線咻一下撇掉。

果果露有可怕到連古龍都要畏懼三分嗎，少來少來，怎麼可能。數值上，她比人家高多了。而且蘿莉龍自尊心那麼高，竟然連個挑釁都沒有就躲成這樣。

到底是為什麼？

完全想不透。

「你們兩個都怎麼啦？」

莫名其妙。

聽我再次提問，回答的照例是魔導貴族。

「當著你和她的面講這種話，其實不太好。可是就算是我，知道心思會被人看透，還是會難以自處。像這樣實際面對面，啊啊，真的不是普通的緊張啊。」

「……心思被人看透？那是什麼意思？」

「你該不會都不知道吧？」

「別說不知道，我連現在是什麼狀況都搞不懂。你們兩個為什麼要離我這麼遠？感覺好像我或她身上有很嚴重的傳染病一樣。」

「…………」

『…………』

和風臉坦然說出疑問後，魔導貴族和蘿莉龍看起彼此，彷彿默契好到能用眼神對話，令人心生嫉妒。醜男也好想用眼神跟蘿莉龍對話。

喔不，現在不是想這種事的時候。

「不好意思，能多告訴我一點果果露族的事嗎？」

「好、好吧，我說。」

魔導貴族輕咳一聲接著說道：

「果果露族能藉由直接接觸讀取對方的心思，這部分你也知道吧。經常有貴族利用這點耍詭計。所以這一族不太受人歡迎，但又有其必要，在人類社會裡是最底層的待遇。」

是怎樣，沒聽說過啊。

啊，我想起來了。

提到果果露的是柔菲她爸。

現在想來，他的確是說了那樣的話。

說得像測謊機一樣。

「原來是這麼回事。」

太好了。

幸好我很克制，沒對她做太過頭的性騷擾，或者說根本沒有碰過她。要是晚點知道，搞不好就碰下去了。好好奇黑肉的觸感啊。

魔導貴族果然棒，在絕佳時候救了我。

低空飛過。

「這樣還好吧……」

「不過，住在暗黑大陸的高等果果露就不一樣了。據說他們用看的就能了解生物的心思，而且就古書上記載，範圍大約是一把矛那麼長。」

「…………」

「想不到我也有親眼見識的一天。這種族十分強大，在一百幾十年前，有個好奇心特別強的高等果果露進入大聖國，把當時的聖女和周圍的人搞得天翻地覆。據說著名的聖徒之亂就是因此而起。」

根本沒飛過啊！

整個撞山啦！

視線自然挪動，該處是果果露的身影。她抬眼盯著我看，就在伸手可及的距離，長矛晃一下就搆到了。反倒距離這麼近，矛頭要刺中還不容易呢。

也就是，這個，那個，怎麼說。

妳好。

「……你好。」

不會吧。

真的連上了。

果果露跟我的心深深連上啦！

暗黑大陸（三）
Dark Continent (3rd)

人從出生到死亡，從不會袒露內心。

或許每天生活的房間、D槽裡的檔案、在網路公開的日記等能夠大致透露一個人內心世界的面貌，但再怎麼樣也無法真正看見他的內心。

醜男我活到今天都是抱著這樣的觀念。

「原來如此，她是這樣的種族啊……」

魔導貴族的話帶給我無比的震撼。

視線自然挪移到果果露身上。

我叫田中。

「……我知道。」

哇操。

真的有連上。

果果露跟我的心連到一個不行啊！

「…………」

「…………」

也就是說，我先前妄想的那些不可告人的種種其實被她聽得一清二楚。每字每句，都正確無誤地被她聽見了。

我敢保證自從我們見面以來，我在她面前是滿腦子齷齪妄想。而且因為她很可愛，讓我想在這一刻賞她一發特濃的。

原來如此、原來如此。

「…………」

「…………」

我是在作夢吧？

這事實震撼到我不禁這麼想。

糟糕。

這下糟糕啦。

知道想什麼都會露餡，心裡便猛烈地湧起一股意淫的衝動。人是遇到困難就想克服的生物。就像明知連穿了好幾天的襪子肯定臭爆，但還是會聞幾下那樣。

「…………」

「…………」

好想舔果果露黑黑的腋下。

不，光舔怎麼夠。

要把她搞成公共肉便器，在她內外滿洨啊嘿臉時對她撒一泡濃純香的尿或灌她一公升口水才過癮吧。或是讓她穿水手服，打個酣暢淋漓的濃情蜜意炮，不然戴項圈公路溜溜三千里之類。

靈感爆發，靈感爆發啊！

對味不對味的妄想一股腦兒地流個沒完。這太危險了，我無法控制自己的意識，猥褻思想一發不可收拾。我無力主動阻斷，無論願意與否，妄想都是一個接一個。

誰來告訴我怎麼停止意淫啊！

「…………」

「…………」

蘿莉龍和魔導貴族離她那麼遠，以及綠風精這麼怕她的原因，這下我全都懂了。真希望我到死都不知道這件事，果果露實在太可怕了。

可以聽見我精神崩潰的聲音。

更可怕的是不管我思想再猥褻，果果露依然冷靜得一點反應也沒有。那些妄想只要有一個流到我的交際圈裡，我的一切就要分崩離析啦。

「…………」

「…………」

不過，果果露還是好可愛。

不管怎麼想，我還是想被她逆姦。

如此一連串的糾結，她也一字不漏全聽見了吧。啊啊，怎麼會這樣，我該怎麼辦才好。再怎麼苦惱，我也想不出個好法子，到處碰壁。

但我也不能就這樣跟她乾瞪眼，旁邊還有人看著呢。

總之就是那樣吧，既然要顧忌魔導貴族和蘿莉龍的視線，就先打聲招呼好了。

「妳好，以後請多指教。」

「……這樣好嗎？」

「這個嘛，我也是很驚訝啦。可是這樣就躲妳，實在太沒禮貌了點。我跟他們不一樣，在路上受過妳很多照顧，我並不想違背這點基本道義。」

好想被果果露逆姦，二十四小時耐久逆姦。逆姦救處男。我已經做好了純用果果露體液補充水分的心理準備。上面的汁汁跟下面的汁汁都隨妳灌，小人甘之如飴。

老天保佑，一定要有膜。

「可以的話，希望能維持原狀。」

「…………」

好想不管怎麼掙扎都照樣被她逆姦。

懷孕。

生產。

親子丼。

蘿莉控——！奮鬥——！奮鬥——！奮鬥——！

「……有困難嗎？」

「…………」

豈有不困難的道理。

眼前有這樣的變態，連我也想跑啊。肯定是二話不說就一顆火球過去，一句話也不想跟他說。

再繼續跟她對看下去肯定出事。愈是知道她聽得見我的心聲，腦袋愈是各種妄想噴個沒完，簡直強迫症。

心思被人看透的負擔比我想像中重好多啊。

好辛苦。

好想在心思袒露無遺的狀態下被她強行按倒，連聲譏諷，不給逃跑機會地逆姦。這樣我就達成人生目標了。

果果露，請逆姦我。

請妳帶著可怕的性病，不由分說地逆姦我。

讓我從這意淫地獄中解脫吧。

「……我不要。」

「…………」

她拒絕了。

哀傷。

難受。

現在該什麼辦呢，心裡一團糟。和果果露交配，和果果露生仔仔，讓她說不定有分岔的舌頭對小菊花來場雙凸輪軸式的猛攻。

我不禁再次懷疑這只是一場夢。

再過不久，蘇菲亞就會在學校宿舍叫醒我之類。

這樣現實多了。

我衷心期盼真是如此。

「這不是夢。」

「…………」

好殘酷的報告。

不然呢。

怎麼辦？

「…………」

「…………」

不不，現在不是自亂陣腳的時候，得盡快整理現況。這裡是暗黑大陸，弱肉強食的廝殺大陸，下一刻就有火鳥或上級龍襲來也不足為奇。

這樣大家都危險，非避不可。

「總而言之，我們先換個地方吧。」

蘿莉龍都變小了，先到安全地點再說。

「在那之前，我有件事要問你。」

喔，魔導貴族發問了。

我自當好好回答。

不能讓他發現我現在心裡亂成一團。

公廁奴隸少女果果露ＭＡＫＥ ＵＰ！

魅點在於正字標記。

「什麼事呢，法連閣下？」

「你是怎麼來到這裡的，該不會是飛行魔法吧？我們才剛到沒多久，而你並沒有比我們先離開佩尼帝國吧？但是看樣子，你好像已經在這裡活動一段時間了。」

的確是切中要點的問題。

我對飛行魔法是有點自信，不過蘿莉龍比我早出發幾天，根本不可能追過這段壓倒性的差距。她沒事就炫耀翅膀可不是炫假的。

「不是飛行魔法，我是用多利庫里斯的魔法陣傳送過來的。」

「你說魔法陣？該、該不會是空間魔法吧！」

「我也不清楚，多半就是那一類吧。」

「天啊！沒想到佩尼帝國境內有那樣的東西！」

「我是沒什麼證據，但至少我人到這裡來了。」

「喔喔……！」

霎時間，魔導貴族高興得臉都發顫了。

好像給魔法神經病的病根澆了油的感覺。

「魔法陣在哪裡！快、快帶我去看！」

餌咬得好猛。

我不自禁往果果露看。

視線又自然移往她下腹部。等待小褲褲從短裙下亮相一二三煞。頗具民族服飾感的服裝底下露出褐色大腿有夠撩人，好想被那緊實的肌肉正面夾臉。

「我是沒問題，可是魔法陣一邊雖是在費茲克勞倫斯子爵的領地，暗黑大陸這邊卻是在這位小姐家裡。」

「什麼……」

才剛樂得發顫的臉瞬間凍結了。

此時此刻，他心裡的天平正劇烈搖晃吧。

一邊是魔法，一邊是果果露。

「我是認為給你看過以後，可以學到很多東西。說不定不只是暗黑大陸，還能成為往來各地的有力交通手段。不過很遺憾，那好像是單向的。」

「是、是嗎……連你也這麼說……」

他表情好糾結啊。

極為苦惱的樣子。

「總之這不是我能單方面決定的事。想看的話，請先取得她的同意吧。佩尼帝國那邊我已經處理好，暗黑大陸這邊就完全是人家的地盤了。」

「唔……」

不知他苦惱了多久。

一會兒後，魔導貴族的腳動了。

朝我一步、又一步走來。

最後停在果果露前幾公尺處。那已是魔導貴族的全力、極限了吧。從距離看來，槍頭說不定有機會碰上一碰。

難道距離的遠近會對讀心的深淺有影響嗎？

那麼就站在她身旁的我被她摸透了多少呢？

「不好意思，能讓我看看魔法陣嗎？」

不久，魔導貴族對果果露擠出這個問題。

並低頭請求。

不曉得他腦子裡有什麼樣的思緒在打轉？

「……我是沒關係。」

「是、是嗎！」

果果露輕點了個頭。

剎那間，抬起頭的魔法神經病表情樂得燦爛無比。

到底是多高興啊。

話說回來，果果露也真是寬容大量。

太好心了。

好想被她徹徹底底逆姦一遍。

「那麼事、事不宜遲，請帶我們去看看那個魔法陣吧！」

「…………」

一獲得果果露同意，魔導貴族就興奮得呼呼喘，要求帶他回家。在不知情的人眼裡完全就是個變態。像這種時候，就會很慶幸他是個只注重魔法的人。萬一他是我或梅賽德斯這一掛的，將會成為名留青史的稀世變態吧。

但問題不是獲得屋主同意就好那麼簡單。

果果露住在這裡往北，暗黑大陸很深的位置，四周分布的怪物應該也比較強大。我和她或許還應付得來，對魔導貴族就不好走了。有點擔心沒辦法保護他到最後。

所以說，現在要請最強的龍幫個忙了。

「克莉絲汀，有件事想請妳幫忙。」

『不要。』

「……我都還沒說耶。」

『不要再靠近我了！絕、絕對不准靠近我！』

「…………」

金眼蘿莉龍擺出抵死不從的態度。

也難怪啦。

一般而言，誰都會把維護自己的心靈衛生放在不明魔法陣之前。

我也不是不好奇這隻龍平常都在想些什麼東西，但我不想刻意去挖。人與人就是因為會保持一定距離，才能保持愉快關係。因此，難得的心靈契合才會讓人感到幸福。

「原來古龍還比不上果果露啊。」

『……你說什麼？』

「不是嗎？妳明明躲得這麼遠。我和法連閣下都能這樣跟她對話了，妳還縮在這裡，太窩囊了吧。」

『唔……』

我挑釁個兩句，蘿莉龍的表情就愈來愈懊惱。

不過今天的她比較冷靜。

『哼、哼！隨你怎麼說，跟我沒關係！』

「真的嗎？」

『那當然！』

小腦袋往旁一甩。

是怎樣，太冷淡了吧，就這麼不想讓人知道妳的心嗎？是啦，換成醜男我也是抗拒到底啦，可是她都聽見啦，我是能怎麼辦？到底該怎麼辦啦！被強姦而失去貞操的女生就是這種心情嗎？

再加上過程被錄下來，上傳前五秒的感覺。

「那好吧，我不勉強。」

『…………』

「我們先走，妳自己跟來吧。離遠遠的也沒關係，我不會再要妳接近了。只不過，要讓法連閣下騎在妳背上。」

『……人類不是討厭被人看透心思的生物嗎？』

「是啊。基本上都是這樣沒錯。」

『那、那為什麼你一副無所謂的樣子啊？』

「我並不是無所謂。」

『明明就是！你跟平常根、根本沒兩樣嘛！』

「那是妳的錯覺。」

我心裡一直是世紀末狀態呢。

要是稍微鬆懈，猥褻的妄想就會滾滾而出。

果果露，請准我顱交。妳知道顱交是什麼嗎？就是把頭塞進●的超必殺技。我要用頭部感受那弱酸性。

「…………」

但真正厲害的是集如此妄想於一身也無動於衷的她。

靜到我都懷疑她是否聽得見。

「……我都聽見了。」

「…………」

怎麼樣，看到我多慘了吧。

根本回天乏術啦。

啊啊。

對不起。

『…………』

「那就這樣了，麻煩妳嘍？」

『哼……』

雖然多了點麻煩的限制，總歸是替魔導貴族叫到車了。

這時我忽然想到，趁早確定果果露的讀心範圍對克莉絲汀超乎想像的玻璃心應該比較好。實際上要離多近才讀得到呢？

無論她會不會說實話，問問看也不吃虧。為了讓大家今後也能融洽相處，分享規格表是非常重要的事。

魔導貴族說的長矛距離只是史料，要她自己說的才算數。

「不好意思……」

話還用不著說完，她就回答了。

「除了你以外，他們都在範圍之外。」

「這樣啊。」

那麼，長矛距離會是誤傳嗎？

看來魔導貴族也安全上壘。

「……可是他剛才說得沒錯，只差一點點。」

「謝謝妳，這樣我就放心了。」

原來如此，果然是完全聽得見。

她截至目前都是與我和平相處，但是說不定下一秒就對我的妄想發飆了。相信要不了多久，她就會動用強硬的手段。

我的所作所為是極為嚴重的性騷擾。

諒她撐不了三天。

因此我深深地覺得盡早保持距離對雙方都好，我現在和別人口頭交談都很勉強了。可是，當她到我看不見的地方，又是孤單一人之後，感覺會不太妙。

下次再見到她時，我會用什麼態度面對她呢？

「聽到了吧，克莉絲汀。」

『這、這樣啊……』

蘿莉龍回答的表情頗為複雜。

＊

我們一起在暗黑大陸的天空飛了幾小時。

回程與去程大不相同，克莉絲汀的存在讓我們一路暢通。可見古龍在這兒的面子真的很大，體型不是大假的，誰也不敢惹她。

最後直接在那個魔法陣所在的果果露宅降落。

暌違幾日的重訪。

一行人走下階梯，進入位在地下的房間。

魔導貴族和蘿莉龍與我跟果果露各站在房間對角。是不想被她讀心吧，一進房，位置馬上就定下了。

他們始終這樣閃躲讓我覺得有點對不起果果露。所以為了平衡，我不顧對方感受地在她身旁「小●！小●！」默念個沒完。

都快對●這個字產生格式塔崩壞了。

「…………」

「…………」

因為這個緣故吧，果果露定下位置以後就只是白著眼看我，彷彿在抗議這一連串的性騷擾。那看不出情緒，極為冷淡的眼光直插中和風臉的M點。

有點爽。

無論那是源自何種情緒，被美少女認知、注意的狀況仍令人愉悅。

「我臉上怎麼了嗎……？」

「……沒有。」

「對了，我還沒請教妳的名字呢。不嫌棄的話──」

「你應該已經知道了。」

「…………」

是啊。

她似乎已經知道屬性視窗的事了。

大概是知道自己的心也被人看透吧，她的口氣冷冷冰冰。這個變態怪叔叔不要動不動就跟我講那些不三不四的東西好不好，噁心死了這樣。

另一方面，魔導貴族真的就是ＨＩＧＨ翻天了。

「太、太棒了！這種魔法陣居然能這麼完整地保留到現在！該說不愧是暗黑大陸嗎！這真是、這真是太美妙了！應該是出自魔族之手吧！」

他的眼睛閃閃發亮，心無旁騖地臨摹魔法陣。

讓我想起過去為他表演治療魔法那個時候。

有點吃味。偶爾幫治療魔法升個級好了。

「……有那麼寶貴嗎？」

哦？果果露問話了。

好開心。她還願意跟我說話，開心死了。

傳入死處男耳裡的聲音依然是那麼美，那麼舒爽。

「他是個熱愛魔法勝過吃三餐的人呢。」

「……是喔。」

「是啊。」

至於克莉絲汀，則是在他身邊用不滿的表情看著他的一舉一動。她既沒有達成原先的目的，又被呼來喚去做些對她沒好處的事，不高興也是當然的。

尤其最近我們動不動就掰一堆理由，單方面要她當我們的司機，這次飛來暗黑大陸好像也是魔導貴族為了幫我蒐集綠風精翅膀。是該好好謝謝她。

好，就這麼辦。

人家是克莉絲汀，給她一點驚喜應該很有效。嚇得全身抖動的蘿莉龍肯定可愛極了。這麼說來，辦個宴會慶祝她就任鎮長或許不錯，能順理成章讓她當主角。

說驚喜以後再說是騙她的，等她瘋狂飆罵再說這才是騙她的這樣。哦哦，不錯，真的讚。她的表情變化清晰得是躍然眼前。

然後我們看著這樣的她，心裡滿是溫馨。

在場所有人對她的支持度也會因此飆升吧。即使我丟了領地，龍城也能永保安康。如果大家願意幫助她永遠留下，或是至少待到待不下去為止，那真是再好不過。

但若做得太過頭，我搞不好會愛上她，大意不得啊。

「…………」

「…………」

想著想著，對蘿莉龍的愛就噴發了。

蘿莉龍好可愛。

好想跟蘿莉龍結婚。

好想讓蘿莉龍懷孕，生我的寶寶。

可惡。

可惡、可惡。

真對不起魔導貴族。

心聲全都露啦。

果果露實在太危險了。沒有果果露就好了。果果露怎麼不去死。啊，說得太過分了，對不起。不過，這依然是我的心聲，同時我還是很想對果果露無套內射。

果果露好可愛。

好想跟果果露結婚。

好想讓果果露懷孕，生我的寶寶。

「…………」

糟糕，糟糕啊。

內心分分秒秒暴露在他人面前的壓力比想像中更巨大，整個腦袋亂七八糟。腦汁擅自往平常根本不會想的方向亂鑽的感覺強到不行。再這樣下去，精神崩潰指日可待。

思覺失調症的第一步大概就是這麼回事吧。

「…………」

冷靜一點。

自己是自己，別人是別人。

無論父母、朋友、同事，怨恨身邊人的事在日常生活中到處都是。嫉妒心很容易膨脹，但也容易過個幾天就消失。不需要特別介意，也不需要正當化。

沒錯，就是這樣。

噢。

深呼吸之後，這不就放鬆下來了嗎？

「…………」

「…………」

與免費接受果果露藐視的權利相比，和風臉的心靈根本算不了什麼。在日本想要這種服務，一小時五千跑不掉。既然我無以回報，就讓我出賣自己的心吧。

好，冷靜下來了。

應該沒事了。

好想跟果果露連續深吻兩小時。

「…………」

「…………」

我就這麼一邊維護自己的心靈，一邊沉醉在妄想之中。直到蘿莉龍凶巴巴地踏起腳來，魔導貴族的注意力才從魔法陣回到我們這邊。

看來他是徹底過癮了。

四十幾歲的大叔恍惚的表情實在不怎麼賞心悅目。

「這次我真是開了眼界啊。」

認識魔導貴族至今，還沒看過他這麼綿綿鬆鬆。還對果果露深深一鞠躬，可見那個魔法陣真的不得了。這個人的確是一心向魔啊。臨摹魔法陣的紙他抓得有夠緊。

看樣子，我也對她道個謝比較好。

「也請妳接受我的感謝，謝謝妳大方成全。」

「……我什麼也沒做。」

「這裡畢竟是妳家嘛，道謝是應該的。」

如果有穿過的內褲，麻煩讓我吸兩口。小蘿莉穿迷你比基尼跟丁字褲超騷，恭請果果露也用這身戰甲進攻夏日海灘。

「…………」

「…………」

我知道，我真的很對不起果果露。

可是對眼中的一切性幻想在我這年紀的男性之間是非常普遍的事，拜託妳高抬貴手裝作沒看見。但我自顧自地做了那麼那麼多要求，她不會這麼簡單就放下吧。

性騷擾一波接一波。

相信果果露的精神也快崩潰了。

再繼續下去會出事。

差不多該說再見了。

「話說，原來果果露族懂的還挺不少嘛。」

魔導貴族忽然這麼說。

他看的是果果露窮困度爆表的枯草床鋪旁邊，用來裝食物的破木箱。她用來過活的物資都裝在那裡頭。這種令人鼻酸的感覺對我來說非常萌。

被飢餓和貧窮壓得喘不過氣的蘿莉好可愛。

「伊幾菇、波寇草和拉梅角這些，都是相當猛烈的毒物。就算暗黑大陸的生物再強大，全吃下去也不會平安無事。是用來打獵的嗎？」

「！……」

果果露聽了魔導貴族的無心之言，第一次表露像人的反應——肩膀猛然一跳，視線從木箱移往房間角落。大概是生活方式被人說出來，覺得害羞吧。

這也難怪。

讓人看見這麼可悲的睡鋪，僅有的財產還是用來打獵的毒物。

這年紀的女生不為這種房間臉紅才怪。

「可以的話，我還想多了解一點暗黑大陸的野草……」

魔導貴族則依舊不知收斂。

看著果果露的木箱，一副求知慾爆炸的樣子。

再問下去就太對不起她了。

心思被她看透的人幫她說這種話或許有點怪，不過現在她的隱私也是被我們破壞殆盡。人家是女孩子，這方面不體貼一點怎麼行。

『…………』

順道一提，蘿莉龍已經瀕臨忍耐極限，瞪我們的表情臭到不行。眼白是黑，眼黑是金的她瞪起來特別嚇人。不知何時會打出爆肚拳，讓人壓力好大。

於是我自然就出言勸退魔導貴族了。

「法連閣下，待太久對人家不太好啦。」

「也、也對，都是我在問來問去……」

我知道全力性騷擾的我沒資格說這種話，但就算要實地鄉野調查，也得尊重觀察對象的隱私。更別說這是可愛異性的房間了。

差不多是撤退的時候。

繼續給果果露添麻煩不太好。

尤其是我那滔滔不絕的妄想。

『喂，你們夠了吧。』

蘿莉龍終於憋不下去了。

時機剛剛好。

幹得太漂亮啦！

我便順藤摸瓜，提議散場。

「也對，我們差不多該走了。」

蘿莉龍都開口了，即使是魔導貴族也不會想賴皮吧。

但我的如意算盤卻被克莉絲汀下一句完全想不到的話砸個稀爛。

『趕快啟動魔法陣，回城裡去！』

「咦？」

「妳說什麼？」

我自然地發出疑問。

魔導貴族也是。

畢竟我事前就說過，我曾嘗試重新啟動魔法陣卻不幸失敗，所以想到回程要當好幾天空中飛人就有點鬱悶。

「克莉絲汀，先前我也說了，這個魔法陣似乎是單向的，灌了魔力也沒反應。妳叫我們啟動它，是因為有其他方法嗎？」

蘿莉龍淡然地答道：

『啊？不是有寫也能傳回去嗎？注意事項還寫到要過一晚才能重新使用啊。魔族畫的魔法陣都寫得很細，真的很不錯。』

她看著魔法陣一角說。

那裡有一串構成魔法陣局部的神祕文字。

想都沒想過說明書會直接寫在上面。

「咦，這樣啊？」

「難、難道妳看得懂這個魔法陣？」

醜男有點驚訝。

魔導貴族驚訝到爆了。

克莉絲汀不敢置信地看著兩個呆頭鵝。

『……你們連這一點魔法陣都看不懂啊？人類也真是沒用。』

好像認真在想「咦～真假？你們真的看不懂啊？」這樣。

不過那表情也只是一瞬之間。

「是啊，我實在是才疏學淺……」

『…………』

老實承認無知後，傻眼的克莉絲汀馬上就一副跩樣，臉上堆滿打著歪腦筋的笑容。臉頰前所未有地圓滾，軟嫩到不行。

看她賣弄知識而感到不甘心的同時，也有種辯輸蘿莉的快感。

快變成失敗的俘虜啦。

『哼哼？是喔，你們連這點程度的魔法陣都看不懂啊？』

「就是啊。我真的很少接觸這類魔法。」

『我全都懂喔！每個角落都看得懂喔！』

「每個角落嗎？太厲害了。」

『當、當然啊！這點程度的魔法陣根本算不了什麼！』

蘿莉龍充滿自信地挺高她平平的胸如此宣告。

看來她沒穿內衣，鼓鼓的乳頭把禮服挺出兩個小豆豆，色到不行。臭魔導貴族，真的太會啦！

『怎麼樣！厲害吧！知識跟海一樣廣喔！』

「太厲害了，妳眼中的世界是什麼模樣，我一點也無法想像呢。」

「嗯，古龍果然了不起。」

『是、是嗎！那麼，好吧，既、既然這樣，我可以多教你們一點喔？讓你們這些無知的東西知道世界在我眼中是什麼樣！』

「真的嗎？」

『不過在那之前要先在這裡發誓，你們會一輩子承認我的學識比、比你們還要淵博！知道嗎！』

蘿莉龍提出的條件比過去小器了點。拿一輩子保證這一刻的知識也未免太瞎了。可是這樣愛計較的小心眼蘿莉龍也很可愛，叔叔就點頭吧。

「拜託妳了。我相信妳的知識會永永遠遠凌駕於我之上。」

不過叔叔會找機會玩妳的。

『…………』

「……克莉絲汀？」

『當、當然啊！那是當然啦！我怎麼會比人類差！』

她剛才表情還滿困惑的，有點沒自信的樣子真是可愛極了，而依然答應下來就更可愛了。受不了你耶，魔導貴族，怎麼看上這麼棒的女人。

最近可能是交集多了，蘿莉龍的魅力之處來勢洶洶。他能這麼早就看出這一點，表示他的審美觀對魔法以外的對象也能完整發揮。

「…………」

回去以後就用艾迪塔老師的小褲褲療傷吧。

『呃，喂，人類！……沒話要說了嗎！』

「我對克莉絲汀的魅力又有更深一層的體認了呢。」

『！……是、是嗎！這樣啊！算你還有點悟性！』

蘿莉龍臉上滿是勝利的表情。

追求認同的欲望一樣是強到不行。

要是果果露在這一刻把我的心思洩漏給蘿莉龍知道，

我就死定了。求求妳了，幫中年大叔守住這份藏在心裡的熱切思緒吧，果果露。

「…………」

「…………」

果果露偏偏不回答，真是太S啦。

冰山美人主義在這時也照樣爆發。

『既然這樣，那、那好吧，魔力讓我來灌！以你們人類來說，要啟動這個魔法陣會有點辛苦吧！我就小露一手，讓你們看看龍的力量是多麼廣大無邊！』

蘿莉龍得意地朝魔法陣張開右手。

看來她是準備替我收拾這個場面。她說得沒錯，需要耗費不少魔力才夠啟動地上這個魔法陣，至少魔導貴族和果果露辦不到吧。

稍微吹捧一下，她就大方出手了。

我就是喜歡妳這麼海派啊，克莉絲汀。

『快進魔法陣吧。』

「謝謝妳，克莉絲汀。」

「好、好的。」

『哼哼！』

兩位大叔在蘿莉龍催促下踏上幾步之前的魔法陣。等我們站定，蘿莉龍自己也進到魔法陣裡來。

只有果果露站在房門附近，繪於圓圈裡的幾何圖形之外看著我們。仍舊以面具般看不出情緒的臉孔默默地注視這一切。

對不起，給妳添了那麼多麻煩。

替我找回失物，真是感激不盡。

就跟她說些道別的話吧。

我們恐怕不會再見了。

「現在才這樣說或許有點晚，不過這次真的給妳添了很多——」

這時，蘿莉聲喃喃地打斷了我的話。

「……我可以一起去嗎？」

「咦？……啊，咦？呃，這樣……那個……」

無法當場同意的我心胸真是狹窄啊。

聽她發問的當下，心裡想的是不要。

果果露，和風臉心裡想的是不要啊。

「跟人說話，很開心。一個人……很難過。」

「這……」

竟然到了這一刻才來真情告白這招。

怎麼辦？

真的不曉得怎麼辦了啦！

沒想到她會說一個人很難過這種話。

「一個人……很難過。」

「…………」

原來這就是妳的真心話啊，果果露。

她說得臉頰有些緊繃，先前明明都是一貫的撲克臉。如她所吐露的，臉上能窺見那麼一點點近似感情的變化。

我不禁想起初遇時的對話，就是我剛到這裡時，她本人說的關於果果露族的那些。到現在我才發現，那說不定都是她最想說的心聲。

誰都不喜歡被人看透心思，受人排擠的她自然就孤伶伶地活到了今天。說不定她獨自過活的日子比我想像中還要長很多。

「…………」

「…………」

另一方面，她還是會到人類聚落買衣服，多少與他人有點接觸。她的體能比人類卓越，即使在暗黑大陸這樣的地方，也能依恃武力取得一定所需。

但如此不上不下的立場，會不會使得她更加孤獨呢？我想真正的孤獨並不存在於沒有其他人影的無人島上，肯定就在溫暖團聚的附近。

這場交流反而加深了其孤獨這種事，也不是完全不可能。當然，這很可能只是我自作多情，不過她的一舉一動給我的感覺是那麼地急切，甚至讓我不禁這麼想。

『當然不行啊！給我聽著，不准進來喔？要是妳進來，我馬上就殺了妳！絕對會殺了妳！所以不准來喔！絕對不准來喔！絕對喔！』

灌注魔力後，魔法陣開始發光。

蘿莉龍那傢伙好像真的很排斥她。

然而果果露依然是喃喃地說著她的話。

是什麼讓她決心開口的呢？

此時此刻，她潰堤了似的說個不停。

「……我想跟人說話，說很多很多話……很多很多……」

自與她邂逅，我第一次見到黑肉蘿的感情。

那是飢渴。

說話的表情和過去相差無幾，眼神卻逼得人喘不過氣。不是憤怒，不是焦急，也不是悲傷，就只是注視著我，一點也不像玩笑或隨便說說。

我記得這種眼神。

那是真正有所飢渴的眼神。

不想再飢渴下去的眼神。

「跟我說話。你應該也很想才對，跟我說話……跟我說話……」

可是，克莉絲汀不給我回答的時間。

抑或是我不肯搶先回答。

『以後就不用見了！管妳自己去死！』

克莉絲汀說了短短這麼一句後，我的眼前開始發黑。

那句話使我的心在胸口猛力一撞，撞得都痛了。

我真是個卑劣的男人。不過老實說，我也有得救的感覺。我不希望我的心思被蘇菲亞或艾迪塔老師她們知道。會這麼想的我，啊啊，實在太卑劣了。說了那麼多冠冕堂皇的話，終究也不過是這點水準。

笑死人了，我這個人的器量也只有這麼多吧。

而且在這種情況下還在乞求她讓我無套內射呢。

「拜託，跟我說話……」

我感覺到前幾天那陣近似暈眩的飄浮。

一恍神，眼前景象已變，圍繞四方的牆也換了顏色。

再也看不見果果露了。

「…………」

不知怎麼描述我現在的心情。

好久沒有這種感覺了。

最後的最後，我才察覺到魔導貴族提到的她床邊那箱東西是用來做什麼。真希望我沒注意到。

她在我們相遇那一刻，就已經是瀕臨極限了。

＊

從多魯茲山起飛後大約一小時。

我們平安返回龍城。

一到家，魔導貴族馬上就關進客房裡研究他臨摹的魔法陣，看來空間魔法是極其稀有。等他告一段落，再找機會聊聊吧。

至於蘿莉龍呢，則是在見到睽違多日的龍城後整個大興奮，說什麼「要趕快看看我不在的這幾天有沒有出問題才行！我可是鎮長呢！」不必人提醒就主動出巡了。她這麼喜歡這裡，真是太好了。

而我自己則在告別他們倆之後都是在房間打滾。連洗澡都嫌麻煩，沒換衣服就跳到床上滾來滾去、滾來滾去。

什麼都不做就只是躺著。明明有很多事有待處理，卻怎麼也爬不起來。

「……………」

原因主要是果果露。

她離別之際的一言一行，使我腦中閃現各種畫面。

全是極為單純的妄想。

譬如不久的將來會發生的事。當我再有機會使用多魯茲山的魔法陣，用所謂的空間魔法傳到那個約三十平方公尺的石室後，見到的大概會是在乾草堆上腐爛，或是變成乾屍的果果露吧。

假如我的精神因她而崩潰，那麼她的死狀將會更甚於被她讀心的事實，成為無法磨滅的汙泥，在我往後人生中留下永恆的芥蒂。

一這麼想，就覺得渾身乏力。

啟動魔法陣需要不少魔力。就數值看來，果果露應該是不太可能。所以她再怎麼強求也無法來到這裡，定會怨恨著自己為何降生而死。

「…………」

又說不定，她會打消念頭。

這樣最理想。

不過現在的我很悲觀，不管什麼都往負面方向想，不太適合在靜悄悄的房間裡獨處。但我在這個當下，還是覺得應該自己靜下來思考。

結果我想了又想，啊啊，還是一點頭緒也沒有。

「…………」

唯一能確定的是魔法陣要過一晚才能再用。蘿莉龍是這麼說的。換言之，和風臉現在無法提供她任何幫助。

那就沒什麼好煩惱的了。

先睡一覺吧。

對，這樣最好。

就這麼辦。

到了明天，心裡的陰雲也會消散一點吧。

＊

【蘇菲亞觀點】

田中先生回城裡來了，法連大人和龍小姐也一起來了。好像是跑到暗黑大陸去了。聽人家說，那個大陸離這很遠很遠。

有可能在離城這幾天這樣來回嗎？

尤其是田中先生才離開幾天，再怎麼趕路，光是單程也不夠用吧？可是最近他做出那麼多驚人的事，說不定也不是辦不到。

總之他平安回來就好。小女僕是打從心底感到高興，實在非常高興。這樣我總算得救了，從最近桌上堆積如山的工作解脫了。

如果他能早一點回來更好。

我深深地這麼覺得。

所以今天托盤上的茶是我精心特製的。

「田中先生早安，我替你泡茶來了……」

跨越羞恥與困難後的女僕是很強的。

我要進攻。今天我要進攻。

等他起床後就利用早茶時間殺進去。

後腦杓都麻起來了。

我敲門叫門，門後隨即有人回答。他要我等一下，我就稍待片刻。不久，房門由內打開了。

出現的是換上平常外出服的田中先生。

還是一樣滴水不漏呢。

即使女僕身分卑微，也很少穿睡衣出現在我面前。

我一次也沒服侍他更衣過。我當然是不想幫，但他從來沒做過那種要求，女人心還是會受傷。希望田中先生除了我這幾天幫他處理大小事的辛苦之外，也能一併了解這一點。

明明愛看得要死，手卻一次也不敢伸，這樣會害女人喪失自信耶。當然啦，他伸手了我也頭痛，可是一次也不伸也很傷腦筋。

「早安呀，蘇菲亞。」

「那個，我送茶來了……」

「哎呀，謝謝妳這麼體貼。」

他後退半步，一手替我按住剛開的門。如此不經意的周到，也是我主人滴水不漏的地方之一。這樣我自然就會想把他要我辦的工作做得更仔細。

隨房門砰一聲地關上，田中先生走向房間中央的沙發，慢慢坐下。我往床瞄一眼，發現被子已經摺好，睡皺的床單也都拉平了。

田中先生應該也知道，無論如何這些我都會洗，可是他每次都弄得這麼整齊。或許是因為這樣吧，怎麼說呢，感覺簡直像是進了待嫁閨女的房間一樣。

我也十足是個待嫁閨女，卻也對田中先生有這樣的感覺。這就是那個，所謂的挫敗感嗎？這幾個月相處下來，我偶爾會覺得他比我還像女人，而且還是在日常生活中隨處可見的小事上。

「…………」

「……怎麼了嗎？」

「沒、沒事，什麼也沒有！」

盯著他看很危險。

快把注意力放回女僕的職務上吧。我站在田中先生身邊，拿茶壺往杯裡倒茶。啵啵啵地倒。我在家經常泡茶，很拿手的。

「請、請用……」

「謝謝妳，蘇菲亞。」

話說田中先生今天精神不太好呢。

平常就算是剛睡醒，也一定會不斷找機會偷看我的胸部或大腿，今天卻完全沒有。就只是彷彿看著很遙遠的地方，兩眼無神地對著前面發呆。

他是怎麼啦？

有點好奇。

說起來，他從敲門到露臉的時間好像特別短。我知道男性早上不太方便，田中先生也好像也都會等一小段時間，但今天特別短。

該不會是油盡燈枯了吧？

「……田中先生，你很累嗎？」

「咦？沒有，也不是累啦……」

絕不是我的錯覺。

「對、對不起，我太多事了。」

「不會不會，謝謝妳關心我。光是能和妳說話，我就很開心了。心裡都暖起來了呢。」

「好、好的！」

他說話還是一樣誇張。

背脊自然就挺直了。

在我們認識的這短短的日子裡，我和田中先生共度的時間占了很大一部分。男性和女性相處這麼久，通常會顯露不少不為人知的一面吧。

像我家開餐廳兼酒吧，很容易見到這種事。

黃湯下肚，變臉跟翻書一樣快。

可是田中先生卻沉默寡言，老實說禁欲得很不像人類。從認識到今天，他這樣的態度從來都沒有變過，反而讓人噁心。

「我不在的這幾天，應該給妳添了很多麻煩吧。」

「哪、哪裡！並不會……」

是真的很麻煩沒錯，但我還是忍不住搖頭了。

「對不起，這次完全是我自己不小心。」

「那個，我、我並沒有……」

到頭來，還是像這樣跟著田中先生的節奏走了。

「……蘇菲亞，我有一件事想問妳。」

「咦？問、問我嗎？」

這麼鄭重，什麼事啊？

害人緊張死了啦。

該不會是要開除我吧？

我都已經做到習慣了，這樣未免太慘了吧。

我恨你。要是你開除我，田中先生，我一定會恨死你。

恨到無論我跟多好的王子結婚，也多半會記得你在這裡開除我的事，拜託王子來搞你。

「妳在過去的人生中，那麼一次也好，曾經有過一死百了的念頭嗎？難過到想用自己的手結束自己的性命這樣。」

「咦……」

這是什麼問題啊？

大清早的問這個太沉重了吧，田中先生。

想都想不到耶，田中先生。

要答也不知該從何答起。

「請問，這是，那、那個，什麼意思……」

「……對不起，我太衝動了。」

「…………」

好難得喔。

認識以來第一次看他這樣。

平時那種從容現在變得好稀薄。

那種風一樣的感覺不見了。

就像是，變成我這樣的普通人。

「…………」

「…………」

有點尷尬的沉默給了我的心冷靜的時間。

一定是在暗黑大陸遇到了一些事吧。即使是田中先生，也會有這種普通人的煩惱呢。我僭越地覺得有點親近。

所以小女僕的嘴變得有點放肆，自己打開了。

「那、那個……」

明明別說就沒事了。我以後肯定會後悔莫及。

「我想，應該沒有人是真的願意尋死吧……」

「…………」

我沒多想，下意識就這麼安慰他了。

說了以後才覺得蠢，根本是自問自答。

「啊……對、對不起，我太多嘴了……」

我趕緊低頭道歉。

可是田中先生就在我面前——

「那當然是想活下去嘍。都來到了這世界上了嘛。」

「…………」

喃喃地這麼說。

老實說，我完全無法想像他在想些什麼。

不過表情似乎比先前積極一點了。也許是錯覺吧，他的眼睛好像也開始注意到我的胸部和大腿。現在田中先生是我的主人，隔著衣服看是沒關係的。你就看吧。

至少我是不會像艾絲特小姐或精靈小姐那樣大放送。

然而——

「……謝謝妳。」

「咦……」

突如其來的感謝讓我一慌。

完全搞不懂在謝什麼。

「請、請問……」

「蘇菲亞，不好意思，我要出門了。」

「咦？那、那個，茶……」

「對不起，害妳白泡了。我晚點再喝。」

「…………」

天啊。

田中先生一口也沒碰就離開沙發，快步往門走去。我還來不及留人，走廊就傳來噠噠的跑步聲。

「…………」

大受打擊。

竟然不碰我特製的茶。

田中先生是要去哪裡呢？

至少喝杯茶再走嘛。

＊

蘇菲亞傳授我真理啦。

怎麼會有人是為死而生的呢，能活當然要活下去。精子也是為了爆插卵子才死命游過陰道，爭先恐後衝進子宮，以抓狂的氣勢攻略輸卵管的啊！

況且我還跟她約好了。

在她面前那麼信誓旦旦。

說要成為第一個打破她經驗的人。

沒想到她能看透我的心思，但用這當藉口收回前言實

在有點小人。男子漢一言九鼎，若問那裡有錯，也是怪我自己沒有事先弄清楚。

破膜之誓，真真確確是出於我的真心。

突破她的膜之前，死處男誓不回城。

「…………」

於是我告別女僕就匆匆從龍城起飛，直指多魯茲山。

焦急加快了速度。

與上次相比，我只花了一半時間就能看見目的地。雖然主要是因為來過一次，但這速度夠快了吧。

礦坑口照例有兩個士兵看守。

都是見過的臉。

「不好意思，打擾了。」

我解除飛行魔法，在他們面前降落。

他們一見到我就急忙敬禮。

「拜、拜見田中男爵！請進！」

「田中男爵請進！」

昨天回程是跟魔導貴族一起出來，這兩個一見到他就

乖得跟什麼似的，終於相信我是貴族。現在敬禮的態度恭敬得與第一次判若兩人。

而我只是對他們簡單致個意。

分秒必爭啊。

不停下來廢話，快步直往礦坑裡頭走。

裡面沒有其他人的氣息。我順著記憶中的路線快速前進，用來照明的火球也果真沒有照到其他人的蹤跡，很快就抵達那個石室。

還以為會見到魔導貴族在這裡調查魔法陣，結果也沒有。大概是昨天徹底臨摹過了，正關在房裡鑽研吧。

「…………」

房間除了頂部破洞，沒有其他出口。

我看著房中央的魔法陣，下定了決心。

距離上次使用後已過一晚，可以啟動空間魔法了吧。灌注魔力後，我就會飛到果果露家裡去，然後再過一晚才能回來。

有點危險的感覺，令人頭皮發麻。

讚喔讚喔。

出發吧。

「好……」

我朝地面張開雙手，將魔力注入魔法陣。

＊

感到飄浮的同時，四周景物驟然一變。

原本有一百平方公尺的房間，如今只剩三十。看來空間魔法是順利啟動了。四面山洞般的牆與我日前見到的一樣，記憶猶新。

但房裡的狀況截然不同。

「這……」

一片通紅。

整個房間都紅的。

當燈光的火球所照亮的房間裡濺滿了黏稠的液體，地上還有好多東西淹在裡頭。喂喂，這不是小妖精嗎？有好多好多小妖精倒在房中各個角落。

大半是我見過的小縫縫。

沒有錯，是綠風精。幾十隻綠風精遍地陳屍，背上翅膀全被拔掉了。少數幾隻細細抽搐，大概還有一口氣。

「啊……」

房間一角出現反應。

非常可愛的低音蘿莉聲淡淡響起。

那是房中唯一一個還能站著的人物。

左手抓著多半是剛逮到的小妖精，右手抓住那兩片一組的翅膀就噗嘰一聲豪邁地連根拔起。就像拔雜草一樣毫不在乎。

皮膚撕裂，猛然濺出紅色物體。

拔翅膀的她的臉也被那飛沫噴得通紅。

和房間一樣顏色。

小妖精淒厲的慘叫響徹房間。

「……那個，這到底是……」

我問話的對象不是別人，正是果果露。

難道是有大批綠風精跑來這裡找她尋仇？若真是如此，便完全是受到我拖累，對她感到十分抱歉。弄成這樣，掃起來也很辛苦吧。

「……不是。」

「…………」

看來我誤會了。

那麼為什麼會有那麼多小縫縫死在這裡呢？

我的視線自然移到房中央，堆積在魔法陣上的綠風精翅膀。從她們身上拔來的翅膀全都聚在這裡，量還很大。

原本淺綠色的翅膀如今沾滿血紅。

這畫面使我忽然想起艾迪塔老師的教誨。

『製造祕藥的其中一項必要材料就是綠風精的翅膀。』『綠風精棲息在黑暗大陸中段，是高等風精的高階種族。』『翅膀有高純度的魔力。』

高純度的魔力。

聚集在空間魔法的魔法陣上。

而我臨走前她說出的願望是——

「……答對了。」

「…………」

才剛導出答案，能讀心的她便如此宣告。

原來如此。

果果露是打算用綠風精翅膀，由外部彌補自身魔力的不足，好啟動這房間的魔法陣。

我不曉得翅膀究竟能提供多少魔力，但從她之前的數值來看，有這麼多翅膀似乎也不是不可能。

「…………」

「…………」

真的假的。

跟我原先想像的不太一樣。

傳送過來之後見到滿布鮮血的房間，我還以為晚了一步而心痛不已。怦咚地鼓得好痛。這痛苦所表示的是我發自內心的懊悔吧。

結果來不及救的原來是小妖精。果果露本人渾身濺滿她們的血，亮晃晃的紅眼睛盯著我不放。表情沒有變化，但眼神比先前有力得多。

是不太好的徵兆。

「翅膀，浪費掉了呢。」

「是啊，看來是這樣……」

有點恐怖。

浴血的果果露好恐怖。

「我想，說話。」

「…………」

說話是無所謂，可是她為什麼啟動魔法陣呢？將舞台從暗黑大陸轉移到佩尼帝國，是想做什麼呢？

老實說，我不敢問。

「我想說話，跟我說話。不然的話，我就啟動魔法陣，把你想的那些告訴……艾迪塔？蘇菲亞？法連？岡薩雷斯？艾絲特？誰都好，總之就是告訴你重視的很多很多人，全都說出去。」

「…………」

糟糕，糟糕啊。

果果露壞掉了。

一副準備玉石俱焚的樣子。

大老遠趕來救悲慘美少女，結果對方用病到天荒地老的樣子來開門，這是要我怎麼反應。自殺未遂後放飛一切開始搞家暴，真不愧是想自殺的人啊。可見她的心理狀況有多危急。

即使不會讀心的我也看得出來。

「知、知道了。我們來說話，來說吧。」

萬一現在的果果露啟動魔法陣，不曉得會做出什麼事。爆料我可恥的思想就算了，問題是那股搞不好會把別人果果露的氣勢。這種事非避不可。

蘇菲亞說得沒錯。

生物就是為了生存而誕生的。可以感受到她強韌的生命力啊。

「真的？」

「對啊，真的。」

「不回去？」

「也、也不能不回去啦……」

「…………」

一支吾，她就用那雙紅紅的眼睛盯我。

銀得幾近白色的妹妹頭配上世間少有的紅眼睛，感覺好魔幻，黑肉更使其倍增。如果她愛上和風臉，倒還算是我想要的發展沒錯，可是不曉得會變成什麼樣。

「那麼，就、就這樣吧。我每十天來陪妳說話一次，這樣能接受嗎？這個魔法陣要隔一晚才能再用，應該很夠聊了才對。」

「五天一次。」

「那個，這樣實在有點……」

「五天一次。」

「……那、那好吧，五天就五天。我答應妳。」

能當這是愛的表現嗎？可以用「被病病的黑肉蘿愛上了耶，萬歲」這樣樂觀的態度去面對嗎？喔不，說愛可能太過火了，當作是給有點在意的男孩子一點小獎勵或許合適一點。

所以是怎樣呢，果果露？

「…………」

「…………」

果果露、果果露。

好想舔果果露的小嫩●。

「以前有很多人說有自信陪我說話，可是他們都很快就被我看透藏在心靈深處的想法，然後就崩潰，離我而去了。從來沒有一個人像你這樣，即使被我聽見能破壞你自尊心的心聲，還能面不改色地跟我說話。你有能力說下去，你有跟我說話的能力。」

「被妳這麼可愛的女生需求，我也非常高興。」

看來她不是愛上我。

完全把我當成填補寂寞的工具。

原本還一廂情願地以為能看透人心的少女會知道人心多麼險惡，最後變成達觀的冷酷少女。不過仔細想想，這樣才是正常結果。肯定會遭到迫害，然後孑然一身，孤獨過一生，最後精神崩潰。

想要構成良好人格，得先有良好的家庭環境。

話說，等這次說完回去以後，把佩尼帝國那邊的魔法陣消掉就好了吧。這樣果果露再怎麼試，也離不開暗黑大陸。幸好她不會製作魔法陣。

「在這個距離，我可以輕易壓倒你，把你綁起來。」

嗯，是啊。

一點也沒錯。

我的思慮全都會暴露在她眼前呢。

對不起。

請原諒這個短慮的和風臉。

「妳說得沒錯，在這麼狹小的房間裡，我恐怕很難反應。」

這緊張的感覺跟蘿莉龍轟爆肚拳那時好像啊。

在房間裡不能亂砸火球，要用石牆術硬撐嗎？喔不，別亂來。我想什麼她都知道，等於計畫明擺在她眼前，想一兩個對策出來應該不是問題。

在這裡跟她動手，根本是自殺行為。

乖乖聽話才是上策。

「……我也知道佩尼帝國在哪裡。」

「妳放心，我不會消掉魔法陣，不會的……」

這孩子是來真的啊。

有夠拚的。

到底是多渴望說話啊？

孤獨會把人逼到這種地步嗎？

太怕寂寞了吧。

「只要跟我說話，我就不去碰你最脆弱的地方，也不會害你。只要跟我說話就好了。我答應你，我不會要求跟你說話以外的事。」

看來她不要我的雞雞。

好哀傷。

明明是免費加點。

「我答應妳。我們就盡量說吧。」

「來吧。盡量說、盡量說。」

「可是，妳的心說不定會先崩潰。」

「我的心？」

我要靠狂●猛●扳倒果果露。

讓她對排山倒海的性騷擾深惡痛絕，主動遠離我。

「沒關係，這種事我早就習慣了。愛怎麼想都可以喔。」

「…………」

剛才那句有點色，真香。

尤其是最後的「可以喔」，真是香到爆。

而且是美蘿莉聲。

「…………」

「…………」

怎麼樣，怕了吧。

剛剛那不是自然反應。

是我故意攻擊。

我的攻擊。

「…………」

「…………」

我唬爛的。

對不起。

是自然反應。

不過這種體面話也很重要啊。

換句話說，那個，當作是一種玩法就好了。能被看對眼的美少女摸透心裡每一個角落，不是很美妙的事嗎？是其他人一輩子都不一定能有一次的奇蹟啊！所以我告訴自己，不要吝於去享受現有的美好。

果果露，我愛妳。

「以後就請妳多多指教了。」

「……請多指教。」

於是幾經曲折之後，我成了果果露的對話官。

＊

【蘇菲亞觀點】

送走田中先生以後，小女僕在辦公室工作。

原本要報告他不在這幾天的事，請他做幾個必要決定好安排接下來的日程。現在豈不是全都要延後，或是回到我頭上來了嗎？田中先生你好狠心啊。

「…………」

不過有工作就很好了。

已是萬幸。

對家裡開餐廳，沒見過世面的我來說，這裡的工作每樣都很新鮮刺激，只是工作量能再少一點就好了。我每天都在心裡一邊這樣對田中先生抱怨，一邊努力工作。

因為真的很充實。

可是今天的難度有點不一樣。

「原來田中男爵不在啊。」

「是、是的！」

辦公室裡除了我以外，還有一位貴客。就在前不久，由岡薩雷斯先生和諾伊曼先生帶來的，而且他們只是向我介紹客人的身分後就跑了。

臨走前只留下：「那、那我們就先失陪嘍？建城很忙的。」「蘇菲亞小姐，再來就交給妳這個代理鎮長兼領主了。」相較於平時的他們，說這種話有點沒男子氣概。

害得我要跟客人獨處。

辦公桌前面有兩張隔桌對放的沙發，客人就坐在其中一邊。年約二十五到三十五，始終笑瞇瞇的眼睛令人印象深刻，感覺很和氣，又長得好帥。

服裝是襯衫配背心，跟一般商人沒兩樣，可是從上到下都非常精緻。這是當然的，因為他也是貴族，而且跟田中先生有天與地的差別，竟然是公爵大人。

「公、公公公公、公爵大人，小的馬上給您泡茶！」

我連忙站起來往茶水間走。

結果公爵大人很親切地笑著說：

「沒關係，妳也有工作要做吧？無須浪費時間招呼我。我是不請自來的人，泡茶這種小事我自己來就行了。」

「小小小小小、小的不敢！怎麼能勞煩貴族自己動手呢！」

「這可是貴族本人的意思呢，而且是我自己要留在這裡等的。」

「！……」

總之，我還是先泡再說。

我夾著尾巴逃進茶水間，大方地舀幾匙買給自己喝的高級茶葉泡一壺濃的，還差點一時順手就把那瓶田中先生專用的加進去了，幸好我及時回魂。跟茶點一起盛上托盤以後就大功告成。

接著趕緊回到客人身邊。

「沒、沒有好茶可以招待，請大人見諒……！」

往沙發桌上的茶杯倒茶時，我的手腳都抖得好厲害。壺嘴流出的茶水好像快跑出去一樣，怕都怕死了。

我現在大概比替公主殿下泡茶時還要緊張。原因很簡單，連我這個市井小女孩也聽過他的大名。他就是當今足以代表佩尼帝國的大貴族，在國內極具影響力的費茲克勞倫斯家之主。

沒錯。

這位大人就是艾絲特小姐的父親。

「謝謝妳這麼費心，蘇菲亞・培根小姐。」

「咦！請、請問，大人怎麼知道我的名字……」

對了，諾伊曼先生有叫過我的姓。

喔不，他沒有提到我的姓。

「因為女兒常常跟我聊到妳嘛。聽說妳是個很照顧主人的好女僕，在學校還曾奮不顧身地救了田中男爵，現在還代領主處理雜務呢。」

「非非非非非、非常抱歉！非常抱歉！」

怎麼會這樣，艾絲特小姐好像跟他說了很多。被貴族記住名字這麼恐怖——喔不，這麼光榮的事，我一個小女僕實在擔待不起啊。

拜託你就在這一刻馬上忘掉吧。

「沒必要道歉啦。」

「可、可是……！」

「請妳回去工作吧，我自己在這裡慢慢喝茶就好。」

「小小小、小的不敢對公爵大人這麼不敬！」

「打擾妳工作的話，可是會惹田中先生生氣的呢。」

「不敢不敢！絕、絕不會有這種事的！」

他給我的印象跟我在街上聽說的費茲克勞倫斯公爵很不一樣，還以為他是更可怕的人呢。大概是不把平民當人看，不順眼就當街處死那種感覺。

想不到他姿態會放得這麼低。不過這種人才是真正恐怖，絕不會錯。根本看不出他心裡到底怎麼想的。

「那麼，我以貴族身分要求妳這個平民，去做自己的工作。」

「可是……」

「妳不聽我這公爵的話嗎？」

「對、對對對對、對不起！」

我急急忙忙回到辦公桌。

乖乖坐下。

拿起了筆。

眼前是寫到一半的帳簿。

「…………」

「…………」

然而在這種情況下，我根本無心工作。腦子裡一片空白，數字根本進不來。而且公爵大人似乎真的是執意要在這兒等田中先生回來，一手端著杯子放鬆地坐。

「…………」

「…………」

你到哪裡去了啦，田中先生。

拜託你快點回來啦。

肚子好痛。

再待在這裡，我會崩潰的。肚子痛好難過。

腋下也濕成一片了。

好想跑回房間的床上用被子把自己包起來，永遠不出去。

＊

果果露是鎮定下來了，不過還有一屁股爛攤要處理。

當前最大的問題，就是她這個昨晚還算乾淨的房間被綠風精的血噴得滿堂紅。為日後生活著想，自當盡快清洗乾淨。血都噴到沒有乾淨地面能踩了。

對瀕死的妖精放治療魔法後，大半都甦醒了過來。她們當然沒給我時間對話，身體一恢復自由便唯恐不及地逃跑，那情景真是超乎想像地心酸。

這下我跟綠風精的緣分就徹底斷了吧。

至於果果露，就只是以冰冷的眼神看著這一切，表面上與過去沒有任何不同。長這麼文靜的樣子，竟然會幹出這種好事。拔拔翅膀是倒還好，拔這麼多就有點太誇張。

如果這跟爆肚龍一樣，在暗黑大陸就是要這麼狠，那我也只能摸摸鼻子硬吞了。

「總之，房間得先清乾淨才行。」

「……以後再掃就好，先跟我說話。」

「那我們就邊掃邊說吧，這樣也比較好聊。」

「…………」

表情沒變化但沒回答，是不滿的意思吧。我逐漸能掌握她的情緒變化了。知道我在妄想她的內心而冷淡地瞪過來的眼睛感覺更可愛了。

「但話說回來，沒合適工具的話也不好掃吧。」

房間在地下，水不容易弄出去，亂潑只會讓房間變水庫。我簡單環視房間一周，沒有見到類似排水道的構造。要弄成原本那麼乾淨，必定得找個抽水器吧。

等等，這樣會不會連魔法陣一起洗掉？

「……我去買抽水器。」

「妳想洗掉嗎？」

「…………」

可惡，讀心術真麻煩。

那若無其事的表情好可惡，但又好可愛。

好想跟她舌吻。

「你放心，魔法陣是烙在地上，水沖不掉的。」

「……那就好。」

她那是開玩笑嗎？

不好笑啊，果果露。

心涼半截啦。

「要買抽水器的話，我跟妳一起去吧。」

「為什麼？你乖乖留在這裡。」

「不，讓現在的妳自己一個人去，我實在很怕。」

而且我今天還有午餐晚餐要吃，過夜也需要被子，得準備很多東西。我是有打算下次帶點東西過來，而現在必需的日用品也非弄不可。

「……那好吧。」

「謝謝妳的體諒。」

話說回來，讀心術在正常溝通上也滿方便的嘛。

不用開口說，壓力也少了點。

「真的嗎？」

「蘿可蘿可，如果讓妳覺得不舒服，我先跟妳道歉。」

說方便好像太過頭了。如果會對果果露造成不便，那也沒什麼方便可言。或許是我太得意忘形了。

「…………」

「……有什麼問題嗎？」

「沒有問題。」

「這樣啊。」

話說，這是我第一次叫她的名字呢。

我是因為我們認識沒幾天就共度不少時間，所以才試著叫叫看。都得到跟可愛女生獨處的機會了，當然想把關係推到可以互叫名字。

就在我這麼想時——

「！……」

黑肉蘿的肩膀跳了一下。

有意思、有意思。

「……蘿可蘿可？」

「…………」

這種時候，要換個角度看才對。心思被人看透，在某些狀況下確實不便，但也不是全無益處，偶爾還是能回敬她一招。

我為了維護自己的精神，如此告訴自己。

「你也未免太樂觀了。」

「妳不喜歡我叫妳名字嗎？」

「……並沒有。」

「那我就偶爾這樣叫妳嘍。」

好想被蘿可蘿可逆姦。

「…………」

「…………」

啊啊，一鬆懈就馬上這樣。

不過有個偉人說過，人要誠實面對自己。

在她面前，我想保持誠實。

「對了，我有一個建議……」

換換話題吧。

盡可能自然一點，不對她造成負擔。

「……怎樣？」

「如同先前我承諾的，我會定期來找妳。所以，我們就先趁整理房間之便，把妳放在床邊的毒物處理掉吧？」

「…………」

兩人都望向那個木箱。

魔導貴族說，裝在裡頭的都是暗黑大陸的猛烈毒物。

她為自殺而準備的。

「……三天一次。」

「什麼？」

「我要你三天來一次。」

「……妳怎麼突然這樣說？」

「這樣我就丟掉。」

「…………」

竟然在這時候改契約，心真是崩得夠徹底。最近的艾絲特也有點這種感覺，而這個黑肉蘿是一開始就全速推進。受不了啊，果果露。照樣面無表情，感覺更可怕。

不過對三十好幾的死處男來說，崩心妹手腕上的刀痕可是跟陰蒂環同級的裝飾品。看到就想先打聲招呼。

因為崩心妹都很色嘛，愛玩重鹹的嘛，這種超棒的啦。這個月是崩心妹重點月。

「……四天一次就好。」

「…………」

火速讓步這點好可愛啊。

可惡。

完全被她玩弄於股掌之間。

我可憐的處男心。

「一樣是五天一次，我也是有事要忙的……」

她無時無刻都能看透我心思，以致對話完全照著她的節奏走。

我感到這樣很危險，趕緊調整心態。

是不是該強勢一點呢。

就在我思考未來如何面對的途中——

「我們上！」

有第三者的聲音響起。

同時「砰！」地好大一聲，門板由外向內猛然飛進來。

那是裝在果果露家唯一聯外出口的木門。

彈飛的絞鍊清脆地叮噹響。

另一邊是抬著大腳的身影，門就是他踹飛的吧。

「啊？你、你不是……！」

「還真巧，突然就出場了呢……」

是黑肉彈。

黑肉彈來了。

而且她背後還有一大票面熟的臉孔。譬如東西勇者隊、痞子隊和學校都市教授群，以及其他很多很多。

想也想不到會有這種事。

以巨牆為準，要往深處走很長一段路才能到這裡來耶。也對，一整團幾十個人，好歹能打倒一隻火鳥吧。讓羅德里傑斯那麼自豪的黃金團隊發揮本領了。

「你、你怎麼會在這種地方！」

黑肉彈吠道。

「我才想問妳呢，你們怎麼會跑來這裡？」

「…………」

我和果果露站在一起，面對不速之客。

你們不是在調查巨牆嗎？

而對方見到我們之後立刻傻住了。

「喂，那個女的不是果果露族嗎！」

黑肉彈再吠。

眼睛直瞪著我美麗的談話對象。

「就當是好了，有什麼問題嗎？」

魔導貴族說得沒錯，看樣子褐膚銀髮和屁股那條惡魔般的尾巴，就是果果露族的正字標記。既然一眼就能辨識，多半已是這世界廣為人知的常識。

一見到果果露的青春少女，黑肉彈的表情就凍結了。

「哇靠，不會吧？」這樣。職業欄上的殺手不是寫假的，心裡一定有很多不可告人的祕密。

「慢著，我沒聽說過暗黑大陸深處有果果露族棲息。」「他們的生物特性跟人類差不了多少啊。」「就、就是啊，應該沒有強悍到能在暗黑大陸生存才對！」「我也同意。」「所以是他的隊友嗎？」「哪有這種人……」

提出異議的是學園都市的教授群。

得到秀知識的機會，話突然就多起來了。

接著是西方勇者高聲打岔。

「我們是在調查魔王復活的跡象，所以利用這個難得的機會請求其他團對協助，在調查完巨牆之後往暗黑大陸深處挺進，後來在路上發現了這條通往地下的階梯。」

「原來如此。我也對這件事有印象。」

不愧是勇者。

清楚告訴我想要的資訊。

無論理由為何，這些個優秀團隊總歸是聚在了一起，會想藉機闖出一番大事也是理所當然。更何況暗黑大陸深處還是仍無地圖的處女地呢。

我想對冒險者而言，為後人鋪路肯定是非常光榮的偉業，也就是可能會被收進課本的功績。所以他們才會團結起來，使我們在這相遇。

「那麼，你在這裡做什麼？」

西方勇者代替黑肉彈問話。

他背後的那些人也都盯著我看。階梯上也像中午的餐廳前一樣排滿了人，搞什麼，人氣強強滾啊！

明明沒做壞事，卻有種莫名的罪惡感啊。

「詳細經過請恕我無法說明，總之，這裡是她家。」

我用視線指指果果露說。

佩尼帝國有裝置能直通暗黑大陸的事，還是別告訴他國人士比較好。我是佩尼帝國的貴族，應以維護自國利益為先。否則要是宰相拿這件事找我開刀，我哪受得了。

「這個遺跡嗎？怎麼亂成這樣啊？」

西方勇者看著房間綠風精的血說。

應該不覺得這是年輕女孩的生活空間吧。

我也這麼想。

話說最近這種虛驚事件好像變很多，該不會是跟LUC的下降有關吧。有必要持續慎重觀察的感覺強到不行。

先看一下好了。

名字：田中
性別：男
種族：人類
等級：205
職業：鍊金術師
HP：201800／201800

MP：410000110／410000110

STR：15012

VIT：12711

DEX：20100

AGI：31322

INT：33010005

LUC：－7100

真的假的啦！

原本只是覺得有夠低，現在怎麼跌破負七千啊。LUC低到等級升這麼多都高興不起來了。

明明其他數值足以正面揍贏紅龍，卻因為單單一個LUC就覺得危險到會被秒殺。

再說LUC具體上到底是怎樣？

假如現在這個危機是源自LUC，那我以後還怎麼升級，會把自己慢慢勒死啊。

「……怎麼了嗎？」

「沒、沒事，只是弄晚餐的過程變得有點太刺激了。」

「是嗎？既然你這麼說，那我就不追究了……」

實在想不出好藉口啊。

現場看來，完全是邪教儀式。

西方勇者的回答令人好心虛。

「對了，澤諾教授。有件事想請教你。」

「什麼事呢，史達閣下？」

「照你們先前的話來看，意思是她跟一般果果露族不同嗎？」

「這老夫也不敢確定。」

不知何時，只共度幾天時間的他們感情已經好到用名字互稱了。不愧是正牌勇者，社交力真高。八成會被邀請到學園都市的宴會當上賓吧。

咿～不甘心。

「暗黑大陸不是沒有果果露族分布嗎？」

「是啊。若老夫所學無誤……」

澤諾教授的視線從西方勇者轉向果果露。

所有人也注意著教授的一舉一動。滿房間小縫縫的鮮紅血液無疑使與會者們神情緊繃。

只見教授嘆口氣，嚴肅地說出下一句話。

「這個人很有可能是高等果果露族。」

「高等果果露？」

「嗯，可謂是果果露的高階種族。」

「我還是第一次聽說這一族。」

「老夫也只是在文獻上見過。根據記載，那是適應了暗黑大陸環境的果果露族，體能高強，和一般果果露不能相提並論。不過真正值得特書的，是他們更加發達的讀心能力。」

「喔，就是那個，可以藉由觸摸讀取對方心思嘛。」

「那是指一般的果果露族，高等果果露不必碰觸對象就能讀心。我記得我是在大聖國的古文上讀到的。」

「不、不必碰觸就行？」

「若文獻記載正確，距離大約是一把長矛那麼大。在這範圍內，沒人藏得住心思，但或許會有個體上的差異吧。可以的話，我很想做個實驗。」

「這麼厲害……」

聽了澤諾教授的說明，西方勇者不禁後退。

這動作也傳染給了其他人，整個雜牌軍清一色倒退好幾公尺。包含黑肉彈在內，帶頭集團遠遠離開房間出口。

和風臉也好想在來得及之前退得遠遠的。

好想退得遠遠的啊，果果露。

好想舌吻。

「文獻年代久遠，真偽難定。但既然我們實際在暗黑大陸的深處遇到她，應該有一定的可信度。至少，身邊的人讀起來是不費吹灰之力吧。只是……」

眾人視線自然轉向了我。

和風臉受到矚目啦，至今最熱烈的矚目。因為我站在果果露身邊伸手就碰得到的距離。別說長矛，小刀都能妥妥插到。忍不住想摟她的肩啊。

「……你知道她是什麼人嗎？」

「至少，我很了解澤諾教授剛說的那些。」

「這、這樣啊……」

來啊，大方來啊。

加入我的行列。

也來感受在果果露面前整顆心赤裸裸的快感啊。

「怎麼了？」

「沒事，那個，怎麼說。你還真厲害，可以當沒事一樣，不由得就欽佩起來了……還是說有你這樣的實力，就連果果露的讀心能力也能防了嗎？」

「我都聽得很清楚。」

果果露本人以迅雷不及掩耳之速喃喃地說。

如果這時候選擇沉默，叔叔會很開心的呢。

「……聽到了吧。」

「這、這樣啊……」

得到這個答覆，就連勇者也無言以對。

全場沉默。

氣氛有夠尷尬。

這樣不好。

我試著改變話題。

要是他們繼續打探我為何跟果果露在一起，事情會很危險。現在的第一要務就是傾力控制對話方向，不讓它往我們的私事流。

「關於她的話題，我看就到此為止吧？各位擅闖人家住處，還把門都踢壞了。希望各位能拿出基本的禮貌，將心比心地對待她。」

「你也會關心人類以外的種族嗎？」

「美女一概是我信仰的對象，並不限於人類。」

這倒是真心話。

「原來如此。感覺在這一刻，我對你又多了點了解。就當是給你個面子，我們就暫時不提果果露族了。我們完全沒有和你作對的意思。」

「謝謝你的體諒。」

「不過，我個人有件事非問你不可。」

「……什麼事？」

「你具有人類的形體，卻能運用遠超乎人類的力量，這我實在是無法理解。甚至我們在這裡相遇，我都忍不住猜想是你故意製造的機會。」

「…………」

我懂他的言下之意。

畢竟我這個人實在太可疑了。

而且我和果果露背後，還有一大堆綠風精的翅膀和血液，擺在可疑的魔法陣上。即使我說這裡是她的房間，也無法掩飾這魔宴般的景象。

「我知道這樣對不起你，但我仍不得不懷疑。暗黑大陸的怪物你都不當一回事，甚至擁有能用火球擊退火鳥的實力。這般人物竟然擁有人類的形體，在人群中活動。」

「所以你想說什麼呢？」

「你會不會是魔王或那之類的人呢？我也不想對救命恩人說這種話，可是我身為勇者，這件事非得問清楚不可。以人類來說，你這個人實在太特異了。」

「…………」

哎呀，說得真直接。大聖國聖女的預言影響力這麼大嗎？現在只好動用果果露了，需要請能夠讀心的她替我作個證。

來，請說。

「……沒錯，這個人是魔王的化身。」

搞屁啊，怎麼會變這樣！

果果露，說謊不好啊！

「什麼……！」「怎、怎麼會……！」「但如果不是這樣，也無法解釋他怎麼會有那樣的魔力了！」「田中大哥，真、真的是這樣嗎！」「你給我的治療、那麼熱情的治療都、都是假的嗎！」「難怪他那麼強！」「原來如此，所以才能那麼輕鬆就擊退火鳥……！」

每個人看我的眼睛都瞪得好大。

還說這說那的。

「不、不是啦！我是很正常的人類！」

果果露騙人是為了什麼。

喔不，沒什麼好想的。發病的她心裡在想什麼，不會讀心我也猜得到。她是要人類團體排擠和風臉，讓我除了她以外無處可去。三天一次變成兩天一次，最後弄到天天待在這兒。

全都是為了排解她的孤獨。

「…………」

我往她偷偷瞄一眼。

而她說的是——

「……答對了。」

「呃，對妳的頭啦……」

果果露的唬爛癖雖然沒蘿莉龍的爆肚拳那麼刺激，但也夠嗆的了。反倒還因為不能靠治療魔法化解，性質更糟。隨便一擊就能把我的人際關係轟得七零八落。

很不妙啊。

「你的目的究竟是什麼？可以告訴我們嗎？」

謝天謝地，西方勇者即使暫時當我是魔王的化身也沒有直接打過來，仍繼續和我交談。是覺得火鳥一事有恩於他，還是認為沒有勝算呢。

「剛那純粹是她在開玩笑，請別當真。」

「……開玩笑？」

「是的。我是正常的人，和各位沒兩樣。」

「…………」

果果露，幫我說話，拜託。

不然我就再也不來陪妳嘍，真的。

「……我開玩笑的。對不起，騙了大家。」

很好。

果果露乖乖低頭道歉。

不用說話就能溝通真棒。

西方勇者代表眾人又問：

「……真的嗎？」

「真的。」

果果露正經點頭ＳＡＹ ＹＥＳ。

「…………」

「…………」

他們究竟能不能接受呢？

「你、你跟她感情還滿好的嘛。」

「因為我的心完全暴露在她面前啊。而且即使如此，她還願意讓我站在她身邊，心胸真是無比寬大。沒什麼比這個更值得我高興的了。」

我愛妳啊，果果露。

拜託逆姦我。

「……我不要。」

不需要對這個做反應啦。

會把對話打亂。

「那怎麼會有你這樣的人……」

多虧了果果露的假動作，西方勇者和他所率領的雜牌軍顯然是一臉困惑。狀況實在糟透了，誰都用懷疑眼神看著我。前幾天明明還是一起打拚的夥伴，太哀傷啦。

不過這裡是暗黑大陸，對所有可疑事物保持戒心才能活命，而這裡不是人的都值得懷疑。很可惜，沒有人願意替我說話。

連痞子兄弟都是一副不曉得怎麼辦的樣子。

在這種狀況的推助下，有個在懷疑他人上動作特別快的傢伙大力開砲了。

「別、別被他騙了！他很危險！」

不是別人，正是黑肉彈。

她在關鍵時刻的決策力實在了得。

「他的力量甚至壓過高階魔族啊！」

危險指的是我在對抗普希共和國時，與服侍鑽頭捲的M魔族對戰的那次吧，她的確也在場。妳的想法全寫在臉上，不會讀心也看得出來喔，黑肉彈。

是想趁現在人多勢眾早點宰了我吧。

跟名人組隊不是組假的。論規模，戰力應該比之前的綠風精軍團還高，而我這邊弱到爆的紙裝甲根本擋不住這種人海戰術。即使有無敵模式，還是有被即死級魔法連轟的危險。

她對大局的眼光依然敏銳得教人欽佩。

「那又怎麼樣？」

我稍微壓低聲音問。

而她即使顫抖，也拚命地回答。

「如果是魔王的化身，就、就應該當場消滅！」

她的背叛技巧比上一次更高明了呢。先前能以男友位置偷看的胸部，如今離我好遠好遠。然而都被她背叛過一次了，現在也不會太錯愕。況且我這次還逼她入夥，有愧於她。

「消滅了又怎樣？」

「這、這個……」

我試著問問看，黑肉彈馬上回不了話。

好想舔她黑黑的肥臀。

「我看是很難再談下去了，今天各位就請回吧。」

總不能對他們動手。每個都是名震天下的一流玩家，萬一跟他們敵對，還不用果果露多算計我，我在人類聚落的生活就會受到跨國影響了。

這影響力之大，甚至不是艾絲特她家，費茲克勞倫斯家能比。根本是全球通緝的感覺，連逃亡海外都不行，變得跟果果露一樣下場。

所以果果露，不能動手喔。絕對不行。

「…………」

「…………」

別這樣，真的拜託啦。

否則不管怎麼想，等著我們的結局都是殺了妳再自殺啊。當然妳是果果露，我是和風臉，只要妳願意逆姦我，我也不是不願意建立只屬於妳我的世界。

「……是喔。」

「是啊，真的。」

這孩子稍微考慮一下啦。

真的考慮過動手路線啦。

幸好有打預防針。

「我也想問你。」

這次換東方勇者發問了

一樣是很會鬥惡龍的臉。嚴肅的表情非常帥，紫色全身甲防禦力感覺很高，臨場感十足。手上那把劍的造型，好像能擊出不耗ＭＰ的火焰魔法。

從絲毫不露破綻的架式中，看得出疑念與戒慎。

「什麼事？」

「你真的跟魔王無關嗎？」

「真的，毫無瓜葛。」

「如果你提得出證據，我們也能真正信服。」

「是沒錯……」

他也和西方勇者一樣，想避免這場戰鬥吧。

「在這種狀況下，那位精靈的話的確是頗為可信。你們用綠風精的血和翅膀是想做什麼？不好意思，無論怎麼看，我都覺得這是想召喚邪惡之物的儀式。」

說得真是一點也沒錯。

沒有比這更像魔王召喚儀式的背景了吧。

地上的魔法陣與鮮血簡直是必要元素。

「東方勇者，我十分明白你為何有此懷疑。」

然而我還是不願意說出魔法陣的功用，更不會說出關於空間魔法的任何資訊。另一邊位置敏感，這點說什麼也不能退讓。

我現在是貴族身分，若說我洩露機密要問罪，事情就大條了。根據情況說不定還會連累那裡的領主艾絲特。畢竟她和我是貴族上的親子關係，等於是我的連帶保證人。

所以每一步都得三思。當然，遭強迫揹鍋而萬劫不復的艾絲特也極具魅力。不過這樣也未免太忘恩負義，就讓它僅止於我腦中的妄想吧。

「可是這場實驗是我們佩尼帝國的機密，所以非常抱歉，請恕我無法透露。如果真的想知道詳情，請聯絡我國的法連閣下。」

「法連閣下？你是說佩尼帝國引以為傲的魔導貴族？」

澤諾教授對魔法神經病起了反應。

他是佩尼帝國的驕傲嗎？

果然厲害，看來是揚名天下的人物。

「是的，就是他。只要提出我的名字，他一定會回覆。」

「……原來如此，他也有份啊。」

魔導貴族連這種時候都能派上用場，跟她結婚的女性肯定是世界上最幸福的公主。多虧如此，對話走勢稍微往我這偏一點了。

雖然對不起黑肉彈，但此刻我必須強推一波。

「就是這麼回事，所以各位請回吧。我剛也說了，這裡是她家。擅闖年輕女孩寢室還舞刀弄棍，實在不是大丈夫應有的行為。」

這樣挺果果露究竟有沒有意義呢？

會白費力氣嗎？

不，一定有意義。

這世上臉最重要，臉就是一切。

美少女和帥哥說了算。

「……好吧，這樣說是有道理。」

西方勇者淡然頷首。

不愧是帥哥，很懂得照顧女性。

對醜男就沒這麼好了。

醜男很難獲得女性的回報，不會有施恩與盡忠——喔不，不會有甜言蜜語與打炮的關係。也只有現代日本的草食系醜男才會明知再怎麼努力也無炮可打，卻還是要高舉女士優先的旗幟。

「非常感謝你的體諒，那麼很抱歉……」

能請你們回去嗎？

正要結尾時，外頭傳來聲音。

「呀啊啊啊啊啊啊啊啊！」「魔、魔族！魔族來啦啊啊啊啊！」「快跑！趕快逃命！」「維持隊形！」「勇者大人！快叫勇者大人的隊伍回來！」「哇啊啊啊啊啊啊啊啊啊啊啊啊啊！」「拜託，快、快給我治療魔法！治療魔法！」

這次又怎麼了？

慘叫聲是從果果露家的樓梯上端傳來的，大概是留在地面的人遭遇了某種威脅。我幾天前離開時，整團有近百人。那麼多人留在外面，想藏也藏不住。

他們還提到魔族，感覺好危險，不曉得會有多強。話說第一次來暗黑大陸那時拖的火車裡好像也有類似的東西。

當心裡湧現種種疑問時，對方主動下樓來，出現在我們面前。

「唔，是、是你！」

「我的天啊，這還真巧……」

是M魔族。

噁長毛來啦！

怎麼偏偏挑這種時候現身啊。

*

繼雜牌軍之後登場的，竟然是M魔族。

看來地面上也有過一點戰鬥，他身上到處都有血跡。表情頗為焦急，究竟在急什麼呢？所幸這也讓雜牌軍的損傷降到最低。

不過無論如何，完全是出人命了的狀況。誰的命呢，當然是M魔族要了外頭雜牌軍的命。還有手掌從樓梯上滾下來呢，整個紅的。

這下可不是鬧著玩的了。

「你怎麼會在這裡！」

「我才想問你呢。」

我很想裝作不認識他。

可是對話已經開始，賴不掉了。

「你是怎麼在這麼短的時間內從佩尼帝國來到暗黑大陸的？我出發的時候，你不是還在跟我主人忙什麼建城嗎，為什麼沒幾天就到這裡來了？」

M魔族瞄一眼魔法陣問道。

他也猜到了吧。

「該怎麼說呢，我想想……」

這裡還是說實話比較好。

但讓外國人士聽到該保密的事讓我很煎熬就是了。

「就像你想的一樣，我是用這個設施過來的。」

「唔，果然沒錯……」

「你知道這個魔法陣的事嗎？」

「問我知不知道？你還是一樣瞧不起人。這個遺跡本來就是我們魔族的東西，怎麼可能不知道。而且還弄得這麼髒，也未免太放肆了吧。」

我們隨之看向噴滿血的魔法陣。雖然犯人不是我，不過說出來事情恐怕會更複雜，就隨他去吧。要是他拿果果露開刀就糟了。

「原來如此。」

現在最要緊的是救助遭M魔族殺傷的人。

我祈禱他們都還有一口氣，發動大範圍治療魔法。位置是房間外，包含樓梯和附近地面的區域。類似多租戶大樓地下出入口的地帶浮現出歪曲的魔法陣。

「你、你做什麼！」

嗯長毛見我使用魔法，整個緊張了起來。

要是他慌得反擊就慘了，說實話吧。

「只是治療魔法。不用介意，請繼續說。」

「……你的魔力還是一樣誇張。」

「說吧。」

這狀況實在太麻煩啦。

不能讓這裡的人類對我留下壞印象，又不能繼續破壞我和嗯長毛的關係。畢竟他背後還有個帶膜金髮巨乳蘿啊。對處男來說，與他維持交情極為重要。

「那邊的遺跡還有別人知道嗎？」

那邊指的是佩尼帝國吧。

「克莉絲汀也知道。」

「什麼！連、連那個古龍也……」

不能供出魔導貴族，有個萬一還得了，所以我先端出蘿莉龍的名字。這個被虐狂很怕她，所以肯定能有效地壓制住他。

「有什麼問題嗎？」

「那邊應該沒有出口吧？」

「我也不是故意找出來的，就只是到那裡視察，結果踩破了一個洞，洞直接通到你說的魔族遺跡。完全是湊巧。」

「嘖。早知道就在清場的時候直接炸了。」

「清場？難道那座廢礦坑……」

「那當然，怎麼能讓人類破壞我們的遺跡。」

「這樣啊。」

看來多魯茲山礦坑廢棄的事，噁長毛也有份。或許應該繼續往下挖挖看。說不定國王給我的這個傷腦筋的功課能在這一趟裡一併解決。

「看到你就有氣，為什麼你每次都要來礙我的事。」

「我才想這麼說呢。」

話說回來，既然M魔族不知道那邊石室頂部破了洞，表示他是在我之前用魔法陣傳到暗黑大陸，而且還是到今天才第一次見到果果露的樣子。

先把魔法陣的使用時序簡單整理一下。

首先是噁長毛從佩尼帝國傳過來，然後是果果露住下，我再來叨擾。然後我遇到克莉絲汀和魔導貴族，一道回去，最後在噁長毛重返遺跡時碰上了。

如果有監視攝影機，搞不好會拍到很好笑的畫面。

「這個魔法陣該不會是你的傑作吧？」

「別人畫的，我只是負責管理。」

「這樣啊。」

克莉絲汀和魔導貴族好像也說過這是魔族的魔法陣什麼的。另外，我看過這個魔族用過幾次像是瞬間移動的魔法，用他們的話來說就是空間魔法吧。

位在多魯茲山的魔法陣是設在沒有出入口的房間裡。就這點來看，最適合出入那裡的生物就是眼前這位噁長毛了，而他也是因此才會成為鑽頭捲巨乳蘿的M奴吧。

「竟然偏偏被最麻煩的人發現……」

M魔族眉頭深鎖，憤恨地嘟噥。

看著他這樣的表情，讓我突然好想知道一件事。

這個被虐狂跟主人鑽頭捲到底是什麼關係。

「難道你待在普希共和國那位小姐身邊是因為遺跡嗎？直到今天，我都還想不通你為什麼會跟隨她。」

「那當然啊？無論我主人再怎麼美，再怎麼有魅力，堂堂魔族怎麼可能會順從一個小小的人類。」

「…………」

「不過呢，別看我主人那樣，她其實很體恤魔族，讓她虐待到老得動不了為止也可以。」

「……這樣啊。」

順從翻了好嗎？

職業M奴不是寫假的。嘴上說得很厲害，臉卻是一副還沒虐夠的樣子。這下我大概能猜到他們是怎麼走在一起的了。

就是發現公司附近有可愛女生那樣吧。而且還附送一日三餐和溫暖被窩，再加上連性癖都能滿足，爽得不想走也是沒辦法的事。

「話說回來，這也弄得太髒了吧，是誰把這裡弄得到處是血的？替打掃的人想一想好不好？」

噁長毛凶狠地轉動眼睛，掃視在場所有人。

這時第一個出聲的是黑肉彈。

「就、就是他！」

還是一樣這麼不客氣。

全力要和風臉死啊。

「唔，是你嗎！」

「這個嘛，就當作是這樣吧。」

總不能讓噁長毛和果果露打起來。這兩個人應該能有場精彩的戰鬥，但也就不曉得誰會贏。不能讓她冒這種勝算不高的險。

我自己是很想當場打趴噁長毛啦，可是這會毀了我和鑽頭捲的關係，人際關係真的難搞啊。在我如此煩惱時，噁長毛替我找了個辦法。

他表情極為懊惱，用非常不情願的聲音說：

「……來打掃，先把這掃乾淨。」

「打掃？」

「對，你也來幫忙。敢跑的話我就殺了你的主人。」

「為什麼是我的主人，不是殺我呢？」

大概是指艾絲特吧。

在他看來一定是那樣。

完全是M奴的思考方式。

「少廢話，快幫忙。絕對不准跑喔？」

「知道啦，我原本就想弄回原本的樣子。」

先前請他吃的火球，藥效好像還沒退，說不定變成他小小的心理陰影了。既然如此，我就好好利用這點吧。現在有來自世界各地的一流好手在看，不能向噁長毛示弱。

必須強勢到底表明誰才是老大。而且不能太友善，要敵對得剛剛好。不然說不定會被當成魔族的同夥，甚至魔王的同夥。

然後被全球人類排擠。

話說這世界是怎麼看待魔族的？如果跟貓耳差不多那還好辦。可是從勇者一行的反應來看，應該更為棘手。

「所以我正想去弄點掃具來呢。」

「哈，算你懂事。順便把這個高等果果露殺了，礙事。」

「你一眼就看得出來啊？」

「我們的祖先以前吃了他們很多苦頭呢。」

「原來如此。」

原來高等果果露這種族還滿有歷史的嘛。

看來魔族也逃不過果果露的讀心能力。這麼說來，她或許是個比等級或數值上還要強很多的狠角色。突然好想被她逆姦。

應該多幫果果露升點級才對。

「快點。」

「我拒絕，辦不到。」

「為什麼？她會看透你的心思，難道你不知道嗎？」

「我知道，可是我不殺。」

「唔……」

M魔族的視線在我和果果露之間來去。帥哥頗為失去冷靜的慘樣對醜男而言真是香甜可口。這下總算報了對抗普希共和國軍時，被獨自留在戰場上的仇。

有點痛快。

「殺了她。」

「就說不要了嘛。」

「……你不殺，我殺。」

「你敢動她，我就殺了你的主人，並破壞這個魔法陣。」

「你說什麼！」

「你怎麼說？」

「你、你辦得到嗎？」

「辦得到。保護重要的事物就是這麼回事。」

艾絲特和鑽頭捲都是難以割捨的金髮蘿莉。若非要我擇一不可，考慮前者時我不會有任何排斥。畢竟艾絲特給了我很多照顧，我還沒遇過對我這麼好的女性。

但話雖如此，我也不會因此對鑽頭捲不利。她可是世間少有的巨乳蘿，我也很想親手保護她。就這點來說，真正該收拾掉的是眼前這個噁長毛才對。

為什麼偏偏挑這個時候來啊？

「你不也是一樣嗎？要保護主人，也要保護遺跡。」

「說得很好聽嘛你。」

「我們先打掃吧？有話邊掃邊說。」

我繼續強勢推進。

經過短暫躊躇，M魔族咂了嘴。

「嘖……好吧。」

很好，感覺逃過一劫了。

太好了、太好了。

還以為能喘一口氣了，但仔細想過以後發現並沒有。

我依然身處險境。

主要是人類，他們一刻也不停地用懷疑的眼光看著我。即使在果果露的影響下有很多到了外頭去，不過東西方勇者、澤諾教授、痞子兄弟和黑肉彈等人仍緊盯著我。

「有一件事，我非要趁現在問清楚不可。」

西方勇者說話了。

「……什麼事？」

「魔王即將復活的傳聞是真的嗎？我們在這一刻同時遇見你和高階魔族絕非偶然，追查清楚是我身為勇者的使命。」

「不，是不是我也不曉得。你說呢？」

我把球踢給所謂的高階魔族。

問魔王的事，當然要問魔族。

「我憑什麼要回答人類的問題？」

結果他本人也裝死。

可是有那麼一瞬間，和風臉發現他臉頰抖了一下。

說不定我能用這個話題打破困境。

我懷著一絲希望，加以煽動。

「這種無關緊要的問題，回答了也不會怎樣吧？難道說剛復活的魔王，就像還沒化蛹前的毛毛蟲一樣脆弱呢？維護這個設施也是因為這個緣故什麼的……」

「！……」

我裝作隨口問問，想不到噁長毛的表情凍結了。

「咦，該不會是被我說中了吧？」

「你……！」

看來是中籤王啦。

他表情愈發凶狠。

反應比想像中還大。

「不好意思，我只是開開玩笑……」

「住口！就算是那樣，憑你們人類也別想戰勝魔王！」

「這樣啊。」

如此一來，大聖國聖女降示魔王復活之事就有其可信度了。至少來自世界各地的有識者們，都知道了在不久的將來魔王即將以非常虛弱的狀態復活。

噁長毛這下糗大了。

「那我就不能放你們走了！看我宰了你們！一個也不留！」

「！……」

這也是當然的。

M魔族大手一揮。

而我也早已有戰鬥的準備。

這一戰極其關鍵。

我必須適度安撫噁長毛，並且讓在場人類了解我是站在他們這一邊的。最近老是起手就用火球硬幹，好久沒做這麼高難度的任務了。

「石牆術！」

石牆從M魔族周圍拔地而起，關住了他。

「唔！這、這什麼！可惡……！」

噁長毛在裡頭跳腳。

同時我對人類下指示。

「趁現在快走！」

「可、可是你自己……！」

「對付這種程度的魔族，我一個就夠了！」

要用力貶低他們。

畢竟噁長毛要殺的是我以外的所有人，他們留下來會非常礙事。我哪有能耐在保護這麼多人之餘說服他住手，一定會有不少死傷。

而且還要在此避免他們懷疑我跟M魔族的關係。

就這點而言，我已將致命弱點暴露在噁長毛眼前，但他似乎沒注意到。如果瞞得住他也不是混不過去。

「但我是勇者！討伐魔王是我的使命！」

「拜託你快走。雖然這樣說真的很抱歉，不過你在這會拖……」

「！……」

就在我要直說時，眼前血花四濺。

西方勇者的身體斷成上下兩截。

大量血液隨之噴灑。

不知何時，噁長毛出現在他身旁。

「這種把戲對魔族沒用。」

「……啊，我都忘記了。」

如同果果露家，空間魔法能讓魔族神出鬼沒。M魔族很會用這招，邊境戰事中對戰鑽頭捲時，也因為這招錯失幾次解決她的機會。

石牆術對他沒有隔絕效果，實在很傷。

總之先幫補西方勇者吧。

「治療術！」

我以飛行魔法竄進兩人之間，途中噁長毛一肘招呼過來，驚險滑壘成功。最近我飛行魔法的技術進步了不少，繼續練下去吧。

不久，背後傳來肉蠢動的感覺。

看來勇者是復活成功。

如果砍的是脖子就危險了。

不過這也不盡然是壞事。勇者一擊就倒，足以說服人群遠離現場。都這種情況了，應該沒問題才對。再來只要不弄錯先後順序，一定撐得過去。

現在最該注重的是讓他們遠離噁長毛。總不能當著他們的面和他談判。即使我們成功妥協，也必須當成我們之間的祕密。

「各位，快趁我拖延敵人的時候撤到地面上去！」

「人類，給我讓開。」

「就算你殺了他們，還有我這張嘴可以告訴別人。」

我們相隔幾公尺對峙。

他的頭髮還是烏亮得令人火大。

我並沒有羨慕喔。

「！……那我就連你一起殺！」

「真的要動手嗎？」

「就、就算你回去放消息，又有誰會相信你的話！」

「你不在的這幾天，佩尼帝國封了我男爵爵位。」

「唔……」

過去是他輕視我，加上有鑽頭捲這包袱，我才能輕鬆擊退他。然而這次是正面叫陣，石牆術又沒用，在這種封閉環境和他單挑恐怕是場苦戰。

不過現在我有果果露，若有她的幫助，應能在兩人毫髮無傷的狀況下制服他，而他應該也很明白這件事。

「夠了，快撤！我們留這裡，他根本沒辦法打！」

這時，澤諾教授的聲音在地下室大聲響起。

謝天謝地。

就等你這句話。

湧進果果露宅的眾人紛紛衝上樓梯。其實不用他說，已經有大半的人想溜之大吉了吧。他們表情緊繃地噠噠噠噠，腳步聲又急又重地衝回地面。

一轉眼就撤光了。

只剩下我、噁長毛和果果露。

「……現在怎麼辦？」

「…………」

太好了。

看樣子是嚇阻成功了。

「這全是你的疏忽，就把劍收起來吧。只要你願意繼續和朵莉絲在龍城泡溫泉，我也不會干涉你任何事。拜託你，先冷靜冷靜。」

「人類也想籠絡魔族嗎？」

「我不知道魔族和魔王是怎樣的東西，只想要眼前的和平。假如魔族和魔王要與我敵對，我就到時候再設法解決，無論那當中有沒有你的存在都一樣。」

「哼。就算你比別人強一點，人類也贏不了魔王。」

「不管什麼事都得估一估才知道。」

「……所以你這是要放我離開這裡嗎？」

「如果你不加害其他人，就此回龍城去，我當然願意。畢竟要是有個把命豁出去的魔族當著我的面搗亂，對我來講是最頭痛的事。這部分能請你諒解嗎？」

「…………」

「還是說，你仍不願意回去？」

我稍微加重語氣問時，身旁傳來聲音。

「……要讀嗎？」

是果果露。

要讀什麼就不必多問了。

「不用，沒關係。」

「真的？」

「其實我們也一起吃過好幾頓飯了。雖然我對他沒什麼好感，可是我有好感的人對他很有好感，所以我總不能虧待他。而且，他應該也是這麼想。」

「還是一樣油嘴滑舌。」

「我有說錯嗎？」

「…………」

我想跟鑽頭捲永遠維持良好關係。

但願有朝一日能把她從M魔族手上睡過來。

她可是這世上極其寶貴的有膜白虎巨乳蘿啊。

「然而我也不想冒太大的險，如果你說什麼也不肯讓步，我也不惜一戰。我可不想犧牲自己重視的事物來袒護你。」

「唔……」

「你怎麼說？」

「……那、那好吧，就這樣。」

「真的嗎？」

「就聽你的。這一次，就聽你的。」

「請恕我多嘴，這對你好處並不大喔。」

「無論剛復活的魔王再怎麼虛弱，區區的人類也不可能擊敗他。讓他們散布魔王很弱這種錯誤情報，反而能讓人類掉以輕心，這對我們魔族是再好不過。」

「原來如此。」

不曉得他這番話有幾分真假。我可沒傻到會以為他每句話都是事實，但現在既然他都退讓了，就欣然接受吧。

「既然你想要眼前的和平，那我就先忍一忍。」

「非常感謝你。」

「別誤會了，只是我現在說什麼也不能死而已。」

看來我是因為順位問題而低空飛過了。

啊啊，太好了。

真的好險，幸好在爆發前一秒解除了炸彈。

將狀況往後延的同時，世局也會改變。原本嚴重的問題不知不覺變得無所謂也是稀鬆平常的事，所以現在這樣就行了。

不過魔族和魔王這方面的事仍似乎有調查的必要。

得先了解對方的背景才行。

有種被捲入洪流之中的感覺。

＊

與M魔族談判過後，我們立刻開始清掃房間。

「喂，那邊再多擦一擦。沒看到很髒嗎？」

「那裡原本就是那樣，不是血跡。」

「你這人類也太計較了吧？不過就是點汙垢，一起擦掉不就好了嗎？如果是我的主人，一定二話不說就叫人進來把房間清乾淨。」

「唔……」

囉唆得好像無視自然損耗，要吞人押金當賠償的惡房東。而且不知怎地，被這傢伙挑毛病的感覺特別堵爛。多半是因為他過的是我理想中的M奴生活吧。一想到鑽頭捲的處女膜我就心酸。

我也好想被有膜的艾迪塔老師完全當寵物養。

「……我這邊清完了。」

「不好意思，那邊他不能接受，幫我處理一下。」

「好的。」

果果露也加入清掃行列。

畢竟原本就是她的鍋。

我們就這麼花了很長一段時間清理綠風精的血肉，拭去過往堆積的塵埃與汙垢。等房間恢復原狀，天也不知不覺黑了。話說原本要買的抽水機也因為M魔族的空間魔法而不需要了。

不知原理為何，總之他好像能將包含自己在內的一定質量物體瞬移到一小段距離外。於是和風臉用石牆術設置排水口，用他的空間魔法進行排水。跟討厭的人合作啦。

話說水也是M魔族自己造的，好像會用很多種魔法。

「這樣子可以了吧？」

「……好吧，就這樣。」

我吁口氣並用袖口擦去額上汗水，頗有成就感。

至於西方勇者所帶領的雜牌軍似乎是撤了很遠一段距離，離開後就再也沒見過。大概是噁長毛這個高階魔族的面子夠大吧。就當他們會先觀察一晚好了。

所以為了防止再遇見他們，我用石牆蓋住了遺跡入口。這同時也是噁長毛的要求，以免魔法陣遭人破壞。既然他事先接受了我那麼多要求，醜男便在這點上讓了步。

我自己其實也不想失去這麼方便的魔法陣。

如果可以，還想獨占呢。

在這點影響下，我開始放棄打倒M魔族的想法，轉為利用。

「到這裡，我們的工作也結束嘍。」

「……所以你現在打算做什麼？」

「請教一下，這個魔法陣多久能用一次……？」

「大概一晚，半天時間一次。」

「那應該已經能用了，我們這就回去。」

「……我們？難道你要帶高等果果露回去？」

「有問題嗎？」

「……咦？」

這問聲是來自果果露。

如其所示，我原本是打算留她在這，當她五天一會的丈夫。但現在多了個魔族，事情就不一樣了。要是我單獨回去佩尼帝國，他十之八九會除掉果果露。

從他先前的言行來看，至少這點是可以肯定。清掃當中和現在，M魔族都與果果露保持距離，搞不好擁有很多不能讓人類知道的祕密。

「總不能留在這裡讓你殺嘛。」

「明知心思會被她看透也要帶走嗎？」

「是啊，沒錯。」

我坦然答覆時，果果露出聲了。

「……不是五天一次嗎？」

「很抱歉，以後要變成每天了。」

「！……」

以前泰山崩於前也面色不改的果果露，現在似乎明確地抖了一下。

「哈！人類老愛為了無謂的面子而自尋死路。」

「這也是給自己找刺激的方式嘛。難道你自稱高階魔族，會因為被人讀心就不知未來該何去何從了嗎？」

「你是說你自己可以大方讓她讀心嗎？全部看透也無所謂？」

「正是。」

有時候，說謊也是必要的。

其實我快發瘋啦可惡啊！

而且還要讓最不應該的人知道我瘋狂的內心狀況。

「哼，倒要看你裝到什麼時候。」

「敬請期待。」

「我就等著看你親手殺了她的那一天。」

說不定真的會有那麼一天。

可是我現在還不希望她死。

「這種事說什麼都非避不可呢。為了不讓你被她讀心，我們以後還是保持一點距離比較好。尺度怎麼拿捏，等我回去問過你主人的意思後再跟你討論。」

「這邊你自己決定就行了吧，我不會刻意閃躲。」

「那好吧，我會十分注意。」

所有人進入魔法陣後，我開始灌注魔力。

嗯長毛也穩穩站上魔法陣一角，看來是要跟我們一起回去。也好，雜牌軍要留在這裡，這樣我也放心。說不定他是知道我會顧忌這點，才刻意讓這一步。

喔不，這個個性差勁的魔族才不會做這種事。

「……真的好嗎？」

隨魔法陣逐漸發光，果果露開口問。

黑肉蘿轉向和風臉，抬眼看過來，可愛極了。

「蘿可蘿可，妳不用擔心這件事。這是我自己的問題。」

「我不能主動停止讀心，現在也是什麼都聽得見。」

「一樣沒關係。全部責任，我一個人扛。」

「…………」

地上的魔法陣光輝愈發強烈。

「以後請妳多多關照了。」

醜男淺淺地伸出的手感到一股溫暖擴散開來。

「……謝謝。」

在果果露輕輕點頭的同時，我們從暗黑大陸消失了。

眼前轉暗，電梯下樓般的輕緩飄浮感遍布全身。

全部責任，我一個人扛

這種話，是男人都會想說說看呢。

回春祕藥

Secret Medicine of Rejuvenation

我們回龍城後，頭一個遇到的是蘿莉龍。

『哼～哼哼哼哼～』

那隻金眼蘿莉龍哼著難聽的歌，笑呵呵地在自己建造的城裡闊步，心情好得不得了的樣子。就任鎮長之後，她不用任何人要求就逕自開始名為巡邏的散步，現在已成為她日課之一。

『哼哼哼哼～……哼、哼哼！』

她的頭髮濕濡，像是剛洗完澡，穿著一件薄薄的白色連身裙走來走去。大概是想趁人少的深夜時間，在寧靜的地區享受夜風吧。只要前方出現她自己蓋的建築物，她就笑得好開心，幸福得不得了。

而我們正好就與這樣的她在龍城大門口不期而遇。

「晚安啊，克莉絲汀。」

『啥……』

「……怎麼啦？」

『她為什麼會在這兒！』

蘿莉龍在醜男身邊發現了果果露，劈頭就這麼問。

那圓嘟嘟的臉頰瞬間塌掉，自然繃起的嘴角掩飾不住敵意，露出尖尖的虎牙。在黑暗中燦爛閃耀的金眼氣氛詭譎。

「我現在要暫時把她留在這裡。」

『嗯啊？』

蘿莉龍更顯錯愕，硬是往後退了好幾步。

而果果露完全是兩樣情，鄭重地打招呼。

「……請多指教。」

『這是怎麼回事！為什麼會變這樣！』

至於M魔族，已經先一步回去見鑽頭捲了。

說是不想和果果露一起行動。

現在一定正在接受有膜小縫縫的獎勵吧。ＦＵＣＫ。

「事情的來龍去脈我會再跟妳解釋。」

『我、我是鎮長！有權說不行！絕、絕對不行！』

「那我要動用領主的權力留她下來。」

『唔唔……』

我就這麼一路注意著果果露與其他人的距離，直奔鎮長府。

*

即使時值深夜，我們仍往鎮長府的會客室走。

走廊上，我和果果露並排，克莉絲汀跟在幾公尺之後。我們一回頭，她就嚇得肩膀一跳，後退好幾步，活像隻野貓。

沒幾分鐘，我們來到會客室門前。

「這間？」

果果露看著走廊上的門，突然這麼說。

「對，就這間。怎麼了嗎？」

「……裡面有人想利用你。」

「咦？」

感覺像是門後有人被讀心了。

這下有點難搞啊。

等等，即使能一口斷定對方要利用醜男我，這句話也不足以斷定用途與部位。如果是要在夜裡的床上使用我的紳士棒，那我反倒歡迎。

「白天，用你的魔法。」

「……別說了。妳不說，我也明白。」

在房門前想破頭也沒用。

於是我鼓起勇氣開了門。

裡面的人比我想像中多好多，有魔導貴族、岡薩雷斯、諾伊曼、蘇菲亞，甚至不知為何連艾絲特爸爸都在，像是故意在等我一樣。

座位呢，則是魔導貴族和艾絲特爸爸各獨坐一張三人座沙發，隔著矮桌相對。其他人在前者背後站著不動。

唯一例外的是蘇菲亞，只有她坐在房間底部辦公桌邊。手握著筆，全身劈哩啪啦抖個不停，淚汪汪地處理文件。

有夠莫名其妙的狀況。

「……理察先生？」

「不好意思，明知你不在還執意留下來等。」

所有人同時望向門口，注視著我。

代表全場說話的是艾絲特爸爸，十之八九是跟首都卡利斯的事有關。既然如此，儘管他是地位高高在上的貴族，也應該硬起來應話才對。

「這是怎麼回事？我不在的時候出了什麼事嗎？」

「喔不，我只是想來找你聊聊而已。」

「找我聊聊？」

「對。話說這位小姐是……」

理察的注意力自然轉到果果露身上。

據說貴族經常利用果果露族耍詭計，那麼這位大貴族沒道理不知道。褐膚銀髮和屁股上的尾巴，就是他們族群的註冊商標。

「她是我朋友蘿可蘿可。」

「……你好。」

都見面了，我便簡單介紹。

果果露很禮貌地鞠躬致意。

「原來如此，你去找果果露族嗎？」

結果理察似乎誤解了我為何帶她過來，本來就很細的眼睛似乎瞇得更細了。這使我明白了一件事——想利用我的肯定是他。

我往果果露瞄一眼，見到她稍稍頷首。

「理察先生，有件事想麻煩您一下。」

「什麼事？」

「可以稍微坐遠一點嗎，最好是坐到沙發邊緣去。」

「……坐這邊嗎？」

理察的視線在自己與沙發間來去。

唯一了解狀況的魔導貴族幫忙解釋：

「理察，你是該照他的話去做。我想你已經進入那位高等果果露的能力範圍裡，自愛的話就盡快移位吧。」

「法連閣下？好吧，要我移我就移……」

艾絲特爸爸聽從指示坐到沙發最深的位置。等他的尊臀坐穩以後，醜男向果果露詢問結果。

「現在怎麼樣？」

「……聽不見了。」

「聽得見其他人嗎？」

理察原本坐在下位，也就是離門口最近的位置。他還是一樣喜歡設圈套吧，不難想像他在龍城眾要角面前，也是用上次化名黑格爾時一模一樣的談吐說話。

不過這一次，他的偽裝扯了他一大把後腿。

「只有你。」

「那就沒問題了。」

我不希望果果露讀到別人的心。

啊，剛剛那樣說有種獨占果果露的感覺，還不錯。

「田中先生？」

「理察，這個果果露族不一樣，不用接觸皮膚就能讀心。我想你剛才已經被她看透了。」

「什麼……！」

魔導貴族這番話讓理察睜大了眼。

這個人睜開眼睛還是一樣恐怖。

「因為這個緣故，請恕我站在這裡說話。」

房裡有這麼多人。

我可不能隨便坐下。

「……原來如此。」

「理察先生？」

經我一問，爸爸長嘆一聲。總是充滿自信、從容不迫的他，死心了似的說出從我們相識以來第一次的投降之言。

「我認輸了，田中先生。這一次我真的認輸了。我原本是來誘使你讓步，結果一切都逃不出你的手掌心啊。」

「…………」

他本來是想算計我吧。

從剛才果果露的警告來看，這無疑是極為誠實的表白。他事先精心策劃的一切卻因為一個小小的巧合，連第一步棋都來不及下就胎死腹中了。

他再度變化的表情上是徹底的斷念。

不知道他究竟想做什麼，總之幹得好啊，果果露。

晚點給妳吸兩天沒洗的雞雞。

「田中先生，我不會再那樣看待你了。」

「這怎麼說？」

「我要正式請求你加入我方派系，拜託你答應。」

「…………」

艾絲特爸爸站起身來，對和風臉誠敬地敬禮。若在場只有魔導貴族還沒什麼，但這裡還有岡薩雷斯、諾伊曼和蘇菲亞等平民在呢。

「理察先生，先把頭抬起來吧。」

「只要你答應加入我的派系，我就抬。」

「…………」

這個人還滿能屈伸的嘛。

不愧是艾絲特爸爸。

忽然間，我在他身上見到艾絲特的影子。

「那好吧，我加入您的派系，快把頭抬起來吧。」

「真的？」

「對，真的。當然前提是沒有一些奇奇怪怪的條件。」

「沒有，絕對沒有。」

理察站直身，接近我幾步。

進入果果露的讀心範圍。

「理、理察先生？」

「我想說的，你可以直接問你的朋友。」

「……好的。」

有其女必有其父啊。

那孩子肯定深深繼承了他的個性。

說什麼也不會錯。

「蘿可蘿可。」

「他說的是真話。」

「那他想說的是……」

「……他很害怕。」

「這、這樣啊。」

我依本人要求詢問果果露，只見她旋即點頭。即使她是臨場玩笑的高手，也不會在這種狀況下唬爛吧。所以理察這一連串請求，應該都是真心的了。

「我明白了，理察先生。」

「真的嗎？」

「我是真的明白您的誠意了，所以請您快點後退幾步吧。她的力量不能主動收放，是隨時作用，她自己也不能控制。」

「還真是強大……」

艾絲特爸爸點點頭，聽從指示後退。回到原來位置。

「可是田中先生，你自己沒事嗎？你一直站在她的身邊呢。」

「我啊，這個，就是……已經放棄很多東西了。」

「…………」

我哀怨地說出不怎麼可喜的事實。

萬一果果露被其他人收買走，那天大概就是我的末日吧。這麼說來，她其實扮演著對我非常重要的角色。

只好一輩子當個好雞奴，讓她瘋狂愛上我才行了呢。

「……每次你想到我聽得見，這種話就會變多呢。」

「我自己也知道，不用刻意說出來啦。」

她是不是愈來愈習慣啦？

還是在警告我不要再繼續呢？

隨便，怎樣都好。

在乎這種事會害我崩潰。

「經過上次和這次的教訓，我已經十分明白，對你耍心機只是自尋死路。所以往後我都會像這樣，有話就當面直說。」

「承蒙費茲克勞倫斯公爵如此賞識，田中不勝感激。」

「謝謝你，田中男爵。」

艾絲特爸爸再度深深鞠躬。

然而這次不一樣。

抬頭後的下一句話，語氣相當強硬——

「不過，請你與小女保持一步距離，這點我說什麼也不會退讓。如果你堅持要我女兒伊麗莎白，我會當場與你宣戰。」

「好、好的，這是當然……」

完全是父親的臉呢。

*

與理察的對話告一段落後，主題轉到果果露身上。事先知道她身分的只有魔導貴族和蘿莉龍，還得向小岡、諾伊曼和蘇菲亞介紹她才行。

也要替她在龍城裡找個地方住。

「我鄭重向各位介紹，她是高等果果露族的蘿可蘿可小姐。」

「……大家好。」

果果露和先前一樣，乖乖敬禮。

所有人的位置不變，我和她在門邊，房裡的人則面對我們。

離最遠的是坐在辦公桌後的蘇菲亞，其他人都在桌前兩張相對的沙發周圍，離我們有幾公尺距離。

由於果果露站在門口，克莉絲汀沒有進房，遠遠地在走廊上跺腳。

「目前，她要搬來龍城跟我們一起住，但因為她的身分特殊，我打算在目前封閉的區域劃一小塊給她。」

「這是無所謂，問題是吃飯洗澡怎麼辦？」

「……這部分的確是問題。」

小岡一針見血地指出要點。

總不能把她關起來。

「這個嘛……」

只能讓醜男我服侍她用膳，幫她洗澡了。

尤其後者，需要傾力而為。

「不用給我房子，我可以在城外隨便找個地方住。」

「周圍沒有聚落可言喔？」

「和暗黑大陸相比，這裡什麼都很安全。」

「……這麼說也是有道理啦。」

「有哪裡不方便嗎？」

「…………」

讓她自己處理，的確是比我到處為她打通關節容易多了。畢竟她曾獨力面對艱苦環境很長一段時間，不是我們能比擬。

「那好吧，細節就交給妳自己處理了。」

「喂喂，真的沒問題嗎？」

「我再三拜託過她，不能把她聽見的心聲說出去。假如她是不守信用的人，第一個受害且傷害最大的就是我，能請各位相信她嗎？」

「好、好啦，既然你都這麼說了，我是無所謂……」

「這樣不夠，至少要定一些規範出來吧，田中。」

繼小岡之後，諾伊曼也提出意見。

兩人都對我經營龍城提供了莫大幫助。

總不能一意孤行，無視他們的聲音。

「那麼，我們就替她在出入龍城上制訂條件吧。」

「謝謝你的諒解，這樣可以避免很多不必要的爭端。從剛才的對話十分足以看出果果露族能提供巨大的幫助。接下來，田中，就看你怎麼做了。」

「是啊，這樣我們也能比較放心。或許我們都還好，可是其他人對果果露族有什麼想法就很難說了。我這幾天會試著打聽看看。」

「知道了，謝謝各位的意見。」

就這樣，眾人嚴肅地決定種種關於果果露的事。這座城的營運有很大一部分是落在他們肩上，聽他們一言肯定是有益無害。

太好了，這樣他們都能接受的樣子。

這時，走廊另一邊傳來氣噗噗的聲音。

『你、你們幾個，差不多該讓我進去了吧！』

是蘿莉龍。

「對喔，真不好意思。」

再欺負她未免太可憐了，就到此為止吧。

那種氣到快哭出來的樣子很刺激處男的前列腺。

我帶著果果露往走廊另一邊走一段，克莉絲汀立刻一陣風似的衝進辦公室。我們尾隨她返回門口時，見到她一屁股坐在蘇菲亞面前的辦公桌上。

最深的位置。

她就這麼不想被讀心嗎？

什麼傻問題，肯定是討厭到極點。

「田中先生，這位小姐是……」

理察的注意力自然轉往蘿莉龍。

「對了，我還沒向您介紹，她就是這座城鎮的鎮長，每天都代替我這個領主努力工作。坐在她背後的女僕，則是代理鎮長。」

『我、我是鎮長克莉絲汀！怎麼樣！』

她對鎮長這個職務仍不太有自信，但差不多也該習慣了吧。不過她依然挺高胸膛的樣子非常可愛，尤其是那薄連身裙上的激凸。

「這樣啊？可是她年紀會不會太小了點？」

就連見多識廣的公爵也不免感到奇怪。

而這位鎮長刻不容緩地吐槽了。

『怎麼？憑你這人類也想拿年紀說嘴？』

「這孩子還真活潑，該不會是你的吧？」

「不不不，怎麼會呢。她其實是古龍，我想佩尼帝國這幾年以來，都沒有出現過比她更強大的人吧。以一個城鎮的頭臉來說，相信沒有人比她更可靠了。」

「你、你說古龍？」

爸爸自然往魔導貴族看。

「理察，有這樣的疑問很正常，不過事實真是如此。」

「這、這還真是意想不到……」

魔導貴族正經八百地回答。

爸爸卻完全相反，表情非常震驚。

這也是沒辦法的事。

「假如您對這座城有任何需求，都請先聯絡她。屆時她身後這位蘇菲亞小姐應該會在細節上提供一些協助，在這裡一併向您介紹。」

「好的。」

理察簡短回答，起身面向克莉絲汀。

蘇菲亞因為我提到她的名字而開啟抖爆模式。淚眼汪汪，腋下愈來愈濕的女僕真可愛。

『……人類，你做什麼？』

「我名叫理察．費茲克勞倫斯，您是古龍克莉絲汀小姐沒錯吧。未來恐怕會給您添點麻煩，還請您往後多多照顧了。」

『請我照顧？這、這樣啊，既然你特地來我這裡請我照顧，照顧你一下也不是不行啦！喏！』

「謝謝克莉絲汀小姐。」

這蘿莉龍還是很注意對話內容呢。

反應也非常可愛。

感覺她已經給理察打了很高的分數。

『這裡可是我的城喔！不要都只是找那個男的喔？有事就來找我談，這樣才算數，懂嗎？』

「好的，一定照您說的話做。」

大概是被剛認識的人當鎮長看待吧，這個怕生的蘿莉龍難得對頭一次見面的人類這麼友善。因遇上果果露而劇降的心情似乎回升了不少。

若他們能繼續維持這麼良好的關係，對和風臉是再好不過。

假如角色換成膽小出名的柔菲爸爸，肯定會搞出一堆麻煩的事。理察態度四平八穩，光看就覺得放心。費茲克勞倫斯家的祖先和非人生物相幹不是幹假的啊。

拜過碼頭以後，理察忽然轉眼。

目標是果果露。

「原來有不必碰觸就能讀心的果果露族啊……」

那是渴望的視線。

「我先說喔，她是沒在出租的喔？」

「真的不行嗎？」

「她是我重要的生意夥伴呢。」

有時說謊也是必要的。

「了解。」

「對了，理察先生。那我們接下來……」

從原先的脈絡來看，我近期內可能需要到首都卡利斯走一趟。況且我也需要向陛下回報任務進度，跟他一起回去也不錯。

但就在我思考下一步時，背後忽然有人出聲。

「喂，幹嘛站在門口，進去裡面說嘛？」

「哦，艾迪塔小姐？」

穿睡衣的艾迪塔老師上線啦。

站在我背後的她臭著臉看著我。現在時間也晚了，可能是講得有點太大聲，把她從夢鄉裡吵醒了。那可真是造孽啊。

「對不起，吵醒妳了。」

「我不是這個意思……是說，怎麼會有果果露族？」

「啊……」

艾迪塔老師自然而然就走進果果露的讀心範圍內。

「而且還是個年輕女孩子。你這幾天都到哪裡去啦？你、你不是約好要看我的書，告訴我感想嗎……」

「啊……」

對喔，完全忘了這件事。

艾迪塔老師給我的原稿還擺在我房間，動也沒動過。原本我是打算在前往多魯茲山那晚看的，結果一下魔法陣一下果果露一下魔族，到這一刻才想起有這件事。

「真、真的很對不起，我馬上去看。」

「……哼。」

糟糕，惹艾迪塔老師生氣了。

不過老師的站位更糟糕。

「不好意思，艾迪塔小姐，我也很不想在這種狀況下還要求妳，可是，能請妳盡快遠離我們嗎？希望能退到長矛也刺不到的距離。」

「什麼意思？……難道我、我會臭嗎？我、我我我、我……！」

「不不不，是因為……」

立刻猛聞腋下的老師好可愛。

都向大家介紹過果果露了，我再怎麼樣也不能略過她。儘管我用膝蓋想也知道在那之後會得到什麼反應，但我還是非得將她現在是什麼處境告訴她不可。

於是我就在眾人面前，再度說明果果露的特殊能力。

以及老師的心正赤裸裸地擺在她面前。

結果老師當場就精神崩潰了。

「這、這、這……」

錯愕得瞪大的眼睛直盯果果露。

整張臉都綠了。

一副「咦，沒騙我？真的沒騙我？」的臉。

「對不起，艾迪塔老師。都是我的錯。」

「不會吧，她、她聽得見我的心聲？現在就能？」

「很遺憾。」

「…………」

艾迪塔老師僵在原處，沒了反應。

沒辦法，先向果果露介紹老師吧。

「蘿可蘿可，這位是我鍊金術的老師艾迪——」

「唔喔喔喔啊啊啊啊啊啊啊啊啊啊啊啊啊啊啊啊啊啊！」

都還沒介紹完，老師的口中就爆出慘叫。

聲音大到蘿莉龍府每個角落——喔不，連屋外都能聽得很清楚。一串慘叫又粗又猛，不像女性能發出的聲音。

同時一個轉身，狂奔而去。

全速衝回她剛走過的走廊，踏得啪啪響。

「…………」

「…………」

這下真的糟啦。

怎麼辦？

要是被艾迪塔老師討厭了怎麼辦，等於是一次失去人生三分之一的樂趣啊。老師服務精神旺盛的露底，天天滋潤著我的心靈。先不管什麼回春祕藥了，要先跟老師和好才行。非得和好不可啊。

「對不起，我失陪一下。」

我趕緊跟上。

連飛行魔法都用上了。

*

【蘇菲亞觀點】

精靈小姐突然爆哭，然後田中先生跟著她飛走了。而且不曉得為什麼，蘿可蘿可小姐也跟著田中先生飛走了。

留下來的我們該如何是好呢。

「那、那個，克莉絲汀小姐……」

我先對鎮長龍小姐問一聲。

『哼！所以我才說不要帶果果露族回來嘛！』

她完全沒聽見我小小的聲音。

那句話是對田中先生說的吧。

『哪裡需要果果露族。想知道什麼事，我兩三下就讓他全招了。』

她依然坐在桌面上，翹著腳說話。

一副很偉大的樣子。

啊，不過她也真的很偉大沒錯。畢竟是鎮長嘛。

「…………」

問題是有幾張文件被她坐在屁股下面。要是弄髒弄破就糟了，我便用兩隻手小心翼翼地抽。然而她全身的體重穩穩地壓著，抽也抽不動。

啊啊，怎麼辦，我的文件怎麼辦？

「不如我們就在這裡散會吧？」

這時，理察大人開口了。

我也贊成。

這樣很好。

「那麼不好意思，我也該告辭啦。」

「我也向各位告辭，還有其他工作要忙呢。」

岡薩雷斯先生頭一個匆匆離開房間。聽黃昏戰團的人說，他這個人不太喜歡貴族。諾伊曼先生也跟隨他的腳步接著離去。

美型雙巨頭瞬間退場。

好哀傷。

怎麼不帶我一起走。

另一方面，法連大人和理察大人仍坐在沙發上親暱地交談。看來他們是舊識，且不只是貴族之間的交情，像是多年老友。

「理察，你今晚安排好了嗎？」

「聽說這裡有旅舍鎮的功能是吧？」

「那就跟我來吧，我替你找旅館和溫泉。」

「謝了，法連閣下。」

「旅館跟你那邊相比，可能像狗屋差不多，但溫泉可是厲害得很呢，包你滿意。」

「說到溫泉，其實我一次都沒泡過呢。太期待了。」

聽他們這麼說，啊啊，龍小姐咬餌了。

『喂，狗屋是什麼意思？』

金黃色的眼眸往法連大人狠狠一瞪。

嚇死人了。儘管她長得那麼可愛，我還是先感到恐怖，其他人也是這麼覺得吧。龍小姐話都聽得很仔細呢，耳朵好像很好。

「不、不是啦，只是一時口誤。要是惹妳不高興，我向妳道歉。」

『真的嗎？』

「嗯，真的。對不起。」

『哼！要是你不懂這裡的好，就表示你這個貴族程度太低！以後再怎麼樣也不准這樣失言喔！知道了嗎！』

「唔、唔、唔嗯，妳說得一點也沒錯。」

不敢跟龍小姐頂嘴的法連大人，有點可愛呢。

感覺好新鮮，超棒的。真讚。

可能是那番話很嚇人吧，兩位大人像是被趕走似的，也隨岡薩雷斯先生和諾伊曼先生離開房間。

能見到佩尼帝國赫赫有名的大貴族被趕走的樣子，嗯，震撼得夠我培根家世世代代驕傲下去呢。

龍小姐真厲害。

人就這麼愈來愈少，最後只剩龍小姐和小女僕了。話說，這還是我們頭一次獨處呢。

我的文件還是被她壓在屁股下。

「那、那個……」

『怎樣？』

能請妳高抬貴臀嗎？

我的文件、文件慘了啦。只要她一動，文件馬上就會變得皺皺的。我都寫完八成了，如果要重寫一定很吐血。

「夜已經很深了，那、那個，不妨就泡泡澡放鬆一下吧……」

我誠惶誠恐地給予建議。

田中先生好不容易回城了。既然龍小姐才剛見到了他，一定不會忽視我這個小女僕吧。我如此相信著，鼓起全部勇氣說話。

『是啊，真的是很晚了。』

「就、就是說啊！」

『我也流了點汗，再去洗一次澡吧。』

「好的！這樣很好！」

『對了！妳也一起來！以後就偶爾讓妳幫我擦擦背好了。從那個男的的話聽來，妳好像是我這個鎮長的代理嘛。既然這樣，我一定要好好教教妳當鎮長應該要有的氣概！怎麼樣！知道了吧！』

「…………」

田中先生。

現在是怎樣？

『怎麼啦？』

「好、好的……」

『很、很好！』

這對一介平民來說或許是種奢望，可是我現在真的好想要自己的時間。

＊

我追隨艾迪塔老師來到蘿莉龍府裡的一間客房前。

門當然是上了鎖，門把扭不開，頂多只能對著緊閉的門，往感覺不到動靜的房間裡說話。

「那、那個，艾迪塔小姐……」

怎麼說呢，好有浪漫喜劇的感覺，超棒的。追逐傷心女主角的主人翁情節與我現在的位置同步，有種彌補青春的充實。

「她非常難過。」

「……好。」

果果露從旁給了我極為確切的建言。

真是一點也沒錯啊。現在比起滿足我自己，更應該以安撫艾迪塔老師的心靈為重。不愧是果果露，短短幾個字就讓我覺得帶她回來真是對極了。哎呀，實在感謝妳切中要點的寶貴意見。

不過冷靜想想，問題本來就是出在妳身上啊。

「艾迪塔小姐，拜託妳，開門好嗎？」

我作夢也沒想過自己也會有經歷這種鬱悶的一天。就讓我用男朋友的心情全力投球，讓因誤會而自我封閉的她走出來。

「艾迪塔小……」

當我再度呼喚她的名字，門板隨砰的一聲而震動。

大概是扔枕頭過來了。

這也讓我確定她就在房裡。

「蘿可蘿可，她狀況怎麼樣？」

「…………」

她沒回答我的問題。

不知是聽見了不說還是聽不見。

就連這也說不準。

我想她是聽見了才故意不說來保護老師。真是太好了，我也相信她口風夠緊。我相信妳喔。果果露這麼守信用，讓我好想在這一刻被她逆姦。

就在艾迪塔老師房門口被她逆姦。

「……不要。」

「我知道啦。」

話說回來，事情怎麼會變成這樣呢？這種事件都是因為對方喜歡主角才會發生，難道、難道、難道艾迪塔老師對我有意思嗎！

「…………」

這個案例真的很刺激想像力啊。

搞不好一不小心就要去度蜜月了。

「……不會有這種事。」

「這樣啊，謝謝妳的忠告。」

可惡，臭果果露。

這孩子的說服力無與倫比，火都熄了。

「對了，妳離遠一點。又讀到人家的心了啦。」

「…………」

果果露輕輕點頭，遠離艾迪塔老師的房間。

這時老師似乎聽見我們的對話，門板另一邊傳來乒乒乓乓、慌忙跑動的聲響。

是想離走廊遠一點吧。

老師對任何事都有旺盛的好齊心，就算耳朵貼在門上觀察外頭狀況也不奇怪。

「我要跟艾迪塔小姐談一談，妳就先待在那裡吧。或許妳會覺得麻煩或浪費時間，不過這對我來說很重要。」

「……知道了。」

「謝謝妳。」

取得黑肉蘿同意後，我握住門把。

門當然仍是鎖著。

「艾迪塔小姐，能請妳開門嗎？」

我試著問。

「艾迪塔小姐？妳在裡面吧？」

不管問幾次，她都不回答。

好傷心。

迫於無奈，我只好對著門板說話。

「果果露的事，真的很對不起。可是她答應過我，絕對不會洩漏聽見的內容。所以能請妳大人不計小人過，當作沒這件事嗎？」

我是在遺跡到龍城這段路上向果果露約好的。

「……這樣你帶果果露族回來不就沒意義了嗎？」

門後傳來嘟囔聲。

說得有道理。

「話是這麼說沒錯。如果工作上需要像今天這樣和貴族交涉，或許會請她來協助。可是，至少她不會去傷害我周遭的人，我也不會允許她這麼做。」

「…………」

「如果她毀約而造成我們之間出現嫌隙，我會親手處理她。」

這也是M魔族前幾個小時說過的話。

都這樣再三警告了，渴望與他人對話的果果露應該不會亂來才對。毀約對她只有壞處，一點好處也沒有。

「這樣可以接受嗎？」

「……那你自己呢？」

「我嗎？」

「你、你都被她聽見了吧？」

「對啊，是這樣沒錯。其實現在也是。」

「…………」

我了解她的意思。

只是既然我為人齷齪之處都被她看光了，如今也只有放飛自我一途。「全力防止她洩漏出去」是我現在所能做的最佳補救措施。萬一哪天果果露說溜了嘴，啊啊，我該怎麼辦呢？

糟糕，愈想愈怕。

被艾迪塔老師的恐慌傳染了。

「我也會怕，可是她對我有恩。」

「……有恩？有那麼誇張嗎？」

「她在暗黑大陸救了我一命，我不能為了自保而棄她於不顧。當然，假如她對我的思想感到厭惡而主動離去，我也不會強留。」

我拿綠風精那一段出來，繼續說下去。我到弱肉強食大陸去冒險可不是混吃而已呢，這樣應該很有說服力吧。艾迪塔老師也去過暗黑大陸，相信能獲得她的共鳴。

「……這、這樣啊。」

「對，就是這樣。」

所以啦，不想跟著我也沒關係喔，果果露。

我瞄她一眼，看她的反應。

然而她動也不動，就只是緊盯著我。她對說話的飢渴真不是蓋的。

「這樣妳了解了嗎？」

「……道理上是可以了解。」

「那真是太好了，謝謝妳。」

「可、可是了、了解歸了解，心理上還是很難接受……」

「別擔心，我會在城外幫她蓋個房子，基本上除了我之外不會讓其他人進出。所以從那以後，妳不會再被她讀心，不需要勉強接受。」

「…………」

雖然對不起果果露，但這點安排是必不可少的吧。

每個人的隱私都很重要。

「可以嗎？」

「那她願意接受這樣的安排嗎？」

對喔，我還沒問。

她接受嗎？

我再往遠離門口的果果露瞄一眼。

「……沒關係。」

好，得到同意了。

對她而言，不過是從暗黑大陸搬到佩尼帝國，嗯，應該沒差多少吧。就居住環境改善又衣食無缺來看，根本是有好沒壞。

「她同意了，沒有問題。」

「…………」

人都不在城裡了，這樣她能接受了嗎？

我對門另一邊寄予祈禱。

「要是妳以後都不理我，我會很難過，可以請妳原諒我嗎？我非常希望未來也能和妳融洽相處，不用急著現在開門，只要妳答應以後會讓我見妳那美麗的容顏就好了。」

並厚著臉皮趁亂夾雜一些像是求婚的話。

如果不是這種狀況，我也沒機會一本正經地說這種撩妹的話。

據先前果果露說的話，希望好像極為渺茫，但我還是不想放棄嘗試。待有朝一日，我兒子積攢了足夠的經驗後，一定要回來請老師鞭策砥礪一番。

「那、那那那、那好吧！我原諒你！」

「真的嗎？謝謝妳原諒我，我好高興。」

「……哼、哼！」

太好了。

她答應原諒我了。

能和艾迪塔老師和好，高興死我了。

「那麼請恕我冒昧，為了不讓先前的意外再度發生，我要盡快去替她準備睡舖了。為此不能久留，還請妳多多包涵。」

「…………」

「艾迪塔小姐？」

「……要、要去就去啦，不用什麼事都跟我報告嘛！」

「不好意思，那我今天就到這裡失陪了。」

順利跟金髮肉肉蘿老師和好啦。

再來就得趕緊替果果露準備今晚的住處了。

＊

隔天，我親愛的女僕喚醒我愉快的一天。

「田、田中先生你快起來！天亮了！理察大人有事要找你談，所以，拜、拜託你趕快起來！他已經在樓下的會客室等你了啦！」

她手扶著我的肩，搭配那迷人的聲音搖啊搖地。

舒坦啊！

真是太爽了。

這就是我夢寐以求的起床方式。

「謝謝妳，請告訴他我馬上過去。」

「好、好的！」

讓我的大腦零點幾秒就清醒了。

昨晚在郊外替果果露蓋房子到很晚，睡眠時間只有平常的一半吧。想秀一手，一不小心就蓋得太大了。儘管如此，今天醒得卻仍如此清爽，真希望每天都能這樣。

為了讓起床搖變成起床簫，我渾身鬥志高漲，要我今天也努力奮鬥。被子底下的晨間套餐已硬如鋼鐵，翹著讓她搖，更是讓人大爆硬。

「……好啦。」

不能糟蹋她的愛。

我迅速確實地整理儀容，離開房間。

依照指示前往樓下的會客室。

門一開，果真見到女僕所說的艾絲特爸爸。

「理察先生早安。」

「嗯，田中先生早安。」

在熟得像廚房的蘿莉龍府，我在他對面的沙發坐下。

蘇菲亞就像是在等這一刻，立刻送上現沖的茶。

這略濃的早茶風味與平時不太一樣，但能感到她的用心，讓人忍不住想大口大口喝。大口大口。

「不好意思這麼早就來打擾，不過這件事我想盡快告訴你。」

「哪裡哪裡，抱歉讓您久等了。」

我們簡單問候兩句便切入正題。

「如果可以的話，我需要你和我回首都一趟。我想盡快公布你正式加入派系的事。」

「這樣好嗎？會有不少負面影響吧？」

「的確是會有不少影響，但我認為你的加入帶來的益處將比損失更大，所以需要盡早介紹。」

「原來如此……」

他在首都卡利斯也有很多亂七八糟的事要處理吧。這樣狂推一個好壞話題接連不斷的新手男爵，肯定會帶來很多麻煩。為了鞏固自己日後的地位，還是趁早答應他的要求比較好。

況且我也有事要回首都辦。

就是向國王回報任務。

「我明白了。既然需要盡早，那我們就趕快出發吧。」

「沒問題嗎？由於事情緊急，都是我單方面要你配合，實在很不好意思。」

「哪裡哪裡，別這麼說。請公爵多多關照了。」

「謝謝你答應得這麼乾脆。交通工具方面，我已經備好馬車，想請你與我同乘，可以嗎？」

「好的，請問何時出發？愈快愈好吧？」

「是啊。可以的話，希望是今天就啟程。」

「這樣啊，我明白了。」

難怪一早就登門拜訪。

這下懂了。

「對了，我有個不情之請……」

「什麼事？」

「我想帶其他人同行，不知您能否接受？」

「沒問題，帶兩三個人同行並無所謂。」

「謝謝公爵。」

在首都卡利斯，十之八九會發生很多跟貴族有關的麻煩事。別說同為費茲克勞倫斯派的人會找我碴，其他派系的貴族還可能要我的命。只要踏出龍城一步，我的安危就非常難料。

這時候自然需要的不是別人，就決定是妳了，果果露！只要不說，大家都會以為她是普通的果果露族，被她碰觸皮膚才能讀心。沒有比她更寶貴的援手了。

事情肯定跟上次進宮不同，整個變簡單模式。

「……你是說她嗎？」

「對，就是她。」

理察也心裡有數了。

以領會的表情點了頭。

*

就這樣，和風臉和果果露的首都行敲定了。

總不能一聲不響就走，我便先去向諸位好友打聲招呼。尤其是小岡、諾伊曼和蘇菲亞這三個實際管理龍城的人，一定要跟他們交代清楚。

由於時間早，人都在自個兒房裡，很快就找完了。唯獨蘿莉龍不曉得跑哪裡去，不過放生她應該也不會有問題，八成是去晨間巡邏兼散步了。

而巡房問早的途中，有個人舉了手，要跟我們一起去首都。這個和昨天截然不同，一敲門就立刻開門，穿著睡衣現身的人，即是佩尼帝國引以為傲的正統路線金髮蘿莉，艾迪塔老師。

「我、我也要一起去！一起去！」

睡翹的頭髮好可愛。

老師是夜貓子，肯定是睡到現在。

若放著不管，會一路睡過中午。

好想把雞雞塞進打盹的艾迪塔老師嘴裡。

「沒問題嗎？今天出發喔？」

「不要跟我說不可以喔！」

「不，當然不會。所以妳是有事要回卡利斯嗎？」

「！……」

怕生又愛窩在房間的老師難得有這種反應。

好積極啊。

她如此積極表示出門意願的事發生過幾次呢？上次讓她感興趣的是魔導貴族首都卡利斯主辦的學技會，之後就再也沒有過了吧。讓人好好奇她的動機。

然而她隨後的回答卻使我詛咒自己的健忘。

「你還沒告訴我新、新書的感想！」

「…………」

我竟然又忘了。

昨晚太沉醉於替果果露蓋家，完全忘了。一直說我一定會看，結果忘了兩次。而且第二次還是在她剛提醒之後，過一晚就忘了。

「你又忘了跟我約好的事了對不對……」

「對不起，真的、真的非常對不起，我忘記了。」

糟糕，糟糕啦，能感到艾迪塔老師對我的好感度急速下降。老師看我的眼神和放送小褲褲時完全不一樣，恨不得把我大卸八塊。

不能再這樣下去，不然老師的肥大腿會離我遠去。

艾迪塔老師表情極為懊惱地用力握拳的樣子好可愛。

好像本來很期待要去遊樂園玩，結果到了出門當天，因為爸爸有事而連續延期三十三次的小學生。

「路上我一定會看，看完直接說感想。」

「……真的嗎？」

「真的。我一定一字不漏，仔仔細細地看。」

「…………」

話說最近跟老師對話的機會減少很多，蘿莉龍那邊反而大增。原本就缺乏交流了還如此失態，實在很傷。這麼說來，我是非帶她上路不可了。

為了肉肉。

「能請妳和我一起去首都卡利斯嗎？」

角色與前不久顛倒過來了呢。

不過，這樣才是正確程序。

「……哼、哼！既然你拜託我，我、我就考慮考慮！」

「謝謝妳賞光。」

太好了，還有一層皮連在脖子上。

能鬆一口氣了。

順道一提，我現在是在艾迪塔老師門前走廊站著說話。這種彷彿小白臉在哄女友的位置，怎麼說呢，感覺還滿爽的。我一直都很憧憬這種場面啊。

「那麼不好意思，要麻煩妳抽空準備行李了。」

「知、知道了！」

「我還會帶另一個人去。」

「……還有別人？」

「對，就是昨天在我身邊那位。」

「喂、喂，那該不會是……」

金髮肉肉蘿老師的肩膀緊張得顫抖。

「對不起，她在我首都的行程能提供非常大的幫助。」

「…………」

瞬間萎靡的艾迪塔老師真是可愛極了。

*

一行人匆匆啟程了。

這陣子都用飛行魔法往來首都卡利斯和龍城的我，這次在地上乖乖搭馬車。搭的是隨理察而來，有如進貢團的馬車隊中其中一輛。

幾十輛馬車好大一排，嘆為觀止。

我們的車位在中段，座位相對擺放，我和果果露各坐一排。理察給我們的車造價看來極其高昂，內外裝飾都非常豪奢。

甚至比當時費茲克勞倫斯家給我休息的房間有過之而無不及。

「唔……唔唔……」

更意想不到的是，艾迪塔老師竟坐在對面。

即使要進入果果露的讀心範圍，她仍自願坐到現在這個位置。理察也問過她要不要坐其他車，卻被她婉拒了。

不時抽搐的臉頰如實地告訴了我老師的心理狀況。明明不用找死，卻在沒意義的地方逞強而虛耗心神就是老師最近的風格。

究竟是什麼把她逼成這樣的呢？

「……不愧是艾迪塔小姐，真好讀。」

「少、少廢話快點看！快點看一看！」

什麼好讀呢，當然是艾迪塔老師的著作。

和風臉的手上正捧著老師交託的原稿。

「好的。」

我開始專注於細繩串起的稿紙上。為盡快回報感想，我要集中精神一口氣讀完，簡短跟老師說句話就轉向稿面。抵達首都卡利斯前，好歹要讀過兩遍。

由於我只顧看書，無話可聊的果果露和艾迪塔老師都只是盯著我看。距離突然縮短，讓人心兒怦怦跳。掃視字句之餘，兩人的對話傳入耳中。

「喂！我有一件事要問妳、妳這個果果露族！」

「……什麼事？」

「妳真的、妳真的聽得見嗎？」

「什麼？」

「我、我我我、我心裡想的事！」

「……聽得見。」

「…………」

明明不用找死，艾迪塔老師卻自尋死路。簡直就像聞臭襪子而皺起臉，再聞再皺，反覆不休的家貓。

「妳現在很……」

「啊！啊啊啊啊啊啊！啊啊啊啊啊啊啊！啊啊啊啊啊啊啊啊啊！」

「…………」

黑肉蘿差點就說出重要資訊。

坐她面前的艾迪塔老師慌忙起身，一手撐著沙發桌，拚命伸長上半身摀她嘴巴的樣子真可愛。不過她身高有點不夠，手搆不太到，更是加倍可愛。

「果果露，就算是玩笑也不要亂說啦。」

「為什麼？」

「如果妳不守約定，我也會毀棄與妳的約定。」

「……知道了。」

「謝謝妳的配合。」

我好好奇艾迪塔老師的祕密啊，但萬一知道了，我們現在的關係也就毀了。有意無意露底給我看的這段甜美又充實的關係，說什麼也不能斷。

況且最近特別危險。

現在老師別說沒蹺腳，兩條腿還緊緊地關上店門。地方露底小舖關門大吉啦。明明就坐在對面，卻無法欣賞她銷魂的肥大腿，這教我這死處男視線究竟該往哪裡擺，心裡該想什麼才好呢？

這時有人敲了門，問裡面出了什麼事。回答一切安好後，我不禁嘆一口氣。我就知道會發生這種事啦，艾迪塔老師。

如果人家就是認為和風臉是不能和小女生共處一室的禽獸，那我也沒轍。

「單方面被人家持續讀心，實、實在很難受……」

「那要不要換到後面的馬車去？我二度辜負妳的信任，還說這種像是趕妳走的話，我也很心痛。可是妳對我很重要，我不希望只因為這種狀況就破壞我們的約定。」

「少、少廢話！你快點看就對了！快點看！」

「……好，都聽妳的。」

這次道理站在她這邊，於是我乖乖繼續看稿。

而老師自己則又將矛頭轉回果果露身上。

「這麼想說話的話，我來陪妳說！」

「妳嗎？」

「怎、怎樣！有意見嗎！」

「……沒有。」

「那麼，來、來啊！趕快找點話來說啊！」

「…………」

狀況不妙。

和風臉交友圈中語障度數一數二的兩個人，要當著我的面搞對話ＰＫ啊，還有什麼比這更可怕的。而且她們都很容易衝動，感覺更恐怖。

「還是說，想說話只是妳的藉口……」

「我有個問題，為什麼高等精靈會到人類社會裡？高等精靈的自尊心很強，一般而言不太可能和人類一起生活吧。」

「有、有一個例外又不會怎樣！會怎麼樣嗎！」

「…………」

「怎樣？……不行嗎？不行嗎！」

突來的話題逼得艾迪塔老師馬上就淚汪汪了。

果果露是不是戳中老師特別脆弱的一塊啊？實情只有老師自己知道，但旁聽的醜男心裡已經狂跳不止啦。

像老師是高等精靈的事，我就完全不知道。

話說我一次也沒看過老師的數值，讓我有點想看。可是慢著，現在開來看好像會被果果露取笑，先忍一忍吧。

假如老師和艾絲特一樣有祕密設定什麼的，我鐵定會很慌。

「有什麼意見嗎！既然妳會讀心，現在什麼都聽見了吧？那就是我的理由！我是因為有我自己的理由才住進人類社會裡的！」

「……對不起。」

「不、不要亂問不是就不用道歉了嗎……」

我不曉得果果露究竟聽見了怎樣的心聲，唯一明白的只有艾迪塔老師心裡的裂縫是一秒比一秒多。讓她待在果果露的讀心範圍內好像很危險。

老師也可能只是逞強而已。

「再說妳自己也不是普通的果果露族啊……」

「所以不用碰妳的皮膚，也能完全聽見妳的想法。」

「唔……！」

而且果果露是意外地調皮兼S。

雖然覺得老師實在很可憐，不過淚汪汪的老師也很可愛，想多看一點的心情澎湃洶湧。很好，就趁現在圓融地多揭露一點老師的可愛之處吧。萬事拜託啦，果果露。

啊，不要太欺負人家喔。

艾迪塔老師真的真的是一個好人。

「…………」

她絕對不會做出傷害妳的事。

所以，拜託跟她好好相處。

＊

耗時半天，我讀完了老師的原稿。

這下我總算明白自己的亂摻究竟在燒杯裡造成怎樣的反應，以及當時的整個狀況。我只知道最後效能如何，對過程懵懵懂懂，學到很多。

看完最後一頁，我在大腿上整理紙疊後說：

「跟過去的著作相比，這本讀起來更淺顯易懂了呢。」

「是、是喔。果然是需要寫得深一點嗎……」

「不不不，完全沒這個必要，這就是老師作品的優點啊。我過去也在幾個有學校之稱的地方念過書，隨著程度上升，課本也會愈來愈厚。可是內容其實大同小異，只是講得更詳盡。」

我國自產的書頁數少，圖表也不太夠，遣詞用字大多艱澀，導致幾乎不適合初學者。算是一種階級的表現吧。

然而因為這個緣故，隨課堂程度提升，教材也逐漸換成外文書或其譯本。這現象又加劇學生對同一門學問的理解誤差，將眾多理科生打成打工仔。

因此老師刻畫入微，十分考量讀者立場的著作，深受我這讀者的喜愛。老師對讀者的愛多到簡直滿出來，沒有止息的一天。

搥心肝啊，為什麼老師不是處女啊。

好想用老師的愛液把整張藍色試紙弄成紅通通。

「…………」

「怎麼啦，果果露？為什麼盯著我看呢？」

「……沒什麼。」

「是嗎？那就好。」

抱歉我現在比較想看艾迪塔老師。老師好可愛。老師好可愛！大概是讚美有效，緊閉至今的大腿稍微張開了。

開幕的預兆。

開張的預感。

地方露底鋪要上線啦。

「等實際成書以後，我還要再看一次。」

「是、是嗎！那我馬上就準備印刷嘍！」

「那真是太好了。」

老師臉上出現暌違已久的笑容。

一下哀傷、一下焦慮、一下煩惱的金髮肉肉蘿老師好可愛。不過我由衷感受到，此刻對著我的這副天真爛漫的笑容，具有輕易轟散那種種面貌的威力。

好一副令人凌辱欲盡失的笑容啊，老師。

「一到首都卡利斯，我就回工作室裡弄！」

「有哪裡可以幫忙的話，請隨時告訴我。」

「咦？啊、喔、唔、嗯！好啊！這是我們的共同研究嘛！」

老師活潑地笑開了嘴。真棒。

金髮蘿莉的笑容真棒。

「對了，有件事我想請教一下。」

「什麼事？想問什麼？」

「這件事跟書沒關係就是了……」

老師比平常更雀躍地應話。

然而這張臉——

「其實我順利弄到了綠風精的翅膀，想請老師告訴我回春祕藥的其他材料或製法，可以嗎？」

「！……」

簡直像在墳場見了鬼，整個凍僵。

＊

【蘇菲亞觀點】

小女僕一如既往地在辦公室工作時，叩叩叩，房門清脆地敲響了。應門之後進來的是岡薩雷斯先生和諾伊曼先生。

他們最近每天都來，該不會是想親近我吧。如果真的是這樣，那我也不會拒人於千里之外，一路傻傻跟上床也沒關係。

「小姐啊，我問一下喔。」

「打擾了，蘇菲亞。這件事我非問不可。」

好啦好啦，我知道。完全是工作狀態的表情呢。

一次就好，我也是想答應夜晚的危險遊戲的。

「好、好的！什麼事！」

「有幾個想住在這裡的人聚起來，開始動手修繕南區的貧民窟了。我們還沒有開放入住，真的住下來恐怕會有點麻煩，有時間談這件事嗎？」

「那個，我先問一下……」

「怎樣？」

「為什麼新蓋的城裡會有貧民窟呢？」

這個問題在我心裡很久了。

帳簿裡也列有貧民窟的預算，其中一條還叫飼料費，到底是養了什麼呢？而且每區都有這條，金額還不小。

「這、這個嘛，我也不曉得耶。不知道為什麼，打從一開始就有了。」

「我也不清楚。明明沒居民卻有貧民窟，真的很怪。」

「田中腦袋裡在想什麼，我真的都搞不懂耶。」

「等等，岡薩雷斯，搞不好是鎮長要的？」

「她那邊我更搞不懂。」

「說得也是。」

看來他們也不知道。

那麼再猜下去也是浪費時間。田中先生和龍小姐都不是普通人，我們這些普通人還是別妄想去了解他們的想法比較好。多半是有些很深奧的緣由吧。

「對了。關於貧民窟，我這邊還有件事要報告。」

「什、什麼事？」

「聽說有很多不曉得是從哪溜進來的努伊在貧民窟住下來了。」

努伊？努伊是什麼東西？

從來沒聽過。

「不好意思，請問努伊是什麼——」

「啥！那、那不是很危險嗎！」

才想問個究竟，就被諾伊曼先生驚慌的叫聲打斷了，沒能獲得任何詳細資訊。我一個小小的市井丫頭，在知識上果然遠不及他們。

是不是真的該多念點這方面的書呢？

「接近他們是很危險沒錯，但只要離遠一點，基本上是人畜無害。目前也只有貧民窟一帶有看到他們出沒。」

「總不能因為這樣就丟著不管吧？」

「我們的人當然是接到報告以後就組隊去處理啦。不過聽他們說，那不止兩三隻，有一大群在那裡，處理起來很累人呢。」

「怎麼又被麻煩的生物給盯上啦。」

「表示這裡的貧民窟就是那麼好住吧。」

「也是。」

努伊到底長什麼樣呢？

聽起來滿可愛的。

努伊努伊。

「既然這樣，那就要鎮長出馬了吧？」

「我也是這麼想，所以才來這裡啊。努伊體型雖然小，但好歹也是龍的亞種吧？要是他們說我們怎麼只把人當客人看，不把努伊當客人看，我也沒轍，還會被逼得幫他們說話呢。」

「他們毛毛的外表，真的很容易會讓人忘了他們是一種龍。乍看之下很像家畜或寵物那樣，所以反而更糟。不曉得的人去亂摸他們，事情就麻煩了。」

「問題就在這裡啊。」

感覺跟龍很類似呢，而且毛毛的。

不過我從來沒看過那種生物。

如果是龍，應該馬上就發現了。

「沒辦法，這邊等田中回來再處理吧。對他來說，十幾二十隻努伊也不成問題才對。要是不一次弄個徹底，說不定以後會鬧出大事呢。」

「因為他們的同伴意識很強嘛。要是有幾隻沒趕走記恨了，一定會出事。」

「就是說啊。」

聽到這裡，小女僕想到一件事。

「……啊。」

還下意識發出聲音，真是可恥的失態。

飼料費。

飼料費該不會是——

「嗯？小姐，妳怎麼啦？」

「妳知道些什麼嗎，蘇菲亞？」

「沒、沒有！我什麼都不知道！」

我說不定是注意到了不該注意的事。帳簿原本是田中先生在管的。即使不知不覺落到我手上，基礎仍是田中先生打起來的。

帳簿這種東西真是可怕呢。

儘管對不起他們倆，現在就當作沒看見吧。

*

喀噹、叩咚。

我在搖晃的馬車中向艾迪塔老師報告這幾天的經歷。

也就是在暗黑大陸遭遇的一連串屁事。尤其在多魯茲山發現魔族遺跡這點，講得是特別仔細。老師是佩尼帝國人，又跟果果露有過不少交流，我便決定先告訴她。

不然害她傻傻傳過去而跟M魔族吵起來可就慘了。

「是、是喔，原來有過這種事……」

「對啊。所以我認為，盡可能不要接近那裡比較好。雖然那個魔族平時是朵莉絲的僕人，但那裡對他非常重要。就當是避免不必要的爭端，請妳忍著點吧。」

她依然坐在原位，一臉苦惱，不曉得在想什麼。視線不時往空無一物的地方飄，像是有所歉疚的舉動。

「總之，無論過程如何，結果就是這樣。」

我從腰間皮囊之一掏出依然散發淡淡綠光的綠風精翅膀，兩片兩片在面前沙發桌擺上幾對。這部分是我和小妖精還能圓融交流時，某一個替我找來的。

「你真的弄到啦……」

「這樣夠嗎？」

「這、這個嘛……說不定還差一點點，一點點……」

艾迪塔老師交互看著桌上的翅膀和我的臉，喃喃地說。擺明是有愧於我的臉啊。老師是個誠實善良的人，很不會說謊。

「這樣啊，那我就不在首都卡利斯調製了，等到回龍城再說。如果需要特殊器材，也能考慮再找時間空運回去。」

「……咦？回去再說是什麼意思？」

「我房裡還有很多翅膀，大概快一百對，應該不會有不夠的問題。不曉得可以放多久就是了。」

「什麼……！」

老師非常錯愕，肩膀都抖起來了。

這個小妖精大屠殺事件，乃是渴望與人對話的果果露幹的好事。她自己不需要翅膀，所以全讓給我了。我不知道究竟需要多少，便全部收下，看來是收對了。

「怎麼了嗎？」

「有、有那麼多喔？真的？綠風精的翅膀耶？」

「真的。」

「…………」

為了維護果果露的自尊，我故意略過果果露的病處不說，老師也當作是我幹的，驚愕逐漸緩和。她怎樣也想不到，乖乖坐在她眼前的少女能夠獨力獵殺近百隻小妖精。

「對於最後變成這麼多，我也感到很抱歉。」

如果綠風精是瀕危物種就慘了。不是常有設定說，城鎮附近的草藥是城裡每個人的公共財，過度摘取有損大眾利益嗎？而且老師是精靈，好像會比較注重生態的事。

「……沒關係，這、這不是需要跟我道歉的事。」

「可是妳的臉色不太好呢。」

「…………」

這時我回想起小妖精們可愛的容顏，罪惡感湧上心頭。面帶天真笑容免費展現小縫縫的她們，對死處男來說無疑是正義的化身。

應該幹一隻回來當飛機杯的。

「想到昨天那麼倒楣，害我這一刻想什麼都會被人聽見，我就心酸。自己在想什麼，用什麼心情面對你，各種悲慘的心聲都暴露別人面前，真是太丟臉了。」

「……艾迪塔小姐？」

「不用管我，你就直接問這個果果露族吧。」

「那個……請問現在是什麼狀況？」

「早知道會這樣，我一開始就不用說謊了……」

「…………」

說謊是什麼意思，這一刻又是哪一刻？

事到如今，狀況突然奇怪起來。

這給我一個靈感。

「那也是妳跟我們搭同一輛馬車的原因嗎？」

「……對。」

話說我也肖想跟老師和果果露玩3P不曉得多少次啦。好想跟她們結婚，瘋狂內射生寶寶，代代相姦到天邊。

「她絕對不會說出她聽見的事。」

「我都答應讓她說了耶。」

「承諾就是承諾。」

至少只要果果露還感到孤單，還渴望與她人對話，嘴就會緊緊閉住，死也不開。儘管才跟她相處沒幾天，我仍相信她口風夠緊。

等她跟和風臉說膩以後，我就不曉得會怎樣了。所以在那之前，我要跟她結下超友誼的信賴。為此，我深切盼望她盡早逆姦我。

「……這樣啊。」

「對，真的是這樣。」

「那麼，我也只好親口向你道歉了。」

「這是為什麼？」

聽和風臉這麼問，老師表情肅穆地繼續說。

「回春祕藥的配方有很多種，其中最核心的材料是綠風精翅膀、拉梅角、黃金草、基亞辛的汁液，然後是高等精靈的血和肝。最後這部分，無論如何都不能用一般精靈來代替。」

「……高等精靈的血和肝嗎？」

好像在哪聽過呢。

感覺可以在離我非常近的地方找到。

「其實你一開始來問我時，材料我全都知道，也全都記得。可是我很怕被你知道，所以一直瞞到今天。書上缺那一頁也是因為這樣才撕掉的。」

「原來如此。」

金髮肉肉蘿老師整個人都枯萎了般地小聲慢慢說。

她也糾結了很久吧。

「雖然說我這條命是你救回來的，但我還是怕死。你這個人，這個連紅龍都能輕易打倒的人，讓我覺得深不可測，非常害怕。」

「…………」

我只是以為她可能覺得我很噁，沒想到是害怕。畢竟我們對話時感覺很親近，又會一起吃飯，相處得很融洽的樣子。

這也讓我明白她為何服務精神那麼旺盛了。

因為她想誘惑我這個男性。

老師全力露底只是假裝自己是游刃有餘的成熟女性，

事實上心裡抖到不行，但仍拚命露內褲給我看。誇張抬高她肉肉的大腿交疊起來，展現性感魅力。

只求我能稍微重視她一點。

「…………」

一幕幕往事不禁掠過眼前。

這反差好騷啊。

怕得獻上內褲，弱小感大爆發的艾迪塔老師好可愛。還故意穿性感內褲，拚命露底獻媚。回想過去一連串走光畫面，我都要勃起了。

「原來是有這樣的緣故啊。」

「……沒、沒錯。所以我、我、我、我這個人……」

是喔，這樣啊。

需要高等精靈的肝啊。

肝，就是那個嘛。

迅速摘除、迅速治療就沒事的想法就是老師最怕的事吧。她肯定就是因為這樣，才不停努力露到今天。

她都這麼說了，是教我如何再求藥呢，我可不想為了追求青春而讓老師受罪。剛認識時還不一定，不過我們現在關係有點太親密了。

啊啊，真遺憾。

儘管遺憾，這也是沒辦法的事。

「不過有一件事，請你一定要相信我。我現在，那個，沒、沒那麼怕了。」

「害妳提心吊膽這麼久，實在很抱歉。」

「那個，你、你聽我說喔！我現在，已經沒那麼……！」

到現在還這麼顧慮我的感受，老師真的是個好人啊。

正因如此，我不能再陷她於不義。

「妳的壓力一定大到我無法想像吧。」

「呃，喂，聽我說啊！」

「從這一刻起，我會徹徹底底放棄回春祕藥的事。」

「！……」

我斷然的宣告讓艾迪塔老師啞住了。

「聽過老師的那些話以後，對我來說，祕藥配方等於是不存在了。所以艾迪塔小姐，妳不用再說下去，也不用再出賣自己的尊嚴。」

這幾週與老師共度的各種經驗已經是稱作慰勞也不為過的報酬。不用付錢就能跟異性對話這種事，以前我連想都不敢想。以含服務費每小時四千圓來算，都能買一輛中古車了。

隨便都超過我在現代社會三十餘年的女性對話經歷。我為何能如此輕易斷定呢，因為只要把家計簿上某一條除以四千，馬上就能得出概數。真是太～奇妙了。

「呃，喂！你是說……」

「我追求祕藥的目的並不只是恢復年輕，請妳就別在意了。」

「可是你、你不是很想變年輕嗎？你已經做了那麼多事耶！」

「恢復年輕的身體只不過是種手段罷了。」

「這、這樣啊……喔不，可是你……」

「好了。就是這麼回事，請妳別再把這件事放在心上了。」

打擊有是有，但我也無可奈何。

第一，就算我恢復年輕了，艾迪塔老師這樣美好的女性也不一定會繼續願意露底誘惑我。所以此時此刻，和風臉鐵了心要珍惜與老師的友誼。

不過露底的部分，老師也才剛打過預防針就是了。

「你真的要放棄嗎？這對你一點好處也沒有……」

「怎麼會沒有好處呢。」

「什、什麼意思？」

「跟我先前說的一樣啊。」

「先前？」

哎呀，我把內心獨白當做說過的話了，這也是習慣用心聲跟果果露對話的影響吧。要是太習慣這樣，搞不好會得不太好的心病，別人對我的印象也會變，以後還是多注意點好。

同時，我到這一刻才開始回顧她過去的言行。

果果露會不會是知道自己讀了老師的心將導致這種結

果，才刻意說出高等精靈一詞的呢？就事情發展來看，好像真是這樣沒錯。

主要是為了讓老師好過一點。逼老師自曝種族太可憐，就先一步化解這個窘境。如此說來，哇賽，果果露也太帥了吧。又酷又機智，強到不行啊。

「喂，你、你到底說了什麼……」

「認識妳這件事，比得到回春祕藥有魅力得多了。」

「！……」

「因此，我絕對不會再深入這件事。」

謝謝妳，果果露。今晚聊天延長三成。

其他還要什麼也悉聽尊便。

所以，現在拜託妳先幫忙修復我與艾迪塔老師的關係。

即使當前沒有小褲褲能看，能維持原先那樣可以天天開心聊天的關係就夠了。她可是香噴噴的金髮蘿莉，總有一天我要靠自己的魅力，讓她為我全開大腿。

「…………」

不過，這樣啊……

回春沒指望啦。

宿醉

Hangover

我與艾迪塔老師和果果露共乘一輛馬車前往首都卡利斯。

這支理察率領的車隊默默地一路前進。途中，我和老師因為談到回春祕藥的配方使得場面一度緊張。但危機過去之後，很快就風平浪靜了。

再也沒有起波瀾。

聊到沒話好聊後大概過了一小時，我看著昏昏欲睡的金髮肉肉蘿老師，在馬車裡安靜地發呆。根據出發時我所問到的行程，今天日落前差不多會到位在近郊的旅舍鎮。

無事可做的我只能望著窗外期盼房屋的影子。

「……用飛的快多了。」

我也了解果果露為何這麼說。

不過這是必經過程。

「替理察先生做面子，也是很重要的一件事。」

「是嗎？」

「對，很重要的。」

好比接待高爾夫那樣。

我繼續一邊回覆黑肉蘿的吐槽，一邊欣賞日薄西山的天色。只當作是路程或許有點難耐，但若視為觀光，就成了有點情趣的馬車之旅。

「……呼……呼……」

在我面前打鼾的老師好可愛。

豪華馬車坐起來比想像中舒服很多，能感到因連日忙亂而乾枯的心逐漸受到滋潤。真想一直看著睡得又香又甜的老師，享受這段寧靜的時光。

「……呼……呼……呼嘎！」

老師睡得搖搖晃晃。

不只叫出聲，腦袋還猛然一頓。

不曉得把雞雞放在她點頭的位置上會怎樣。柔嫩唇瓣碰一下退開、碰一下退開的模樣，會不會反覆帶給我添水擊石那叩然一響，富涵靜樸之美的快感呢。

「…………」

「…………」

我就這麼一面意淫艾迪塔老師，一面讓果果露讀心。

不錯嘛。

比想像中更爽。

在馬車規律的搖晃下，有種心緒逐漸遠離塵世的奇妙感覺。馬車裡四面封閉的狹窄空間也推了一把吧。

然而這飄飄然的時光並沒有持續多久。

一會兒後，馬車忽然停下。

車輪滾過地面的規律叩叩聲與間隔相同的震動一併消失。是今天的下榻處到了嗎？可是窗外景色怎麼看都是路中間。

不久，車外傳來騷嚷。

「喂！動作快！別讓公爵大人等！」「我知道，馬上去清！」「有沒有人會魔法？靠人力搬很花時間。」「能變水出來就夠用了……」「記得四號車的女僕會用一點魔法。」

難道是出事了嗎？

在車上坐了這麼久，我也想下車伸展筋骨。無事可做的狀況使我的身體不由自主地離開座位，向外打開唯一的門。

只見馬車正前方有幾個人匆忙地來去。

「不好意思，出了什麼事？」

我留住正跑過眼前的男子問話。

是年約二十五，作騎士穿戴的帥哥。

「田、田中男爵您好！非常抱歉，打擾到您了！」

「哪裡哪裡，一點也不礙事。前面怎麼了？」

「回大人，有輛燒燬的馬車擋在路上，我們正設法把它移開。耽誤大人行程，實在萬分抱歉。車隊很快就能繼續前進，還請大人稍候片刻。」

「這樣啊。」

既然如此，就讓我幫點小忙吧。

「方便的話，可以帶我過去看看嗎？」

「咦？」

「在車裡坐那麼久，手腳都坐僵了，很想找個機會活絡筋骨呢。其實我也多少懂些魔法，或許能幫上費茲克勞倫斯公爵的忙。」

我輕描淡寫地搬出理察的名字試反應。在他眼裡，完全是新科男爵急著想找機會在公爵面前秀一手吧，不太可能會拒絕。

「屬、屬下知道了，請跟我來。」

「謝謝你。」

我將果果露和艾迪塔老師留在馬車上，隨男子離去。

經過幾輛馬車後，果真在前方路中央見到燒燬的馬車。車上插了很多箭，肯定是遇上了襲擊。

「是強盜之類的吧，大概是商人的馬車。」

「這樣啊。」

帶路的男子簡單地說明。

拯救被強盜擄走的富家千金，當個乘龍快婿這種事，在劍與魔法的奇幻世界是一定要的。在這類創作中，說是初期就要有的橋段也不為過，根本是新手教學。

然而我們似乎晚了一步。

焦黑的馬車都涼了，遇襲至今過了多少時間可想而知。然而馬車大剌剌地倒在交通頻繁的公路上，事情應該不會發生太久，頂多就這一兩天的事。

「大人打算怎麼做？」

「能請各位離遠一點嗎？」

「知道了。」

這樣或許有點粗魯，但我仍決定用火球一次清掉。

男子對周圍往來的人下指示，一整圈忙著拆馬車的人隨之跑遠。確定每個人都離得夠遠後，醜男表情自信地快意一發。

「火球術。」

射出直徑約三十公分的火球，直擊燒燬的馬車。

命中即爆炸的火球將目標往其路線轟散。本應頗為高級的大型馬車瞬時炸成碎片。由於本來就炭化得很嚴重，炸得有夠碎。

「喔喔，不用唸咒就有這種威力，真不愧是田中男爵。」

「哪裡哪裡，我還差得遠呢。」

即使沒做什麼了不起的事，受人誇讚還是很爽。

要是上了癮，恐怕會讓人腐化啊。

*

路上除了那輛燒燬的馬車，再也沒有任何波折。

我們原本還擔心盤據在這一帶的強盜會攻過來，不過他們可能是忌憚這規模巨大的車隊，什麼事也沒發生。

這麼多馬車和人員真不是擺好看的。

因此這天我們按照預定，平安抵達了旅舍鎮。屋舍都在路兩旁，小有規模。據說往來首都卡利斯和多利庫里斯的人都會經過這裡，自然是相當熱鬧。

我們進了旅舍之後直接解散，為明天儲備體力。

這段旅程的錢包理察由於有工作急著處理，進了房就在桌前辦公。沒想到這位舉世聞名的大公爵會這麼勤奮，好感度一不小心就上升了。

閒來無事的和風臉便瀟灑地走上夜晚的街頭。

艾迪塔老師和果果露都在其他的房間，很容易就能溜出去。

出差的人多少都有在鬧區漫無目的的夜遊的經歷吧。期待著在遙遠異國有段豔遇，心兒噗通亂跳地漫步陌生夜路實在是很有意思。

雖然最後這十幾年來都是零車禍零違規的安全駕駛，不過一碼歸一碼。今晚說不定就能收一張千呼萬喚的紅單，啊啊，不錯喔，這種出差的感覺太讚啦。

「……先找有酒的地方。」

當地酒吧或小酒館一類的。

就從旅舍員工推薦的幾個地方喝起吧。

肯定會有上週才開始工作的鮮嫩小妹妹。

「好。」

走著走著，我決定了第一個目標。那是一間店面不小，從外面也看得出來很熱鬧的店。窗口傳出陣陣嬉笑，好像玩得很開心，還有年輕女性的聲音。

以前我認為小巧玲瓏，歷史悠久的店特別有情調，然而這種店的店員年紀也相對地大，客人也大多是多年常客。其實靠老人年金跟養老基金支撐的小酒館還挺多的。

「不好意思，就一位……」

我推開西部片那種雙推門，進入店裡。

旋即有人來招呼。

「歡迎光臨～！這邊這邊～！」

噢，果真有年輕女店員。

活力十足真可愛。

年約十五六，褐色頭髮紮成短馬尾。蘇菲亞級的奶子隨各種細微動作晃來晃去，再加上那個水蛇腰，性感到不行。又圓又大的屁股也很讚。

酒館就是要這樣才爽啦。在某個整天喊少子高齡化的國家很難有這種事。光是有年輕正妹打工的地方，就值得電視節目專訪了。

「先來幾個你們招牌的酒和下酒菜。」

「好～！馬上來！」

聲音又可愛，太棒啦。

今晚好像從第一間就能喝個暢快啦。

我開開心心坐到吧檯位子上。

簡單掃視左右，客層一眼便知。右看是大肌肌，左看也是大肌肌。男的是猛男，女的是猛女，而且桌邊都架著刀劍槍棍之類的東西。

該不會都是些地痞流氓吧。

不過這裡是理察下榻的旅館員工推薦的地方，應該沒那麼糟才對。女店員這麼可愛，一定很受冒險者歡迎，或者老闆以前也是冒險者之類。

「久等了，您的酒！」

「啊，謝謝。」

一只注到齊平杯口的玻璃杯擺到我手邊。

「請慢用～！」

「啊，好。」

敬她消失在櫃檯另一邊的屁屁。

豪爽地大口大口喝。

冰冰涼涼的發泡酒急速流過咽喉，苦得恰到好處的清淡滋味真是過癮。簡直像喝水一樣，咕嚕嚕就灌掉一半。

「……中大獎啊。」

離龍城這麼近，忍不住想天天來了。

就是因為會有這種驚喜，讓人無法單純用效率否定馬車之旅。儘管效率真的差，如此存在於迂迴之中的意外遭遇，往往能使人生更加豐富。

「…………」

美酒下肚，身心都開始放鬆。

幸福的感覺從體內向外發散。

又起了點興致的和風臉重新掃視店內。

肌肉率還是很高，人們的對話也很有冒險者的感覺。

主要都是在聊哪個團隊獵到了哪個不得了的怪物，哪個戰團攻破了哪個困難的遺跡什麼的。

聽起來比想像中更有意思，也讓我頗有共鳴。

我也變得想跟他們肩並肩，天天在一塊兒冒險。光是在同一個空間喝酒，就讓我得到如此無聊的一體感。

而這也讓我的酒喝得更順口了。

酒杯轉眼見底，兩杯、三杯地點。

酒真好喝。

有酒真棒。

最近沒喝就睡的日子變多，和別人一起喝的機會也多，飲酒量自然比較節制。或許是因為如此，在這一刻可以不顧他人眼光瘋狂加點讓我覺得非常有魅力。

「…………」

心情大好。

再點一盤小菜好了。

我看著掛在牆上的菜單，不知該點哪個好。

這時，背後冷不防地爆出聲音。

「你是欠揍是不是！」

是一聲怒吼。

緊接著尖銳的聲響，像是餐具砸到地上。隨氣氛緊繃，和風臉的注意力也轉向背後。

等待著我的，果然是我想像中的情境。

「明、明是你來鬧我的好不好！」

「你說什麼！」

有個體格相當壯碩的猛男在找另一位男性的碴。猛男年約三十五左右，虎背熊腰，隔著衣服都能看出他肌肉有多發達。

至於受害的男性則像是小了一輪，大概二十歲前後。其實體格鍛鍊得很不錯，但就我這個路人看來，前者的威脅性高多了。光長相就有夠恐怖。

「有哪裡不高興……」

「少廢話，去死！」

火爆奔四郎一拳打在青年臉上。

手動得還真快。

這個肌肉棒子跟蘿莉龍一樣衝動啊。

「嘎……」

青年鼻子被一拳揍扁，直接倒地。

他像是就此昏倒一樣，再也沒動靜。應該是死不了，可是感覺好痛。飛散的血液在周圍灑下好多紅點。

「啊啊？看什麼看啊你！」

看著看著，我和肌肉棒子對上了眼。

話說，這張臉我好像在哪見過。

「咦？啊，沒有啦，我……」

是在哪裡呢？

這種時候，屬性視窗就很方便了。

名字：歐德．馬克菲爾
性別：男
種族：人類
等級：25

職業：劍士
ＨＰ：５２０／５７１
ＭＰ：０／０
ＳＴＲ：２１０
ＶＩＴ：２８１
ＤＥＸ：１４４
ＡＧＩ：89
ＩＮＴ：19
ＬＵＣ：32

我想起來了，他就是那個在我剛到首都卡利斯，也像這樣獨自喝酒時來找我碴的人。我後腦還被砸了幾次酒杯，實在有夠衰。當時還只能回旅館哭哭睡呢。

真是一段心酸的回憶。

然而，和風臉已經不一樣了。

我打過龍，建過城，經歷許多冒險，有了不少成長。

而且現在還喝到微醺，怎麼說呢，說不定要當個一晚的酒館英雄了。

不錯喔。

酒館英雄不錯喔。

等很久了。

一次就好，好想當酒館的主角啊。

「想打架嗎你！」

「…………」

這種聲音大到耳朵都痛的威嚇聽起來卻莫名舒爽。怎麼想都是為了烘托我而做的效果。

怎麼能不冒這個險呢？

田中男爵怎麼能不帥一波呢？

「可以不要造成店家的困擾嗎？」

簡短回答，感覺就是屌。

我徐徐站起，準備盡情耍帥。

「你說什麼！」

肌肉棒子洪聲叫囂。

店裡的客人隨之鼓噪，大半是對於和風臉的舉止感到驚愕。都是認為這麼一個不起眼的中年大叔想對抗比他高兩個頭的彪形大漢，根本是死定了吧。

可是，我絕不會跟他們客氣。

今晚的和風臉很渴望陌生人的崇拜。

「要打就來呀。對付你，我一隻手就夠了。」

「什麼……！」

到位。

真的有夠帥。

有帥翻全場的感覺。

如果繼續帥下去，說不定在場的女生會有一個許給我無限內射一夜情。雖然叔叔你皮膚好黃臉又扁，可是你真的好強喔，有夠帥的，上我，我要你的種之類的。

中年上班族就是對這種有點違法的性愛感到憧憬的族群啦。一方面天天追求安心安全與準時下班，一轉場又想扮演壞壞的男性。

「混帳！」

肌肉棒子立刻衝過來。

一路將店裡桌椅撞得東倒西歪，簡直像推土機一樣。這種事他到明天也一定會忘光光吧，真是讓人太羨慕了。

一次就好，我也好想喝成這樣。

「去死！」

他像揍倒青年那樣，也往醜男的醜處出拳。

我在拳路上豎起右掌。

手掌與拳頭相觸，啪地好大一聲。

「！」

他沒想到會被擋下吧，眼睛錯愕地瞪得好大。

其實我也很沒自信，但仍穩穩接下了。太好了，真的太好了，還怕會出糗呢。心裡的不安全隨著手腕傳來的輕微刺激消散。

唯一意想不到的是我們皮膚相觸而使他的體溫傳來的噁心感受。對方是年紀與我相仿的猛男，讓我極其遺憾。

平平是吃拳頭，當然要吃美少女的。

「怎麼啦？」

「你、你這傢伙，玩真的是吧！」

他的手連忙往腰間探去。

劍士不是標假的，那裡配了一把劍。

「我宰了你！」

劍一拔就指向了我。

銳器真的看了會怕啊。

憑我這副用啤酒鍛鍊出來的大叔霜降體，無論屬性視窗數值多高也還是會怕。如果有蘿莉龍那麼硬還不一定，可是我只是連每週一次的健身房都上不了一個月，卯起來練肚子的中年肥宅，銳器是絕對不敢硬擋。

「……怎麼啦？怕到不敢出聲了嗎！」

只好改用魔法了。

「這個嘛，你說呢？」

我喃喃地叫出火球。

遮擋在猛男與和風臉之間。

「！」

「別看我體格差，這才是我的專門。」

我抓準時機要一波帥。

擅長舞刀弄棍的近戰型角色其實更擅長魔法這種的，實在帥到沒朋友啊。想不到我也會有實踐的一天，整個心都飛揚起來。

「混、混、混帳……」

「喝到忘了分寸，是任誰都有過的事。」

我再趁勢來段文明對話。

伴著酒意，感覺屌到不行。

「今天能請你就這樣算了嗎？要是搞到老闆禁止你來，你也不好受吧？不如就先睡個覺冷靜一下，明天再來向老闆賠個不是怎麼樣？」

「！……」

「因為一些無聊的糾紛而放棄這裡的酒菜，未免太可惜了。」

我再向前一步並這麼問。

結果怎麼樣呢？

「無、無聊透頂！沒錯，無聊透頂！哪喝得下去啊！」

「對喝太多了的人不是正好嗎？」

「哼……！」

和上次不同，猛男乖乖轉身。

太好了。

火球可是很危險的。我不禁想起在蘇菲亞家燒烤魔導貴族那一次。儘管我已經很節制，考慮到自己現在有點醉意，依然是需要自制。

「你就不要給我遇到！」

「到時候我請你喝一杯。」

「！……」

猛男撂下一句話就跑出店門了。

他的聲響很快就消失在夜晚的鬧街裡，再也聽不見。見狀，和風臉立即熄滅飄在面前的火球，萬一有東西著火就糟糕了。

結果如何呢？

這類事件已經有過幾次，這次感覺結束得最優雅，受害者只有一開始挨揍的青年。原本就長得很帥，臉稍微凹掉也沒什麼問題吧。

所以無人受害。無人受害。

「是怎樣，你太厲害了吧！」

這時，有道聲音朝我投來。

來自其中一名酒客。

其他人也因此不再沉默，店裡每個角落劈哩啪啦地吵了起來。原本靜悄悄的酒館轉瞬間吵得屋頂都要掀了，而且全都在讚嘆和風臉的義舉。

「喂喂，他擋住馬克菲爾的拳頭了耶！」「你有看到嗎，他正面接那一拳，結果手連抖都沒抖一下！」「而且魔法還不用唸咒！」「真的假的！」

「雖然看起來絕對打不贏，但實際上超強的耶！」

「你有看過那種膚色嗎，為什麼會那麼黃？」「而且臉好扁喔！」「就算很奇怪，本事也不是蓋的啊！」「太厲害了吧，大叔！」

儘管夾雜了幾句有點傷人的議論，基本上應該是在讚頌我沒錯。這使得和風臉有點飄飄然，送一個治療給依然倒地不起的青年，分享幸福。

他倒趴的身體底下浮現魔法陣，臉上凹陷瞬時撫平。

「唔喔，還會用治療魔法！」「過來跟我們一起喝嘛！」「哦？那我也要湊一腳！」「既然這樣我也來！」「有這樣的本事，你也是冒險者嗎？」

「我從以前就看不慣馬克菲爾那麼霸道，真是太痛快啦！」「我也是。哎呀，幹得太好啦。」「你是哪裡人？」「沒看過這種長相耶，該不會是從其他大陸來的吧？」

酒客們捧個沒完。

捧得是天花亂墜。

真的滿爽的。

「哪裡，沒什麼大不了……」

一回神，已經有裝滿酒的玻璃杯塞進我手裡。

我一口飲盡，周圍人們紛紛誇我豪氣，溫暖的歡呼一波接一波。玻璃杯也很快就被注滿，喝開了的和風臉也一杯接一杯地乾。就這麼酒來就喝，喝光再倒。

不知灌了多少杯。

一回神，意識已成一灘爛泥。

＊

第二天，我被劇烈的乾渴和難耐的頭痛叫醒。

睜眼的同時，天搖地動般的暈眩向我招呼。身體疲憊不堪，想從床上爬起來都很難。呼吸又淺又急，感覺像被丟進沙漠好久了一樣。想喝水想得要死。

肯定沒錯，我宿醉了。

而且好久沒這麼嚴重。

「唔……」

我立刻用治療魔法調整生理狀況。

無論什麼傷病都能治癒的神牌治療術，治起宿醉也有卓越效果。下一秒就要抓兔子的噁心與彷彿世界末日的頭痛，全都瞬時消失。

「……呼。」

治療魔法超讚。

要是沒效，我大概一整天都動不了，真是太好了。那種狀況根本沒辦法坐馬車旅行，躺著都很難過。回想起自己是需要長途旅行的人，不禁吐一大口放心的氣。

等身體能自由活動後，我從床上坐起來。

然後注意到一件事。

「…………」

身旁躺了個女人耶。

而且是全裸。

床上散亂的金髮在滿窗陽光下閃閃發光，美麗極了。她抱著大團棉被，懷裡的被子與手臂之間，能窺見碩大的果實。

好大，非常大。我最愛這種大到感覺很下流的了。

年紀大概二十五上下，好萊塢電影那種成熟女性的側臉，為這轉瞬天亮的情境增添了點浪漫氣息。在這樣的美女身邊醒來，忽然覺得自己有義務點一根菸。

「…………」

更糟糕的是，我自己也全裸。

若問ＯＵＴ還是ＳＡＦＥ，根本是全壘打。這原本是應該誇自己幹得漂亮的狀況，然而可能是受到酒精影響，重點過程完全消失在記憶的彼岸。這部分就ＯＵＴ了。

怎麼辦？

這下怎麼辦？

該叫醒她嗎？

「…………」

不行，叫醒了肯定會出事，以後要我付和解費的那種。而且ＣＧ畫廊一格都沒補到，根本是賠慘了。

這麼說來，在她清醒前溜走才是上策，這樣對她自己傷害也比較小。剛起床的醜男醜度比平時高出五成啊。

或許是不該傻傻留在原地想吧。

「艾夏？妳醒了沒？差不多該吃飯嘍……」

「！」

房門敲響，同時有人這麼問。

陌生的男性聲音。

「艾夏？妳還在睡嗎？我進去嘍？」

「！……」

才剛慌張起來，門就開了。

出現的是年紀與我相近的中年男性，頗有分量的肚腩讓我感到很親近。絕非帥哥，但也算不上醜，是個長相溫和，似乎很好心的普男。

不過那張溫和的臉也只有持續那麼一下下。

進房不到幾秒，他的表情全化為驚愕。

「這……」

「…………」

我這是GAME OVER了吧。

根本賴不掉。

放棄掙扎的和風臉老實地報上名字。

「不好意思，我叫田中，你呢？」

「咦？啊，啊啊？你怎麼會在我太太房間裡……」

「非常抱歉，我在這借宿一晚了。」

「…………」

居然是人妻屬性。

怎麼辦？

我的震撼比想像中還大，新發現呢。

「……嗯？怎樣？天亮啦？」

這時，身旁出現變化。睡到現在的她扭動起身，在棉被下藏到現在的果實晃呀晃地衝進我眼裡。

「…………」

「…………」

心中頓時湧現吸吸揉揉這種小動作所無法滿足的慾望。一股衝動讓我好想用還沒有任何人辦到的動作，將那兩團大咪咪狂操猛操的衝動。

明明是人妻。

明明人家是人妻。

明明有可以把叭噗給哇嘎的可能。

「艾夏！」

「老公……！」

「這到底是怎麼回事？」

「咦？啊，不、不是、不是那樣！我是被他逼的！」

「什麼！」

人妻赫然發現丈夫的存在，慌忙辯解。

真的假的。

我霸王硬上弓喔？

初體驗居然是喝個爛醉強姦人妻，那讓我守身如玉到今天的原則不就炸得一根毛也不剩了嗎。怎麼辦，支撐我活下去的力氣、鬥志什麼的，似乎在急速萎縮。

「這、這是真的嗎？呃，那個，你叫田中是吧！」

「……對不起，這部分我什麼都不記得了。」

「你說什麼！你強姦別人老婆，想說一句不記得就算了嗎！天底下有這種事嗎！你還是、是、是不是人啊！」

「非常抱歉，這部分我除了道歉還是只能道歉。」

「你、你以為道歉就沒事了嗎！」

糟糕，我的心一蹶不振。

客兄被人抓姦在床就是這種感覺吧。

亞倫先前摟著艾絲特媽媽來到爸爸面前時，也是這種感覺嗎？儘管如此，他還是乖乖坐下來吃晚餐，艾絲特丟火球時，還露了一手保護女僕。

如今身陷同樣狀況，我才明白那是多麼了不起。

「我一定會盡可能補償你。」

不過通姦的和解金都不是普通地高啊。

雖然會依犯人收入波動，但行情至少是幾百萬起跳。

我有個國中的朋友二十幾歲時管不住小頭，到現在每個月都要吐錢。

作夢也沒想到這種事會掉到我頭上。

還以為這種事對老處男來說，比轉生異世界更加遙遠。

「請你儘管開口。」

「…………」

「真的。只要是我做得到的事，請儘管開口。」

對方用質疑的眼光看著我。

和風臉能做的就只有低頭再低頭。

「先回答我一個問題。」

「請說。」

「你昨天是不是在這裡的酒館跟人打架？」

這我還記得。

一個猛男冒險者單方面找我的碴，然後兩邊嗆來嗆去，這部分都很清楚。最後我還幫頭一個被揍的帥哥治好鼻梁骨呢。

「對於那算不算打架，我是有那麼一點疑問，但我的確是捲進了一場糾紛沒錯。該不會你昨晚也在那裡吧？」

「既然你有那樣的本事，那我有件事要你幫忙。」

「…………」

「我們夫妻現在真的不曉得該怎麼辦才好。」

「……怎麼說？」

丈夫表情變得更加嚴肅，繼續說道：

「只要你答應，你跟我太太這件事我可以當作沒看到。你也看得出來，我們夫妻年紀差很多，所以我雖然不太想面對，但也想過只憑自己恐怕滿足不了她。」

「…………」

「不過我好歹是個商人，妻子被人睡了卻連一枚金幣也賺不到，簡直是天大的笑柄，更重要的是我自己也吞不下這口氣。因此，我非要你幫我這個忙不可。」

這個丈夫比想像中強勢多了呢。

所以才能把到這麼正的老婆吧。

這也讓我的心稍微好過了點。

「……知道了。」

和風臉也只有點頭的份。

依他所言，聽丈夫訴說煩惱。

但我還是有點不能接受。

處男我真的破處了嗎？

心裡滿滿都是無法言喻的空虛啊。

＊

丈夫要我做的事，比和風臉想像中緊迫多了。

「原來如此，女兒被強盜抓走啦……」

「是啊，請你一定要救她回來。」

居然是要和風臉救回被強盜抓走的女兒，的確是足以用太太的貞潔來換。就連強姦犯都會不由得立正站好。

「既然是這麼回事，那我明白了。」

即使名義上是補償自己的過失，拯救無辜本來就是應該的事。

而且現在是有年輕女孩面臨貞操危機，我自當全力以赴。但若問我想不想看女兒被強盜輪姦得啊嘿啊嘿的樣子，我當然沒有想看以外的答案，男人心也真是難搞啊。

「沒問題，我一定救她回來。」

「……真的嗎？」

「對，真的。」

點了頭以後，我忽然想起一件事。

順便問一下好了。

「對了，我在來到這裡的路上遇到一輛燒燬的馬車，那該不會是府上的車吧？我的同伴說，那十之八九是強盜幹的。」

「喔不，不是我的。那是載我女兒的馬車。」

「載妳女兒？那是什麼意思？」

「女兒變成奴隸，被奴隸商買走之後，我也追著她的下落來到這裡，然後昨天總算找到了那個奴隸商的馬車。可是很不幸的是，路上被強盜劫車了……」

「原來如此。」

「馬車是那個奴隸商的東西，跟我們沒有關係。」

「知道了。」

強姦嫌疑居高不下，令人悲從中來。

酒好恐怖。

以後還是節制點的好。

說什麼也不能在公共場合喝醉。

「我再確定一次，你真的會去救她吧？」

「對，我向你保證。」

我此刻的心情依然激盪難平，好想關在房間裡，用棉被把整個人包起來。然而現況不允許和風臉這麼做，今天只好先處理這件事。

「不過，我有一件事需要先處理一下。」

「什麼事？」

「其實我正在旅行的路上，有需要跟朋友說明我為什麼要先處理這件事。所以不好意思，能麻煩你跟我一起來嗎？」

即使很丟臉，我也不能在旅程上擅自行動。原本預定在這裡只待一晚就走，當然有解釋清楚的必要。理察率領的車隊規模這麼大，開銷一定很傷。

說不定是拖延一天就要多花好幾枚金幣那麼嚴重。

「好，這倒是沒問題。」

「那麼不好意思，能請太太也一起來嗎？」

「咦？啊，好、好哇，沒關係。」

「謝謝妳。」

於是和風臉就此帶著這對夫妻，返回原來的旅舍。

＊

和風臉一回到旅舍就前往理察房間。位置事先已經問過，直接就帶夫妻兩人來到門口。門口雖有騎士看守，但沒有遭受任何阻力。

要找的人就在房裡。敲門說明來意之後，馬上就讓我們進去了。我們也隨即坐上沙發，準備說明。

理察在我前方的沙發坐下，笑瞇瞇地問：

「田中先生，這兩位是……？」

我們這邊的位置，依序是和風臉、丈夫和太太。

當然，理察的注意力在其他兩人身上。

「！……」

結果丈夫嚇得皮皮挫，非常害怕的樣子。

眼睛瞪得像是突然被送上絞刑台那麼大。到旅舍門口時，他也顯得很緊張。想到這裡，我才想起自己穿的是旅裝。

他們也沒想到自己要見的是貴族吧。

「其實我昨晚到街上的酒館去，結果出了點洋相，給這位先生造成不小的困擾。為了補償他，我答應接受他的委託。」

「……這樣啊。」

理察的視線在對面三人之間掃動。醜男已經很習慣他的視線了，但這對夫妻難以忍受。身體縮得更小，神情極為憔悴。

我也很抱歉讓他們受這種罪，不過很快就會結束，先忍一忍吧。

「還以為你是不習慣坐馬車，把你累倒了，原來你是出去啦。」

「對不起，都怪我擅自行動。」

原本只是打算喝個一杯就回去。

一不注意，就落得這副糗樣。

在第一次造訪的聚落酒館裡被那麼多人吹捧，真的讓我太開心了。

「我非常了解您在趕路，不過可以讓我在這裡多留一小段時間嗎？當然停留期間增加的開銷，以及延遲所造成的損害，我一定會連本帶利還給您。」

「…………」

理察貴為公爵，金額感覺會很恐怖。然而為了維持雙方良好的關係，這點錢可不能小氣。事情全是我的錯，以前也有好幾次喝太多誤事的經驗，但從來沒這麼大條過。

「……能拜託您通融嗎？」

「這個嘛……」

理察顯得有些困擾。

這時，房門突然敲響。

「理察大人，同行的高等精靈小姐與果果露小姐到了。」

接著傳來門衛騎士的聲音。醜男剛到時，也有過類似的事。

看來是艾迪塔老師和果果露都來了。

「開門。」

房門立刻隨理察指示開啟。

熟悉的蘿莉二人組進房來。

「我、我聽說那個男的在這裡！」

「……打擾了。」

老師表情緊張，果果露則沉穩地行禮。兩人的身影在我眼中忽然變得好遠好遠，心裡無限感傷。

「兩位來得正好。」

理察笑臉迎接。

同行的果果露照例自動站到房間角落去。她那孤寂的樣子讓和風臉心裡一揪。可是現在的我無法寬心欣賞。

胯下有人妻的感覺。

至於艾迪塔老師呢，則是在門口不曉得該往哪走。平時她都會坐到醜男旁邊，但今天位置已被他人占去。那無所適從的慌張模樣真可愛。

可是，現在的我無法寬心欣賞老師的可愛之處。

這是什麼感覺呢。

世界與昨天完全不同，變得空虛至極。

「……怎麼啦，田中先生？」

「沒事，請別在意。」

理察出聲關心。

難道是都寫在臉上了嗎？

「我昨天也說了，我們現在時間很趕。聽你剛才那樣說，恐怕要延上幾天，我也不得不慎重考慮。可以請事主本人親自說明原因嗎？」

理察請丈夫與他對話了。

他維持平時笑瞇瞇的臉，正面注視著對方問話。雖然不管從哪個角度看都像是個親切的斯文人，但他穿的是貴族的高級服飾，人又在上好的旅舍房間裡，對面對他的一方來說肯定很刺激。

「咦？」

「我可能不太應該這樣說，不過這位田中男爵心腸很好，容易誤判事情的優先順序。我絕不是不相信你們，就只是想聽你說明原委而已。」

「男、男爵？原來您也是貴族嗎！」

丈夫猛然轉向和風臉。

不等我開口，理察就代我回答了。

「對，他是貴族。佩尼帝國的田中男爵。」

「！……」

丈夫的身體縮得更厲害，整個人發起抖來。

抖到我都不好意思了。

就連坐他身旁的太太也臉色發青，眼睛盯著地板一點都不敢動。腿抖得很誇張，鞋底小聲地喀喀響，緊張得讓人想到某位女僕。

「有困難嗎？」

「沒有，那、那個，我……」

「你是怎麼認識田中男爵的呢？」

「…………」

然而這丈夫也沒那麼虛，說自己是商人不是說假的。說不定跟貴族做過不少生意，猶豫沒多久就以下定決心的表情開口：

「那我就說了。今天早上，我在我們夫妻倆下榻的房間裡遇到田中男爵。當然，發生了什麼事可想而知，我身為丈夫，當場和男爵談這件事。」

「原來如此。」

「而田中男爵真的如大人您所言，是一位非常好心的人，表示願意幫助我們，以補償我妻子的不忠。於是我們夫妻便斗膽請男爵幫一個忙。」

丈夫神情凜然，注視理察雙眼娓娓道來。

需要保護某些事物的人，在關鍵時刻真的都特別堅強呢。為自己所愛，泥水都敢喝，被人拳打腳踢也不會退縮。不惜捨去顏面和外表，一路堅持到底。

「所以要幫的是什麼忙呢？」

「救回我們被強盜擄走的女兒。」

「哎呀，這真是不得了了。」

「昨晚，我很幸運地在酒館見到田中男爵把一個這裡很出名的冒險者當嬰兒一樣教訓。那鬼神般的英姿讓我顧不得尊嚴乞求他的幫助。」

「原來是這麼回事。」

「是的。」

丈夫真是個好人啊。

可能因為對方是貴族，他將和風臉可恥至極的姦情淡然帶過，還說得像是一段佳話，從頭到尾都在抬舉我。和風臉可說是因為這樣才保住了最底限的顏面吧。

不過仔細想想，便不難猜出這番話另一面出了什麼事。不久，艾迪塔老師似乎聽懂了而投來視線。她仍站在房門口，直盯著和風臉看。

從理解瞬時變成失望的表情真可愛。

平時令人高興的視線在今天讓我好難堪。

「這、這樣大人能接受嗎……」

丈夫抬眼窺視對方的反應。

而理察稍事思索後——

「既然如此，我也一起去。」

他不知在想些什麼，竟然給出這種回答。

「咦？」

丈夫不敢相信。

和風臉也傻住了。

理察先生，你突然發什麼瘋啊！

「我自己也聽說過好幾次田中先生的英勇事蹟，可是只看過一小部分，一次也沒有見過他大顯神威的樣子。」

視線從丈夫轉向和風臉。

表情還是笑瞇瞇的。

「難得有這種機會，就讓我開開眼界吧。」

「理察先生，這樣不太好吧……」

「別看我這樣，我也是有學一點防身之術的。就算會出事，有你在也一定能大事化小，小事化無，沒錯吧。」

「…………」

這句話有著不容拒絕的氣勢。之前他和太太化名來到龍城時，也展現過如此強勢的一面，真不愧是艾絲特的老爸。

而我們雙方的權勢高低自然是不用多提，和風臉根本沒有拒絕的餘地。考慮到我自己的失態將造成幾天延宕的損害，醜男是不得不從。

「那就麻煩您跟我們走一趟了。」

「好，希望能看個過癮。」

料想不到的費茲克勞倫斯小隊就此成立。

這時，房門口又有聲音傳來。

「既、既然這樣我、我也要一起去！」

是艾迪塔老師。

表情頗為渴望地要求同行。

「那不如全都一起來吧。」

理察如此回答。說得一臉輕鬆的他，視線也指向蹲坐在房間角落的果果露。

「我也希望妳一起來，可以嗎？」

「……當然可以。」

果果露輕輕點了個頭。

若是平常，和風臉的視線已經鑽進她的裙底了吧。可是今天不知怎麼地提不起勁，就只是事不關己般看著他們對話。

「對了，蘿可蘿可小姐，晚點可以借一步說話嗎？」

「不要。」

理察好像有話想對果果露說。

有什麼想商量嗎？

醜男完全猜不到呢。

「這是為了他好，這樣也不行嗎？」

「…………」

「我是不會勉強妳啦……」

「……那好吧。」

是怎樣。他們想私下談什麼？

我好奇得不得了，但沒有立場插嘴，只能默默地看著他們說定。

心情整個萎靡啦。

*

話不多說，費茲克勞倫斯小隊開始行動。

當前目標是找出強盜的根據地。

於是決定上街蒐集強盜的消息。離開旅舍後，首先前往管理這一帶的公所。理察說行政單位通常都會有這類的情資。

還以為會需要像奇幻遊戲做任務那樣，到處攔路人或到酒館打聽什麼的，結果現實卻是相當事務性且平淡。

來到公所的我們直接利用貴族特權，要求會面代表。現身的是擔任所長的某某家貴族。理察事先說過，他是因為辦事不力，才從中央貶來管理這一帶。

以貴族系統來說，是費茲克勞倫斯家下面的侯爵下面的伯爵下面的子爵下面的男爵下面的小男爵家，連徒孫都算不上。這種事很刺激社畜的心，希望他能少講一點。

「拜、拜、拜見費茲克勞倫斯公爵！」

他一見到公爵來訪，腰就彎得跟什麼一樣。只差沒下跪磕頭了。

看來理察昨天並沒有通知當地官員自己即將到來。這是個很合理的決定，並沒有錯。然而對毫無準備的官員來說，沒什麼比這更可怕了，絕對會胡思亂想一大堆。

「小的萬萬沒想到公爵會來到這麼偏僻的旅舍鎮，有失遠迎還請恕罪！小的立刻準備房間！若造成各位貴賓的不便，也請多多包涵！」

「不必了，我們只是來打聽一件事而已。」

「請、請公爵儘管說！」

我們直接在公所門廳站著說話，自然有很多人圍觀。這對不習慣接受注目的醜男來說，實在是坐立難安。金髮肉肉蘿老師似乎也是如此，一副待不住的樣子，一下看這裡，一下看那裡。

果果露在比較遠的地方裝路人。

「我想了解一下在這一帶活動的強盜。」

「強、強盜嗎？」

「能請你盡快準備資料嗎？」

「強盜的話，一、一共有兩團。一團是——」

所長有條不紊地答覆理察。

他一張資料也沒有也能答得仔仔細細，表示他都是親手處理這件事吧。即使顯得頗為緊張，話仍說得不假思索，若不是日常業務，不會這麼清楚。

佩尼帝國的貴族總給我把雜事全扔給下屬做的印象，但底層似乎不是這麼回事呢。理察也很欣慰的樣子，默默地聽他說明。

「我明白了，謝謝你詳細的講解。」

「不、不敢當！」

「對了，這些情資都是從哪來的？」

「這是因為，這、這裡是旅舍鎮，路上容不容易遇上強盜對風評影響非常巨大，所以小的平時就很注意目擊報告。那、那個，該怎麼說呢……」

「這樣啊，知道了。」

「在、在這種事情上花費多餘勞力和錢財，小的也萬分抱歉。只是對這裡的居民來說，強盜的危害是絕、絕不能小覷的事，還請公爵見諒……」

「可以告訴我你的名字嗎？」

「！……」

被理察這麼一問，他的臉整個綠了。

「……小、小的名叫馬洛里。」

「馬洛里是吧，我知道了。」

「…………」

報上名字之後，他一副快往生的臉。

怎麼說呢，慘不忍睹啊。

「那我們這就告辭了。」

理察話一說完便轉身離去。

隊長要走，我們幾個隊員自然也跟上。我臨走前往後瞄了一眼，見到馬洛里十分失落，但仍振作起來說些送行的話。

我們就這麼在他的道別下離開公所。

「託田中先生的福，撿到寶了呢。」

幾步過後，帶頭的理察這麼說。

從先前的經過來看，他能撿的也只有一個。無論醜男我再怎麼魯鈍，這種事還是懂的。要誇獎人就當著人家面說嘛。我不禁這麼想。

「那真是太好了。」

比起貴族，我還比較在意同行夫妻的狀況。

知道理察是費茲克勞倫斯公爵，他們縮得更厲害了。

雖不及剛剛的馬洛里男爵，兩人臉色也夠綠的了。作陪的是個男爵，所以他們以為理察頂多是子爵或伯爵吧。

公所的情資告訴我們，在近郊活動的強盜共有兩團。其中一個最近動作比較大，我們便決定先到他們那碰運氣。大本營位置當然是不明，但馬洛里仍告訴了我們大致方向。

*

我們是搭乘理察的馬車移動。

這樣的發展頗有跟亂交團驅逐半獸人那時的感覺。

馬車搖搖晃晃地將我們載往目的地。為節省開銷只調了一輛。座位是和風臉和果果露一排，夫妻坐對面那排。理察和艾迪塔老師則一起坐車夫的位置。

提議這樣坐的不是別人，就是理察自己。可能是覺得有果果露同行，直接這樣安排比較省事吧。馬會邊走邊嗯嗯，每當尾巴抬起來就嚇得皮皮挫的老師好可愛。

啟程後不久，和風臉忽然想到一件事。

「……那個，我問一下喔。」

我對坐在正前方的丈夫說話。

「咦？啊，好、好的。請問您想問什麼？」

「我是不是在哪裡見過你啊？」

近距離看著他的臉，我忽然有種似曾相識的怪異感覺。即使至今的對話都顯示我們肯定是從沒見過，但是我怎麼樣也斷不了這種感覺。

「沒、沒有，怎麼會呢！」

「真的嗎？」

「我這麼一個名不見經傳的小商人，不會有這種榮幸的！」

「……這樣啊，不好意思。」

好吧，就算真的見過，想不起來就表示也沒有那麼重要。說不定就只是在城裡廣場上擦肩而過而已。

「…………」

「……蘿可蘿可，怎麼了嗎？」

「沒事。」

「是嗎？沒事就好。」

怎麼啦？

該不會是聽到些什麼了吧？可是這個狀況是我闖的禍，這樣還看人家的心思也太下流，現在就對她來幾個性騷擾自娛好了。果果露小嫩●開開～

「……好敷衍的感覺。」

「豈敢豈敢。」

因為人家心都枯萎了嘛。

眼前有對夫妻，也降低了我的意致。第一次不是處女怎麼行，處男是對的。然而也因為做了正確決定，才走錯了路。

「…………」

「…………」

馬車搖啊搖地走過細細的山路。

過了幾小時，理察對我們說：

「田中先生，我們被包圍了。」

「！……」

語氣較平時緊張幾分。

馬車很快就停下。

被什麼包圍，自然是不在話下。和風臉趕緊起身，開門跳出去。能感到果果露一併跟上。理察和艾迪塔老師已經離開車夫座，站在馬車邊。

周圍一整排相貌粗野的男子，準備對他們不利。

人數眾多。

所有人無一例外，手上都拿著武器，還有穿袍舉杖的。外表比聚在冒險者公會那些人更加暴力，臉凶到不行。

不過現在的和風臉絕不會輸給他們，而且今天還有肉彈兵器果果露在。我沒有考慮戰術之類的事，打算正面攻進去就完事。我們人雖少，等級都很高。

如果有哪裡要注意的，就是別用火焰魔法把馬車給燒了吧。

「堂堂貴族不帶隨從，到這種地方來做什麼？」

開口的是站在隊列最前方，綁了條頭巾的雷鬼頭男子。輪廓深又曬得黝黑，看起來有夠壞，腰間看似開山刀的武器煞氣超重。當然，我不認識他。

我們的隊長理察站出來面對他。

即使遇上一臉凶相的人也毫不退縮，且沒有警戒的樣子，是對自己的戰力很有自信吧。也對，他是能跟某魔法神經病對等交談的人呢。

「我先請教一下，各位是強盜沒錯吧？」

「是又怎麼樣……」

雷鬼頭像是覺得理察不明所以的爽朗笑容不尋常，視線左右打量我們。離開理察，依序掃視艾迪塔老師、果果露，最後是醜男我。

和風臉與強盜對上眼睛。

就在這一刻，雷鬼頭突然扯開嗓門說：

「喂，還以為是誰咧，這不是田中嗎！」

他好像認識我。

怎麼會呢？

「你怎麼會跟貴族一起來啊？」

現在又是什麼狀況？

＊

就結論而言，這夥強盜都見過和風臉。

「所以說，我昨天來過你們這裡？」

「對啊，不然咧？不要跟我說不是你喔？像你這樣臉又扁又黃的人，我混這麼久的沒見過。話說你過一晚就帶貴族跑過來，到底是想幹什麼？」

我們站在馬車邊，繼續和雷鬼頭對話。

至於起頭的夫妻要是中了魔法或箭就糟糕了，於是我要他們待在馬車裡，而他們也爽快答應了。

「怎麼啦？一副有很多話要說的臉。」

他沒有半點輕忽地注視著我。

昨晚和風臉跟他究竟有過怎樣的互動呢，完全想不起來。真的很抱歉，但無論怎麼想，也擠不出一丁點記憶。

這種時候，就是那個，開門見山直接問比較快。

「其實我們在找人，你們最近有沒有抓到小女孩？聽說前兩天這附近有馬車遇到強盜，如果各位知道些什麼，可以告訴我們嗎？」

「啊？小女孩？」

「對，小女孩。」

「小女孩不是你昨晚自己帶走了嗎？」

「咦？」

「就是我們搶來的小女孩啊？」

「…………」

等一下，這是怎樣？

退一百步，認識強盜的事我可以算了，可是女孩什麼時候交給我了，完全搞不懂。再說這個強盜團真的就是丈夫要找的那團嗎？

「我先確定一下，你們不是來殺我們的吧？」

「不好意思，請問到底發生了什麼事？」

「…………」

我坦率發問。

結果雷鬼頭不知該說什麼般地閉上了嘴。

請果果露檢驗一下好了。女孩交給我的事，也有可能是扯謊。而且就算是強盜，也可能不想在理察這貴族面前多惹事端。

我使個眼色，她便點個頭向前走去。

就只有幾步，將對方納入所謂長矛的範圍。

雷鬼頭見到她的意外之舉，手立刻探向腰間的劍。但可能是認為對方只是連小刀也沒有的果果露族，除了抓住刀柄外沒有更多動作。

然後不掩警戒地問：

「這個果果露族想做什麼？」

「…………」

怎麼樣呢。

等了一會兒，她轉向我們說：

「……沒錯。」

「這樣啊。」

看來他沒說謊。

果果露讀完心就走回原位去了，畫面感覺很無厘頭，雷鬼頭也一臉狐疑地看著她。雷鬼頭怎樣也不會想到，果果露剛那一下就把他的心給看透了吧。

不久，雷鬼頭的視線又回到和風臉。

「你該不會真的什麼都不記得了吧？」

「……不好意思。」

對方似乎也終於明白醜男的異狀。

實在非常抱歉。

暫且道歉後，我開始說明自己的失態。

「我昨天好像喝得很醉，回旅舍睡了一晚以後就什麼都忘光了。假如各位知道我昨晚做了些什麼，無論再小的事，也麻煩告訴我。」

「…………」

「我們對各位真的一點敵意也沒有。」

既然女孩不在他們手上，也沒必要惹事。

而且我覺得，對方可能是看和風臉的面子才這樣說話。都把好不容易抓來的女孩交給我了，至少我們昨晚關係是相當友好。

「我為什麼會來到這裡？」

「是我們的小伙子找你來的啦。」

「找我來的嗎？」

「你不是在鎮上的酒館威風了一下嗎？」

啊，這我記得。

一堆人不斷吹捧，快把我爽死了。醜男不習慣受人稱讚，偶爾遇到這種機會，心裡就暖得不得了，這也是沒辦法的事。

「他說你很會說話，就帶你回來認識一下。聊過以後，發現你人真的不錯，只是現在有工作要忙，沒辦法當強盜。然後就是，那個，說到女孩的事，你說你認識就交給你了。」

「…………」

怎麼會變成這樣啊！

而且我認識那個女孩是怎麼回事？憑我一個死處男，不太可能亂扯那種自走炮才會說的謊。難道是酒後亂性嗎？

總之，我現在該怎麼辦？

醜男我該不會對她下手了吧。

「…………」

是怎樣，死處男的心好像恢復了一點點力量。女兒這個詞不停暗示著膜的存在。彷彿女兒的存在會拯救我因人妻失落的心。

從時序來看，肯定是女兒在前啊。

「難道你把那女孩……」

雷鬼頭似乎跟和風臉想到同一件事，表情凶狠起來，握住刀柄的手愈來愈用力。

這時理察介入我們之間。

「先等一下，你們是強盜吧？」

「是又怎麼樣？」

「為什麼只因為他們認識，就把自己抓來的獵物交給一個剛認識不久的人呢？我不是強盜，不太懂這方面的規矩，一時間聽不太懂。」

居然是我想問的事。

我有這麼一張醜到極點的臉，花再多口水說我認識她們，事情也不會那麼容易才對。該不會是因為錢吧，我花錢買下了夢寐以求的有膜肉便器嗎？

「貴族大人，可別把我們和一般強盜混為一談啊。」

「……哪裡不一樣呢？」

「我們下手的對象都是特別挑過的。」

他們該不會也是那樣吧。

跟某自稱大盜同類什麼的。

「被大盜蓋爾大哥救了一命以後，我們總算明白了自己的使命。而且攻擊那輛馬車，也是因為車上是奴隸商的人在運送奴隸。把你帶走的女孩也捲進來，我們也很不好意思。」

「這樣啊。」

「我昨晚也說過了，小孩是無辜的，錯都是大人的錯。我們本來就打算近期內送抓來的女孩回首都卡利斯。結果這時候，我們的小伙子帶你來了。」

猜中啦。

想不到會在這裡聽到他的名字。不管怎麼看，都是大盜年紀比較小，雷鬼頭卻仍尊稱他為大哥，看來他在佩尼帝國的影響力比和風臉所想像的大多了。

「我明白了，原來是這麼回事。」

「也就是說，我們是你們貴族的眼中釘。」

「…………」

雷鬼男歪唇而笑。

那是不懷好意的笑。

後在其背後的同夥隨之動身，架起武器左右散開，阻擋我們的去路。躲藏到現在的其他人也從樹幹左右現身。

當然，退路也有。

四面都被包圍啦。

「那麼田中，你到底是來幹嘛的？」

「就是我先前說的那樣，來幫人找女兒的。可是我幾乎不記得昨晚發生過什麼事。如果人是我帶走的，那我真的就頭痛了。」

「還是一樣很會耍嘴皮子嘛。」

「被各位這種彪形大漢包圍，不會說也得說啊。」

醜男與帥哥對視。

場面一觸即發。

我自己是很想盡可能避免打鬥。假使他說的都是實話，那麼他是十分尊敬大盜的人，昨晚對第一次見的醜男也非常友善。

「一般來說，我們遇到貴族都是先搶再說。」

「我想也是。」

打倒他們是不難，但有沒有方法避免呢？

想著想著，雷鬼頭的注意力忽然從和風臉身上移開。

轉向理察。

「不過，這個人是費茲克勞倫斯家的當家吧？」

「喔，你知道啊？」

「之前凱爾大哥有交代過……」

「……他說什麼呢？」

「不要對費茲克勞倫斯家出手。」

「…………」

真的假的。

想不到之前歐曼那件事欠的人情，會在這種時候發揮效力。人與人會怎麼連接真的很難說，實在是太可怕啦。

以後還是腳踏實地一點比較好。

尤其在喝酒誤事之後。

「我就放過你們，哪邊涼快哪邊去。」

雷鬼頭這麼說完，將手上的刀收回鞘裡。

他說話時的大將之風比大盜像強盜得多了。明知眼前的人是費茲克勞倫斯家當家也面不改色，真有膽識。

於是和風臉代替理察向他道謝。

「謝謝你。」

「不要再來嘍。」

話一說完，強盜們就轉身回森林裡去了。

目送他們消失在林縫間之後，我們也離開此地。

*

失去女孩線索的我們又回到鎮上。

本以為請強盜放了女孩後，醜男背負的任務就能結束，結果我自己早就已經把女孩帶了回來，怎樣也不能拍拍屁股就走。

全都是因為我這個得意忘形喝得爛醉的大混蛋，不曉得把女孩帶去哪裡的緣故。既然我自己什麼都也不記得，只好去找知情的人。

於是我們決定在街上到處走，尋找昨晚見過和風臉的人。

「田中先生，你真的什麼都不記得嗎？」

「很抱歉，我真的不記得……」

連理察都顯得有些苦惱。

讓我尷尬到不行。

夫妻倆也在我們身旁。他們似乎在馬車裡聽見了我們跟強盜的對話，丈夫的視線刺得我好痛，好像在質疑我是不是偷藏起來了。

「你這個人真的是很有意思呢。」

「不不，這件事可不是鬧著玩的啊，理察先生。」

「是嗎？」

「是啊。」

我現在到底該怎麼辦？

胃都開始痛了啦！

走在路上隨意拉人問，得到的都是「我才沒見過這麼醜的人」這種殘酷無情的回答。感覺好像成了沒人氣的搞笑藝人。

我原先還很期待想路人打聽消息，結果跟我想的不太一樣。

「這位太太不好意思，向妳請教一下。」

在我難堪到受不了時，嘴巴自己動了。

問的是我昨晚的枕邊人。

「什、什麼事？」

「問這種問題可能有點可笑，但我們昨天是在哪裡遇見的呢？這說不定會對兩位找女兒有點幫助，希望妳能告訴我。」

若雷鬼頭說得沒錯，和風臉離開酒館就直接到山寨裡去了。所以我是在安頓了女孩後，才在這個鎮遇見她。

我們相遇的地點將成為追尋女孩行蹤的重大提示。

「咦？啊，呃……」

「如果不方便說，大概講個位置就好了。」

「啊，不是啦，那、那個，是、是因為……」

自從和風臉的頭銜曝光以來，太太都是這麼惶恐。與仍對女兒的事不太高興的丈夫相比，她顯得非常憔悴，腿抖得好厲害，走都走不好。

「該不會不在這鎮上——」

對太太問道一半，前方先有人喊了我。

「啊，喂，你等一下！」

是粗獷的男性聲音。

好像在哪兒聽過，使醜男下意識看過去。只見前方幾公尺處的路上有個眼熟的人影大步大步地朝我走來。

就是昨晚在酒館撒野的猛男。

「你不是……」

「喔！怎麼會在這裡遇到你，太巧了吧！」

而且不知為何，他是笑著這麼說。

心情超好的樣子。

話也說得很友善。

「咦？啊，嗯，是啊。真的好巧喔。」

「啊，抱歉。你在跟這位貴族說話嗎？」

猛男一見到我身旁的理察，迅速端正儀態。臉上看不見一丁點昨晚滿滿的惱怒、焦慮或怨恨之類的負面情緒，反而還很抱歉地後退一步。

不過是一晚時間，怎麼變得這麼圓潤啊？

「不用太拘謹，他是我朋友。」

理察一派輕鬆地幫我說話。

他是不要管他，趕快繼續說下去的意思吧。要是這裡選錯了，他對我的信賴肯定會大幅下降。於是和風臉轉向

猛男，將心思放在對話上。

「你心情滿好的嘛，遇到什麼好事了嗎？」

「真的有好事啊，而且是多虧了你呢。」

「因為我嗎？」

「昨天真不好意思。」

猛男小小地敬個禮說。

真的假的。

那該不會是指酒館那件事吧？

「你跟我說的那個，有很多男人只上過妓女的國家的故事，真的太好玩啦。」

「啥？」

這大叔怎麼突然說這個啊？

艾迪塔老師原本就令人備感沉重的視線，現在更難熬了。離開旅舍以來，老師對和風臉的信賴或敬意之類的數據，從頭到尾都掛零啊。

「聽了那些事以後，我心裡舒坦多了。以後不管是喝酒還是跟其他人組隊，好像很多事都忍得下來。我自己也

覺得很奇怪，人家說的脫胎換骨可能就是這種感覺吧。」

「…………」

這些極為零碎的訊息讓我不聯想到某特定世界的某特定國家也難。更進一步地說，我已經能隱約窺見他先前有什麼樣的煩惱。

「那個，不好意思，昨晚我們——」

「跟你談過真是太好了，謝謝啊。」

「哪、哪裡。」

「我們算起來也是同病相憐，要是遇到什麼問題，歡迎來跟我談啊。有你這種實力的冒險者，說不定根本不會有需要我的一天，但只要你求救，我一定會趕過來喔？」

猛男說了這些青澀的話，爽朗地嘻嘻笑。

為什麼只是聽了有很多男人只上過妓女的國家的故事，以後就能沉住氣來喝酒呢？感到疑問的同時，我發現醜男心裡已經有了答案。

難道這個猛男——

「…………」

喔不，算了吧。問這種事太不識趣。

那四個字，比我的身分還要糟糕。

「感激不盡。」

現在就先老實道謝吧。

聽他的口氣，說不定知道和風臉昨晚去了哪裡，這才是該優先處理的事。他應該是在離開酒館以後，又和我們這兒的混帳王八蛋有過對話。

「不好意思，有件事我想問一下。」

「啊？什麼事？」

「昨天我們是在……」

「喔，那間店啊？那裡叫做魅魔之巢啦。」

「魅魔之巢？」

「現在我可以抬頭挺胸地說我很喜歡那間店了。」

「這樣啊。」

得到關鍵字啦。魅魔之巢。

聽起來有點色，好好奇啊。話說我來到這世界後，也有好幾次挑戰洗澡的念頭，但雄性本能終究不敵處男原則，全都放棄了。

難道我終於來到了真的要考慮這件事的階段嗎！

然而怎麼說呢，有種不可思議的惆悵。

「其實那間店的事，你問你帶的那個女的比較快吧。」

「咦？」

猛男視線所指的是丈夫身旁的太太。

被他一看，太太整個人抖了一下。

奶子也抖啦。

「其實我昨天上的也是她，想不到會跟你變成穴兄弟耶。她上下兩個洞都超棒的對不對？我打算過兩天再去一次，到時候請姊姊多多照顧啦。」

「……咦？」

結果猛男嘴裡迸出了意想不到的話。

讓我不禁啞了口。

然後他似乎不想打擾我們太久——

「哎呀，打擾貴族工作太久就不好了，今天我就在這告辭啦。下次有機會我們再一起喝吧，看到記得揪一下喔。」

他對理察敬個禮，匆匆離去。

背影很快就消失在路上行人之中，再也看不見。腳步輕盈無比，彷彿昨晚在酒館的爆怒全是幻覺。有經驗者與無經驗者之間的絕對界線實在太可怕了。

剩下的，便是細細打顫的太太與看著她的眾人。

「不好意思，太太妳真的在魅魔之巢工作？」

「…………」

她沒回答。

全身抖得跟某女僕一樣厲害。

看得我反而有罪惡感了。

「各位，我有一個建議。時間也不早了，我們就找個地方吃晚餐，放鬆一下心情吧。肚子填飽以後，說不定也會想起些什麼，各位意下如何？畢竟這種事在路上說，有點太低俗了。」

理察在這時提出一個很棒的建議。

這裡耳目眾多，所言甚是啊。

*

告別猛男冒險者後，我們返回理察下榻的旅舍。

餐廳是借用旅舍裡像是接待室的空間，約有十坪大，相當寬敞。我們圍繞著大大的圓桌坐下，享用街上餐廳外帶的餐點。

座位呢，從上位的理察開始，依順時針方向是和風臉、艾迪塔老師、丈夫和太太。

至於果果露，照例是窩在房間角落。

「你說得沒錯，真的很好吃。」

「其實是旅舍的人告訴我的。」

「這樣啊。」

晚餐的出處正是昨天有很多人吹捧和風臉的酒館。我猜自己從強盜那兒回來後，說不定曾經回到那裡，想問問看有沒有人知情，順便買點晚餐。

結果得到的只有美味餐點，沒有半點資訊。

深感遺憾。

蹲坐在房間角落的果果露面前也有個托盤，盛放著與我們相同的餐點。當然，我也曾打算替她弄副桌椅來，但被她婉拒了。

所以能見到在地上吃飯的蘿莉，好可愛。

當其他人都在桌上吃飯時，獨自在地上吃飯的蘿莉超棒，悲哀的感覺同時刺激母性與性慾。好想從背後緊緊抱住她，用硬硬的老二瘋狂摩擦。

「喂，這給你吃。」

「什麼？」

我跟著往手邊看。

不知何時，坐我旁邊的艾迪塔老師手從左邊伸過來給了我一樣菜。盤子上一不小心就吃完了的東西，又恢復原來沒動過的樣子。我根本沒跟她討啊。

「怎麼不吃？」

「沒有啦，也不是怎麼了……」

「這、這很好吃喔？吃吃看嘛。」

「妳該不會是不敢吃吧？」

「！……」

金髮肉肉蘿老師表情一愣。

這傢伙還是有夠好懂。然而，既然是老師用沾有她唾液的餐具挪過來，前處男豈有不吃的道理。無論我的心再怎麼萎靡也一樣。

「開玩笑的。謝謝，我這就吃。」

我掩飾興奮，動起叉子。

艾迪塔老師的口水真香。

主要是艾迪塔老師的口水真香。

「很、很好，那真的很好吃喔！多吃一點！」

老師鬆了口氣，自己也動起手來。

見狀，理察加入話題。

「那我的份給妳吧？這味道很特殊，我有點受不了。」

「！不、不需要，不需要！」

理察開始欺負艾迪塔老師啦。

怎麼有這麼壞的貴族。

他絕對是知道老師不敢吃才這樣問，看來他也逐漸了解老師的優點了。不過，不要太欺負人家喔，會刺激愛吃醋醜男的獨占欲喔。

「這樣啊，真可惜。」

「自己的東西要自己吃完才對！沒、沒錯，自己吃！」

不喜歡，留下來就好啦。不知為何堅持吃乾淨的老師真可愛。

就是愛她這種地方啦。

另一方面，夫妻倆始終不發一語靜靜地吃，主要是因為理察的存在吧。他們吃到滿頭大汗，肯定是緊張到不行。

我也不是不懂他們的心情。

畢竟這個用餐環境很有壓力。

滿房間的擺設無一例外都相當高級。看到木櫃磨得亮晶晶，小老百姓當然是碰都不敢碰，裡頭昂貴的杯盤就更別提了。

來到這個世界後，我也經常受到這種房間的震懾。先前曾經問過其中一樣的價錢，果然是大到眼睛會跳出來的數目。

在這種狀況下，太太是一進門就狂抖猛抖。不過這樣容易掌握主導權，很適合問話就是了。

經過一段開心的晚餐，和風臉等到大家盤子都空了，向太太繼續先前的問題。也就猛男在街上告訴我的關於她工作的種種。

「太太，差不多可以了吧？」

「請、請問什麼事？」

「不好意思，我要繼續問下去了。」

我端正姿勢，轉向太太。

問出我好奇到現在的事。

「太太，妳為什麼會在魅魔之巢呢？」

面對面直接問。

結果丈夫代替她回答了。

「我、我承認我太太是在那種店工作沒錯！」

環視我們，口氣強硬地說。

眾人的視線自然集中到他身上。

「但這不代表別人就可以無視於她的意願玷汙她！這一點拜託各位無論如何都不要忘記！」

說得一點也沒錯。

「妓女也是正當工作！難、難道不是嗎！」

「我了解你的意思。」

丈夫說得是眼布血絲。見到他這麼激動，我忽然想到，他自己說不定也不知道這件事。事實上，他當時也顯得很震驚。

女兒被抓已經夠慘的了，老婆還下海討皮肉錢，無論他心靈再堅強也挺不太住吧。是我就一定崩潰，馬上崩潰，當場飛奔魅魔之巢。

「我再確定一次，知道多少講多少就好。我們昨天是在店裡認識的嗎？如果是這樣，那麼當時是什麼狀況？」

「這個，我、我……」

「再瑣碎也無所謂，為了找回女兒，拜託妳仔細想一想。問這麼自私的問題我也很抱歉，但現在希望可說是全繫在妳身上。我們究竟是在什麼樣的狀況下認識的呢？」

由於地點特殊，和風臉也忍不住猜想，說不定我和她的合體其實沒有強姦那麼單向。我依然執著於那麻雀眼淚般大小的愛。

「那個，田、田中男爵，能讓我說句話嗎？」

「什麼事？」

哎喲，丈夫說話了。

我是很想聽太太自己回答啦。

「對不起，其實我自己也很震驚，要打斷大人問話我也很抱歉，但能給我一點時間和內人談談嗎？女兒那邊固然令人擔心，可是妻子也是我重要的家人……」

「這樣說倒也沒錯。」

「哪裡，是大人不嫌棄。」

「都怪我太心急，一時忘了分寸。」

「所以說，大、大人是答應了嗎？」

「就這麼辦吧。今天自從我們見面以後，就拖著你們到處跑，休息一下也無妨。想和妻子談談也是理所當然的事。」

「謝謝大人！」

見到丈夫往走廊走，太太也下意識地起身。兩人沒有多說話，直接默默走向房門。

可以聽見家庭破碎的聲音啊。

＊

夫妻倆離開房間後，我們也跟著休息。

睡醒就出外奔波到現在，和風臉也很累了。肉體疲勞雖能以治療魔法除去，精神疲勞就一點辦法也沒有。

屁股自然愈坐愈淺，身體漸漸往下癱。

「你好像很煩惱的樣子呢，田中先生。」

「是啊，全都是我的責任。」

「真的是這樣嗎？」

「……什麼意思？」

理察頗有弦外之音的話使我一時間不知如何回答。

而他則是如往常笑瞇瞇地說：

「這趟旅程成了讓我多認識你一點的大好機會。」

「…………」

「平常想到要坐馬車就覺得累，但看樣子也不盡然是壞事。坐了這麼多年，我現在深深覺得旅行這種事真的會凸顯一個人不同於平時的一面呢。」

「……原來如此。」

難道理察想切割我了嗎？

眼前這張笑瞇瞇的臉好恐怖啊。

不禁為自己半夜溜出旅舍喝酒感到後悔，可是酒真的好好喝啊！那是能帶給自走炮和處男同樣肉體歡愉的唯一手段。

「…………」

真糟糕。

處在這種棘手到極點的狀況下，我的心開始渴望酒精的慰藉。想喝酒逃避現實啊，突然好想好想喝酒。

坐不住又沒事做的我往房間角落瞄，發現坐在地上的果果露正要站起。

「蘿可蘿可？」

「……尿尿。」

「…………」

讚啦。這個讚。

當著三個人的面坦然發布尿尿宣言超讚的啦！前處男認為啊，這就是果果露族的優點喔。像平常那樣冷冷地說出來，真的太棒啦。拜託讓我喝一口。

「要忍嗎？」

「不用不用，怎麼會呢。請慢走。」

「…………」

只可惜剛才那肆無忌憚的想法沒能讓她聽見——

我一定要讓她聽見。好想讓她知道我想喝她的尿，成為我的畢生之恥。

「……什麼？」

「沒什麼。」

她盯著前處男的臉看了一會兒，默默離開房間。

她知道廁所在哪嗎？

能夠順利尿完嗎？

醜男跟過去協助，會讓她尿得比較好吧。等她全部撒出去，就讓我用細心揉軟的紙，把那最後那幾滴小水珠溫柔地擦乾淨。

「…………」

「……喂。」

開始各種妄想時，艾迪塔老師開了金口。

「什麼事？」

「我覺得那個男的怪怪的。」

眉頭深鎖

似乎心事重重的表情。

「那個男的，是指那位先生嗎？」

「對，就是他。」

願意直視我雙眼說話的老師，永遠都是最美妙的蘿莉。

然而這樣講我也傷腦筋。一個女兒被搶走，又赫然發現老婆偷偷當妓女的中年大叔，怎能不怪呢？我還能懷疑他什麼呢，豈不是在傷口上灑鹽嗎？

而且我們年紀相近，吸引我不少同情。

「哪裡奇怪？」

「他們兩個真的是夫妻嗎？」

「對啊，他是這麼說的。」

「…………」

聽了醜男的話，老師「唔……」地思考起來。

接著說出一個問題。

「你是自己承認強姦她的嗎？」

「她說她被我強姦，我自己也沒有當時的記憶。根據我出生國家的法律，如果沒有具體證據顯示自己清白，或是第三者的證詞，就肯定會判有罪了。」

「什、什麼！怎麼有這麼沒道理的事！」

金髮肉肉蘿老師錯愕得睜大眼睛。

我們的精靈小姐說話時表情會一直變來變去，真是太棒了。和醜男對話時，也都會表現出感興趣的樣子，讓我打從心底感謝她。

「你有檢查過嗎！」

「檢查什麼？」

「就是那、那、那個，裡、裡面！檢查裡面！」

「裡面？裡面是指……」

老師說出低級的事啦！

雖然我立刻就聽懂了，但忍不住想玩她一下。

我的確很想聽她用那張可愛的小嘴巴直接說出來。

「！……」

「艾迪塔小姐？」

「我、我是說你有沒有檢查她的陰道啦！」

老師氣急敗壞地大叫。

陰道上架啦！上架啦！

即使老師是百人斬等級的香爐，也沒想到她會為了醜男在理察面前這麼努力。

今晚配菜就決定是妳了。

「沒有，那樣太超過了。」

「那就要趕快檢查才對啊！」

老師說完就想往走廊跑。

和風臉趕緊阻止她。

「請等一下，檢查這個也沒意義啊。」

「為什麼！」

「就當作我沒碰過她吧，但她還是有可能已經和其他男人發生關係，留下了那個人的東西。而且，想查出東西來自於誰是非常困難的事。」

「！……」

腦裡自然浮現穴兄弟一詞。

比想像中噁心多了。

第一次就是要處女啦。就是要全新未拆啦。

啊啊，處男果然是對的。

「所以我只能相信她說的話。」

「可是這樣……！」

艾迪塔老師緊緊握拳，表情很不服氣。

既然老師都這麼說了，是不是該請果果露查查看呢？我不認為這一切都是在騙我，但也不一定每句話都是真的。應該聽老師的忠告，小心求證嗎？

可是我都跟他們有過這麼多交流，實在不想有太多猜疑。況且丈夫看起來是個好人，太太還是和風臉的強姦受害者。她裸身陪睡的事實依然使和風臉的情緒激盪不已。

就在我這麼想之後——

「啊啊啊啊啊啊啊啊啊啊啊！」

有人尖叫。

肯定是丈夫的聲音沒錯。

「田中先生。」

「好，我立刻去看。」

我倏然起身。

推門躍入走廊，往聲音來向奔去。理察和艾迪塔老師也一併跟上。走廊響起一連串吵鬧的腳步聲。

「是、是從那個方向傳來的！」

艾迪塔老師指著丁字路口一端說。

「謝謝。」

我們按照指示，往走廊另一頭加快腳步。

*

來到的是旅舍的廁所。

佩尼帝國沒分男女廁也沒有小便斗，全都在隔間裡解決。每次上廁所都覺得來到異空間。

其實據說在某世界，廁所也要到十八世紀以後才開始分男女。甚至到了二十一世紀，先進國家為顧及民眾個人的性別認知，開始有不分男女廁的潮流。

何者優劣無法一概而論，實在傷腦筋。

不過對於三十幾年來看著女廁大塞車，自己悠哉對小便斗放尿的醜男來說，分男女廁至少對男性而言是福利。為破除這種性別不平現象，我強烈支持加裝女性小便斗。

當然，我絕不會因此遺忘少數性別這些社會弱者。在如此原則下雕琢而成的廁所，相信能為世界提供非常美妙的畫面。

「……喂，看那邊。」

老師望著廁所隔間說。

所指的位置有個男子癱坐在地。是丈夫。他在距離隔間有幾步遠，腹部沾染大片血液，從胸口紅到胯下。

「…………」

果果露默默站在他身旁。

也對，她剛說要去上廁所。

「蘿可蘿可，這到底是怎麼回事……」

我不禁對她問。

她和丈夫之間地上有一把頗大的短刀。若這裡是廚房或倉庫倒還不難理解，但是有刀掉在貴族會住的高級旅舍廁所地上，有那麼點不自然。

而且刃部沾了很多血。若丈夫腹部的血是由此而來，那恐怕是受了很重的傷，然而臉上沒有什麼痛苦。

「不是我。」

果果露直視和風臉的眼睛淡淡地說。

而丈夫卻是用右手食指指著她的臉，極為害怕地對我們大叫。

「這、這個果果露族用刀把我和我太太……！」

「你太太也在嗎？」

「她在那間廁所，流、流了很多血！」

居然變成果果露殺人事件。

丈夫視線所指的隔間門口敞開，有血泊慢慢流出來，肯定是有人倒在裡頭流血。而且從出血量來看，是致命的重傷。

和風臉暫且擱下丈夫和果果露趕過去。

「太太！還行嗎！」

衝到隔間前。

只見太太倚著馬桶倒在地上。和風臉不能見死不救，立刻準備治療魔法，朝前張開雙手大喊。其實不用叫也可以，一急就叫出來了。

「治療術！」

魔法陣覆蓋馬桶般浮現。

緊接著發出淡淡光暈，太太的傷口開始癒合。地上流了那麼多血，還怕她沒救，看來是還有氣。

太好了。

如果讓她在這種狀況下死掉，肯定會變成心理創傷，再也睡不好覺。前處男我要變成再也無法戀愛的體質啦。雖然沒談過戀愛的我沒有再也可言。

「什麼……！」

丈夫看了驚訝的大叫。

背後傳來近似慘叫的聲音。

「！……奇、奇怪，我……」

「還好嗎？」

我對恢復神智的太太問。

這時丈夫竄過和風臉身邊，根本是用全力衝刺的速度撲進隔間，跪在太太面前，面對面用力抱住她。

「喔喔！太好了！幸好妳沒事！」

「咦？呃，為什麼……」

太太疑惑得像是不知發生了什麼事。

丈夫湊到她耳邊，窸窸窣窣不知說了些什麼。

「妳……我……」

「！……」

太太全身跟著抖了一下。

站在隔間前的和風臉聽不清他究竟說了什麼。離得更遠的果果露、艾迪塔老師和理察連他們有對話都不知道吧。

「謝謝你！真的太謝謝你了，田中男爵！」

「哪裡哪裡，沒事就好。」

丈夫帶著滿面笑容轉向我。

眼角還泛著淚水。

「要是失去女兒以後又失去內人，我恐怕會瘋掉。」

說話的樣子是由衷地高興。

還反覆低頭道謝。那激動的模樣一如既往，完全是個好人。親切的長相散發著不懂猜疑的溫和。

然而，他犯了致命的錯誤。

就算果果露是凶手也不會用刀，她空手就能宰了他們，且必定是秒殺。特地準備刀械不僅浪費時間，還會留下無謂的證據。

如此一來，殺傷太太的會是誰呢？

答案只有一個。

「對了，先生你的傷勢怎麼樣……」

「我、我沒事，只是擦傷而已。」

「這樣啊？剛才聽你叫得滿大聲的耶。」

「沒有啦，怎麼說呢，其實還滿丟臉的。就只是突然發生這種意外，嚇得叫出來了而已。話說回來，您的治療魔法好厲害啊！我都懷疑自己的眼睛了，根本是奇蹟！」

「…………」

「總、總之我先帶內人回旅舍好了。我們也是在鎮上的旅舍裡下榻，送她回去休息以後，我馬上就回來。」

能感覺到丈夫與我有段距離。

要和風臉替他找女兒的人是他自己，甚至要用太太的貞操換取我的協助。這太太也變得有點可疑就是了。

然而現在，他卻想盡快遠離我們。

「那個，田、田中男爵？」

感到疑問時，我忽然想到一件事。

關鍵字是男爵，是男爵。喔不，應該說貴族。到現在，我才明白自己獲得的頭銜影響力有多大。在龍城不太會注意到這件事，讓我一不小心就忘了自己是特權階級。

即使兩人並不是夫妻，我也不是不能接受，但那也表示我是無可救藥的白痴。居然會在劍與魔法的奇幻世界中仙人跳。

「答對了。」

果果露突然這麼說。

很遺憾，好像答對了。

怎麼會這樣。

我往理察瞄一眼，而他一注意到我的視線，平時那張笑容就變得更深了。這讓我明白，沒看出來的就只有和風臉一個。

該不會是在測試我吧。

「你、你笑什麼？」

艾迪塔老師對理察問。

「沒什麼特別的意思，只是覺得他的樣子有點好笑而已。」

「哪、哪、哪裡好笑？」

太好了，老師站我這邊。

算是一點點安慰。

*

在廁所講話也不好，我們便轉移陣地。

回到先前吃飯的房間。

夫妻倆當然都在。先前的圓桌已經撤走，取而代之的是一張沙發桌和擺放於其四面的沙發。或許因為這裡是高級旅舍，服務也特別周到。

至於座位呢，我們讓丈夫和老婆分別坐一張，然後理察坐一張，和風臉跟艾迪塔老師坐一張。

果果露照例蹲坐在房間角落。

「好了，我們繼續說吧。」

和風臉先起頭。

「那、那個，請恕我失禮，可以先讓我帶內人回旅舍房間嗎……」

「等問完話，當然會讓你們回去。我們也很關心你太太的狀況，畢竟治療魔法只能治身上的傷，治不了心裡的傷。不過，先給我一點時間吧。」

「……那麼，請、請問大人要問什麼？」

「很不好意思，能摸她一下嗎？」

我以視線指示坐在角落的果果露。

說了以後我才注意到，這樣把果果露當工具使用讓我有點興奮。儘管覺得對不起她，但會興奮就是會興奮。明天我就要被對這種對話心懷怨恨的她不由分說地逆姦了。

「！……」

醜男的要求使丈夫表情一僵。

繃得跟什麼一樣。

「田、田中男爵，這究竟是什麼意思……」

「如果你不方便，就讓太太來碰吧？只要她願意，無論最後洩漏了誰的想法，我也保證我們完全不會傷害你們兩個。」

「……咦？」

「無論你們在昨晚談了些什麼。」

太太臉上則是透露出喜悅。

拚命想掩飾，但怎麼也藏不住。

這讓丈夫急了。

「喂，妳、妳不要亂來……！」

連忙出聲制止。

但太太似乎心意已決。

「我願意！請、請讓我摸！」

還叫得很大聲。

「所以拜託大人饒、饒了我吧！只要是我能做的，我什麼都願意！我的身心都是大人您的了！拜託大人發、發發慈悲！」

並且離開沙發下跪磕頭。

見狀，反應最大的是丈夫。

「！……」

聽見太太求饒，他立刻跳起來。

目標是就坐在一旁的理察。丈夫從懷裡抽出一把略大的短刀，抵在他的脖子上。刀刃一碰觸皮膚，就有一小顆紅珠流了下來。

「哎呀呀，這是做什麼呢？」

「站起來！」

「你這人性子真急……」

我們的公爵大人還在一派輕鬆地說笑。

膽子真夠大。

他就是經歷過無數次這種生死關頭，才有今天的榮景吧。

「給我安分一點！誰、誰都不許動！」

丈夫已是抓狂模式。

原先和善的態度轉瞬間變得非常粗暴，銳利的眼神從右到左掃視在場所有人。那神情不像商人，還比較接近白天見過的強盜。

「為了女兒，要跟整個國家為敵我也不怕！」

然而他抱持的卻純粹是救女心切的激情。

剛那句話超帥的啦。

我也好想在有生之年說一次看看。

「這句話很快就會實現了吧。」

理察也沒有示弱。

還很故意地挑釁他。

丈夫對他說：

「費茲克勞倫斯公爵，你廢話少說。我自己也不想跨過最後的底線，無論我這父親再怎麼蠢，也至少要在女兒面前當個好爸爸，直到最後一刻。」

「…………」

丈夫的真情告白有種無法言喻的說服力。

威力強到連理察都說不出話了。

「田中男爵，乖乖照我的話去做，不然費茲克勞倫斯公爵就沒命了。要是一派之首在這種偏鄉的旅舍鎮喪命，你這男爵也要跟著掉腦袋吧。」

「說得一點也沒錯，我這樣弱小的貴族根本活不了多久。」

「那就給我乖乖坐好，絕對不准動。」

「知道了。」

丈夫昨晚在酒館見過和風臉的身手，顯得非常警戒，對其他人的注意力就不夠了。蹲坐在房間角落的果果露可說是從他眼中消失了吧。

我也不是不懂他為何只當我是威脅。

先制住理察是非常明智的選擇。如今能自由活動的只剩下太太、艾迪塔老師和果果露。兩個都是蘿莉莉幼咪咪，所以他認為不必顧慮吧。

一般而言，這樣的判斷相當合理。

但傷腦筋的是，這世界的蘿莉比我們想像中猛太多。

小妹妹是很強的。

「……可以嗎？」

歡樂待命中的果果露在絕佳的時刻問。

好個勤奮的女人。

我就是喜歡妳這點。

「麻煩妳了，蘿可蘿可。不過要適可而止喔。」

「喂、喂！誰准你們說話了！」

就在丈夫開口吠的那瞬間——

「知道了。」

一道褐色身影以眼睛跟不上的速度起身騰空。

砰一聲蹬地躍起。

下一刻，果果露的右手已經打飛丈夫手上的刀，並在落地的同時伸出左手，正面掐住他的脖子。人隨手臂角度愈舉愈高的畫面真是太棒了。

蘿莉發威的情景讓人好興奮啊。

希望她也能這樣對我。

至於恢復自由的理察則是掉回原來坐的沙發。不用說，他當然是用原來姿勢坐下去。即使是他，也為果果露的霎時壓制驚訝地瞪大了眼

「……離遠一點。」

黑肉蘿健美的腳踹向沙發側面。

沙發就這麼載著理察滑到牆邊去。

這是果果露的善意吧。

以免讀到他的心。

這讓我見到了公爵挫了一下的超稀有畫面。幸好他及時抓住扶手才沒摔下去，跟著沙發一起側移。在撞牆而急停那時噓一口氣的樣子，好想錄下來傳上網。

儘管受到驚嚇，這也保住了他的隱私。

丈夫這邊就不得動彈了。

「唔……嘎啊……」

「不要亂動。」

脖子被勒住的他不停掙扎。

勝負瞬間分曉。

「呃，為、為什麼果、果果露會這麼……！」

「你自己猜嘍。」

果果露的特別之處我就不說了，不然傳出去也麻煩，所以剛剛才兜圈子問能否讓她直接碰觸。

「現在怎麼辦？」

「我有很多話想問他。」

例如死處男貞操的去向，昨晚究竟發生了什麼事等重大事項。我有沒有舔到。她有沒有舔我。喔不，在那之前得先知道我被迫苦守幾十年的初吻到底怎麼了。

最重要的是——到底有沒有破處。

幹了嗎？真的幹下去了嗎？我還是處子之身嗎？

到底是怎樣？

「總之我想先知道這件事。」

不過他女兒的存在比這更為重要。若她真的失蹤，那就得趕快救人。

如果順利，我說不定還能從丈夫手中奪走監護權，醜男的美少女夢工廠計畫說不定將就此啟動。而且直接跳過了幼兒期，從最香的年紀開始玩，爽到極點。

「女兒的事是真的嗎？」

「真、真的！……把我的、把我的女兒還來！你這畜生！」

「…………」

能還我也很想還，可是我就是不記得嘛。

這點真的很傷腦筋。

「蘿可蘿可，他說的是真的嗎？」

「真的。」

「這樣啊……」

現在怎麼辦呢？

在和風臉苦惱時，太太說話了。

「我、我也是被騙的！他說他無論如何都要救他女兒，所以求我幫忙，要、要我假扮他的太太！我怎麼也沒想到，他要騙的竟然是貴族！」

太太仍跪在地上，抬頭招供。

表情好像戳一下就會嚎啕大哭。

「這樣啊？」

「我、我根本不是他的太太。說、說來慚愧，我是這個鎮上的妓女。他昨晚來到我們店裡，後來我就上了他的當，一路演到這裡。他說大人您很厲害，很有希望救他女兒回來。」

「那妳跟我昨晚……」

「我、我這麼卑賤的人當然不敢接受大人高貴的種子。請大人相信我，我們昨晚什麼也沒發生！就只是他灌了大人您很多酒，讓您睡著了而已！」

「！……」

「他一直要我不准說，其實他是因為見到大人和今天下午在街上遇到的那位先生，昨晚在我們門口聊得很開心的樣子，所以想到了這個計謀。」

什麼也沒發生。

什麼也沒發生喔，太太。

「…………」

我感到胸中的火焰重新燃起。

失去色彩的世界逐漸恢復原來的豔麗。

萎縮至極的心找回了活力。

「我知道了。」

「所以求求大人、求、求求大人饒我一命……！」

「請放心，我們不會追究妳的責任。」

沒問題。

處男還能繼續走下去。

為了全天下的芸芸處女。

「可是他的女兒，就讓人很擔心了。」

「可惡！放、放開我！為什麼動都不動啊！」

相對於全招了的太太，丈夫仍掙扎不已。

果果露的擒拿十分牢固。即使是和風臉，被她抓住也不可能掙脫吧。實際見她展示臂力之後，我更想讓她逆姦我了。

好想在雙手雙腳都被死死制住，渾身無法動彈的狀況下被她單方面侵犯。來一場再怎麼累也不准停，用威而鋼那樣的魔法強迫我再戰兩三輪那樣的無限逆姦。

太棒了，這才是人生啊！

「……突然有精神了。」

「我一直都很有精神喔，蘿可蘿可。」

「…………」

既然現在幹勁源源不絕了，就來個快刀斬亂麻吧。

和風臉又轉向丈夫。

他依然被果果露掐著脖子，痛苦地掙扎。儘管身高差距使他沒有懸在半空中，難受還是很難受。圓滾滾的肚腩劇烈搖晃著。

他的眼睛始終憤恨地瞪著果果露，手腳拚命揮動，但每一下都被果果露啪啪啪地拍掉。維持平時那張樸克臉淡然反擊的果果露感覺好好笑。

「為什麼啊！可……可惡！為什麼果果露族會這麼……！」

「我說這位先生。」

「！……」

丈夫的身體隨和風臉問話緊繃起來。視線也移到果果露身上。

「做、做什麼，你這畜生！把女兒還來！」

「我自己也很想還，但我真的不知道她的下落。想找回她需要你的配合。我也一樣很想知道她現在的狀況。」

「聽你在鬼扯！貴族說的話哪能信！」

詭計敗露的丈夫完全自暴自棄。

這樣恐怕沒得商量了。

「沒有解釋的餘地呢。」

被連同沙發踢開的理察自己走了回來。

確定他沒有受傷讓我鬆了口氣。要是公爵有個萬一，真的會像丈夫說的那樣，我也不用混了。

「你說這全都是為了救女兒。在這一點上，我無法責怪你。」

我姑且說說醜男的想法。

「他可是誆騙你的人呢。」

「確定自己是清白的以後，我已經高興了，想氣也氣不起來。為了保護家人而無所不用其極是很正常的事。如果今天換作是我也會這麼做吧。」

「在這一點上，我也多少能夠體諒。不過話說回來，他怎麼說也是為了自己的利益，要將蘿可蘿可小姐誣陷為殺人犯的人。雖然你和她不是家人，但她對你來說也沒那麼低賤吧？」

「說到這個，我也很很難辯駁……」

理察有貴族的顏面要顧，肯定不會就這麼算了。貴族與平民之間單向的權力關係就是因為立基之處有如此原始的觀念差距才得以成立。

「……從強盜手裡把他女兒平安帶走以後——」

「蘿可蘿可？」

果果露忽然開口。

視線落在和風臉上。

「如果是你，你會怎麼做？」

「咦？」

「會怎麼做？」

怎麼突然問這個，感覺比平常神祕很多。

是從丈夫那聽見什麼了嗎？

可是他在這胡鬧都是因為女兒下落不明，這種賭命也要救女兒的氣概，怎麼看都不像是演戲或詐騙，從他身上應該怎麼讀也讀不到線索才對。

想來想去，我依然想不到答案。

那就想到什麼講什麼吧。

「這個嘛，先帶到安全的地方再說啊。」

「即使喝醉了，你也完全沒做出錯誤的選擇。」

「妳這是什麼意思？」

「問自己的心吧。」

「…………」

假如此時此地沒喝醉的醜男，確定自己還是處男的醜男得到了一對可愛的處女蘿莉，會先到哪裡去呢？

這種事想都不用想。

當然是帶回自己的旅舍房間啊。

＊

一行人即刻前往和風臉的旅舍房間。

直線距離只有幾十公尺。

丈夫是理察的護衛騎士綁起來帶過去的。一直讓果果露抓著，死處男我可是會吃醋的。那實在太令人羨慕了。

房門就這麼在眾人注目下開啟。

在門後等待我們的是——

「艾美莉亞！艾蜜莉！」

丈夫頭一個大叫。

有兩名少女親暱地並排在床上，睡得正香。女童睡在一床金髮中央的畫面簡直是圖畫書中的一幕。

居然是姊妹。

「啊……」

「……唔。」

丈夫的叫喊吵醒了她們。

身體抽搐一下之後開始蠢動。

潔白連身裙底下不時顯露的大腿露到很危險的地方，使死處男的心狂跳起來。她們健康的肌膚是那麼白嫩，讓人好像看看是不是真的從腳尖白到大腿頂端。

「……！」

「啊……」

見到我們時，女孩們發生變化。

錯愕地睜大了眼。

和風臉也是一樣。

「不會吧……」

我們要找的女孩我也認識。

其實就是她們。

蘇菲亞買下來的金髮蘿莉肉便器奴隸姊妹。

那身連身裙我還有印象，是歐曼送我家女僕的上等貨。聽說這件事而立刻回禮的事，醜男我還記憶猶新。

對喔，蘇菲亞說過她要把奴隸姊妹送去首都卡利斯念書，死處男也替她寫了一封推薦函。

沒想到會在半路被強盜劫車。

「爸爸！」

「爸比！」

他口口聲聲說還我女兒不是喊假的，兩位女孩見到父親就噠噠地往他飛奔而去。臉上都是笑容，沒有任何否定的神色，看起來高興極了。

「啊啊，太好啦！艾美莉亞、艾蜜莉，妳們都沒事吧？」

手被騎士抓在背後的丈夫對姊妹說。

「嗯！」

「沒事！」

女孩們向他活潑地點頭。

接著視線從父親轉到和風臉身上。還在想這是做什麼時，金髮蘿莉肉便器奴隸姊妹拎起裙襬晃呀晃地說：

「這是這個叔叔的女僕姊姊買給我們的喔！」

「還請我們吃好吃的飯喔！」

兩張臉上堆滿了笑容。

說不定那是想替我說好話。

真是太感激了。

「………」

丈夫親耳聽女兒這麼說之後表情複雜，像是不知該怎麼回答，視線在女兒和醜男間來來去去。眾人也跟著說不出話來，現場瀰漫著難以言喻的氣氛。

這時候，就讓認識雙方的和風臉出點力吧。

「想不到她們的父親就是你呢。」

「……是你買下來的嗎？」

我是真的很想買。

想買得不得了。

「不是我買的。」

「那、那麼是怎麼回事？」

「我的女僕在奴隸市場發現她們，覺得很可憐，於是砸下所有財產買下來，以免落入不肖貴族手裡。我和她們的交集就只有用魔法替她們調養身子而已。」

「天啊……」

丈夫錯愕地瞪大雙眼。

有了女兒們的證詞，他也多少願意相信和風臉是真的失去記憶吧。難怪我會自稱認識他們抓走的女孩。剛買下來的奴隸被強盜抓走，當然會急著找回來。

順道一提，她們已經不是奴隸身分，不戴項圈了。

女僕當天就替她們解開了束縛。真是太可惜了。

「這樣我也了解先生你是什麼樣的人了。」

能為女兒流淚的人絕對不會壞到哪裡去。

只是因為狀況危急，有點急壞了而已。

「話說田中先生，這樣好嗎？」

「什麼意思呢，理察先生？」

「他還想殺了那位女性滅口呢。」

指的是前不久廁所的流血事件吧，丈夫仍穿著那件沾上大片血跡的衣服。在父女相會的時候也不縱放，不愧是費茲克勞倫斯家的當家。

然而，事情並不是那樣。

「不。理察先生，您誤會了。」

「誤會？事到如今還有哪裡好誤會的？」

我們的公爵大人加重語氣。

我也不是不懂他為何有此疑問。

「那把刀不是他的東西，而是太太的。恐怕是她先動手，結果被反殺了。我們看見的都是事後的狀況。」

和風臉看著站在丈夫身旁的太太說。

這讓她顯然慌了手腳，睜大眼睛害怕地窺視理察、和風臉、丈夫和抓著他的騎士。

大概是沒想到會被人看穿。

「……你是從哪裡看出來的？」

「就算商人需要防身，也不會在懷裡藏兩把那種大型短刀吧？」

我回想著激動的丈夫抵在理察脖子上那把刀。廁所裡的是另一把，這種刀很重，價格也絕不便宜。

「不過，我也是有所依據才會如此判斷。」

「怎麼說？」

「從過去的對話裡，我感覺到他是打從心裡擔憂女兒的安危，並且希望能再見到女兒完完整整地回到他身邊，所以認為不是他下的手。」

我對倒在廁所裡的太太放治療魔法後，他頭一個衝進去全都是為了女兒吧。好比某死處男執著於和處女為愛結合一樣。

從這點推回來，一切都說得通了。

「有錯嗎，蘿可蘿可？」

「……答對了。」

再來就是對果果露的辛辣誣陷了。

這也很容易解釋。

「他總不能因為意外的夫妻反目而讓先前的努力付諸流水，於是把罪行全賴給碰巧在場的蘿可蘿可吧。風險雖高，至少比露出馬腳來得好。」

「原來如此……」

從廁所傳來的尖叫十之八九是故意的。

「即使最後還是全被太太說出來了，他也不願放棄女兒。所以才拿您作人質，以換取一時的自由吧？」

「…………」

「他是個商人，不會傻到以為自己冒犯了費茲克勞倫斯家的主人也逃得過一輩子，但他仍為了女兒毅然決然踏出這一步。就這一點，我認為是值得讚賞。」

「……我了解你的意思了。」

「然而蘿可蘿可在這個過程中蒙受不白之冤的部分，我的確有需要檢討的地方。當然，我打從一開始就不認為她會做那種事。」

感覺丈夫會把罪行賴給果果露，一部分是因為我處置不周。果果露都是蹲坐在房間角落，吃飯也是擺在地上吃，完全是奴隸的待遇。

所以丈夫就把她當奴隸了吧。

認為她的地位比心懷愧疚的假太太還低。

但毋庸置疑地，果果露在醜男心中的重要性比她在理察心裡高上很多很多。她黝黑的肌膚和蘿莉度滿點的體型，讓醜男第一眼就神魂顛倒了。

「……真的嗎？」

「當然是真的。」

「…………」

哎呀，不小心說出真心話啦。

逆姦妹果真是大意不得。露出這麼健美的大腿教我怎麼能不妄想被她逆姦？絕對會希望被她壓倒嘛。有點肌肉的感覺無時無刻不刺激著被虐狂的心。

「…………」

有話想說的眼神超可愛的。

妳是稀世的逆姦天才。

「如果你一開始就直接請我幫忙，事情早就圓滿結束了。」

和風臉對丈夫說。

他以不平的表情回話：

「我現在身無分文，沒辦法請高強的冒險者做事。」

「是出了什麼事嗎？」

「我之前都在首都卡利斯坐牢，最近才放出來，當然不會有好日子等著我過。女兒、妻子、房子、工作，全都被貴族搶走了！對，就是你們這些貴族！」

好像在哪聽過這種事。

有種這裡真的是佩尼帝國的感覺。

晚點跟他介紹某個雜牌軍吧。

「那你拿什麼回報那位小姐？」

「這是在嘲笑我嗎？那比起僱用冒險者擊退強盜便宜得多了。」

說得也是。

「…………」

今天這檔事純粹是種種不幸串連而成的意外。我自己是很想當作沒發生過，趕快到首都卡利斯去。金髮蘿莉肉便器奴隸姊妹的可愛眼神使這個念頭更加強烈。

「事情我明白了。」

不久，理察如此斷言。

眾人隨公爵開口而靜默。

在龍城還不曉得，但他在這裡是最高掌權者，應以他的決定為優先。只要理察說果果露的皮膚是白色，就會變成白色。

「……真的嗎？」

我只是打個比方啦，果果露。

另外，和風臉不怕他做錯決定。

他畢竟是艾絲特的爸爸。

「既然這樣，我想想……」

看他平靜地這麼說，能感覺到這件事即將圓滿落幕。

看樣子，這對姊妹會回到父親身邊，過上幸福快樂的日子。我們找女孩的工作也因此解決，一石二鳥。

就在我開始這麼想時，女孩們忽然對丈夫問：

「爸比，可以問一下女僕姊姊跟我們說的事嗎？」

「什麼事？」

丈夫的態度與面對我們時截然不同，變得非常和善。

女孩們有點不好意思地說：

「我們已經可以自己尿尿嘍？」

「女僕姊姊跟我們說，我們這麼大了，自己尿尿很正常，不用爸爸幫忙了耶。」

「……艾美莉亞？艾蜜莉？」

小孩子真的很容易想到什麼問什麼呢。

不過這彎也沒有轉得太大，蘿莉控也興致勃勃地聽著姊妹倆說話。尿尿的事耶，少女與尿。其他人也跟和風臉一樣，注意起她們臨時開啟的話題。

「姊姊還說，不管是上廁所還是洗澡澡，胯下都不能讓人摸耶。」

「爸爸每次洗澡都會摸我們的胯下，可是女僕姊姊說女生的胯下不能讓別人摸耶。」

「我很喜歡爸比，可是洗澡的時候被爸爸摸胯下，感覺會變得很奇怪，所以我覺得這樣不太好。」

「我也是不太喜歡被爸爸搓胯下。」

她們這麼說的途中，還很在意和風臉跟理察的視線般地不時瞄過來。那是藏在年幼無知的少女心中對父親的疑惑。不難想像女僕與她們之間曾有過怎樣的對話。

「！」

這讓丈夫臉色一變。

血色唰地一下全退光，蒼白得不得了。

可惜呀，差點就要變成一段佳話了。

「爸爸，怎麼了？」

「爸爸？」

姊妹倆天真無邪的眼神注視著丈夫。

這個爸比、爸爸在她們的視線下表情凍結。被她們直視的眼睛忘了眨眼般盯著一點，分毫不動。

「…………」

醜事敗露的預感。

難怪他會那麼急著找女兒，現在我終於明白他動機的根基是什麼了。真希望我什麼也不知道，在它仍是佳話時不帶一絲雲彩地與它莎喲娜啦。

「有件事我得問清楚。」

「……什、什麼事？」

「她們說的是真的嗎？」

「…………」

理察對丈夫問。

丈夫答不出話。

出聲的是並列於他眼前的女兒。

「……爸比，我們這樣不對嗎？」

「難道女僕姊姊說的才是錯的嗎？」

「搓胯下是有必要的嗎？」

「不搓不行嗎？」

姊妹倆不知世間汙穢的視線苛責著丈夫的心。

生離多時的父女終於重逢本來應該是令人感動的，結果一轉眼就成了惡夢。假如理察不在場，和風臉還能閉一隻眼。不會對女兒發情的父親哪還算是父親呢？

「怎麼了嗎？」

「唔……」

這種時候的理察可是很恐怖的。

他對女兒二字非常敏感，身邊出現和風臉這麼一個人之後，更是特別過敏。不久之前才發生過艾絲特那件事，時機真是糟透了。

「我也是育有女兒的父親，這種事我實在不能當作沒聽見。」

「等、等一下！我沒有做什麼見不得人的事！就只是陪著女兒，努力讓她們過得開心而已！我絕對沒有做任何公爵大人想像中的事！這都是誤會！」

「請問搓胯下是什麼意思？」

理察先生，請不要用這麼嚴肅的臉說那種話。害我很難反應。

「這、這樣才可以把皮裡面都洗乾淨……」

「………」

丈夫頭一次露出求饒的表情。

腦裡一定是亂成一團。

「皮裡面」對處男而言可是未知的領域啊，真是羨慕死人了。

「女僕姊姊錯了嗎？」

「說嘛，爸爸。」

丈夫臉色愈來愈白。

這無疑是真的下手了的臉。因為女兒太可愛，可愛到不行，忍不住逗弄了私處的臉。而且是說了一堆話哄騙女兒，這裡摳那裡弄玩得很開心的臉。

眼見如此變化，理察有動作了。

他盡可能和氣地對姊妹說：

「不好意思打斷你們父女重逢，接下來妳們的爸爸有工作要跟我們談，可以先到外面等一下嗎？我會給妳們準備很多好吃的蛋糕跟果汁的。」

「咦，蛋糕跟果汁！」

「謝、謝謝叔叔！」

金髮蘿莉肉便器奴隸姊妹開心得歡呼起來。

畢竟是愛吃勝過愛美的年紀。

一旁，騎士從背後押著丈夫離開房間，理察跟過去指示去向，和風臉就只能默默旁觀。

「結束了。」

「是啊，真的是結束了沒錯……」

果果露發布結束通知。

醜男對丈夫感到深深的挫敗，縈繞心頭久久不散。

*

隔天，我們將丈夫交給了憲兵。

理察說他犯了姦淫罪，以現代日本來說就是強姦罪。才剛獲得原諒卻在轉瞬間突破公爵倫理觀的丈夫被關進了駛向首都卡利斯的馬車。

到最後的最後，他都用布滿血絲的眼瞪視我們幾個在移送現場的人，並不停大喊：「我一定會回到女兒身邊！我說到做到！」真是太可靠了。

「終於能出發了。」

旅舍前，理察看著馬車這麼說。

用的是平時那張笑瞇瞇的臉。

「給您添了這麼多麻煩，實在非常抱歉。」

醜男只有再三道歉的份。

這件事完全是因我失態而起。

「哪裡哪裡。事情結束得比預期快很多，這點延遲問題不大。而且我也有所收穫，隨行的部下也獲得了充分的休息，結果還算不差吧。」

「感謝公爵寬宏大量。」

理察的話讓我鬆了口氣。

這次我自己也是處理得七上八下。明明應該是一趟悠閒的馬車之旅，一回神就變成神奇冒險了。希望剩餘的旅途上，可以安安靜靜、開開心心地欣賞風景，慢慢消化。

「喂，我問你喔。」

一旁的艾迪塔老師忽然開了金口。

怎麼了呢？

「什麼事？」

「所以你到底為什麼會跑去魅魔之巢？」

「…………」

金髮肉肉蘿老師，妳這問題真尖銳啊。

虧我還想趁著丈夫的猥褻事件，裝作沒發生過低調混過去。

「為什麼？」

「這真的依然是個謎呢。」

可是不知道就是不知道。

真心不騙。

原本想說瞎掰幾句唬唬她，結果近處有道聲音先劫了和風臉的話。不是別人，正是在今天這場風波中大顯身手的黑肉蘿。

「他把她們帶回自己房間以後，就出去找其他旅舍了。」

「這、這樣啊。」

喔，昨晚的醜男好紳士啊。

令人刮目相看。

「後來路上被胸部很大的妓女搭訕，跟著到鬧區去了。」

「……這樣啊。」

果然沒那種事。

但既然我是抱著那對姊妹飛回來，這也是當然的事。很可惜，當時的觸感我完全想不起來。她們是姊妹，我一定是左右手各摟一個然後飛。一這麼想，我就好想張手握緊拳頭。

「最後就到了魅魔之巢。」

「好吧，男、男人會這樣也滿正常的嘛……」

即使心裡似乎有很多想法糾結，老師仍點了頭。婊出驕傲來不是婊假的，果然了解男性的性慾。對性如此寬容這點讓死處男在歡喜之中又感到一抹哀愁與不安，感覺十分複雜。

但我也因此明白了。

處男昨晚的軌跡。

「所以我是在謝絕強盜招募，將他們抓來的姊妹帶回旅舍安頓後來到魅魔之巢，在那裡和我在酒館逼走的男性相遇，在店門口聊了起來，於是被那位先生給看見了。」

「對。」

「於是正在為女兒安危頭痛的先生想到找我從強盜手中救人，來到鬧區也多半是為了蒐集資訊。結果他把正在魅魔之巢工作的太太也捲進來，然後事情就來到今天早上，沒錯吧。」

「沒錯。」

好耶，有果果露掛保證。

了解事情真相後，心頭上的陰霾完全消散了。事實證明處男的夢想與希望依然在我心裡。好像能了解丈夫為何想乾乾淨淨地與女兒重逢了。

「…………」

喔不，等一下。

有點怪怪的。

「蘿可蘿可，有件事我不懂。」

「什麼事？」

「我剛說的那些，應該從我心裡讀不出來才對。」

因為我自己都不記得了嘛。

為什麼果果露會知道呢？她可以從外界讀取對方所有心思，但應該讀不到對方也不知道的事。

她怎麼會知道跟我搭訕的妓女是巨乳呢？

「…………」

「蘿可蘿可？」

近似恐懼的疑問使我問出口。

而她猶豫片刻之後小聲說：

「因為你昨天離開房間後，我一直跟在你背後。」

「咦……」

果果露說出意料外的事實。

新聞插播，有跟蹤狂出沒。

而且不知為何，她臉上有著甜甜的笑。

「所以沒有錯。」

「…………」

「放心，你是清白的。」

問題或許沒有能夠讀心或體能高強那麼簡單。與她乍現的本質相比，那都是芝麻小事。

「……謝謝。」

「不客氣。」

讓人不得不這麼想的笑容就在醜男我身邊。

後記

終於來到千呼萬喚的果果露篇。

能夠躲過腰斬而順利來到這一天，我實在是欣喜萬分。這全都得拜支持本作的讀者所賜，非常感謝各位。

準備出這集時，我也是特別拿出鬥志卯起來寫。不是說我先前比較偷懶，單純是加倍努力而已。加另外寫的限定版總共有七萬五千字之多。

以一般文庫本平均在十萬字上下來說，應該是頗具分量吧。順道一提，限定版是蘿莉龍為主角，寫了一篇已經想寫很久了的故事。

接下來的第六集，應該不會像第五集這樣讓各位等那麼久。等具體日期敲定之後，我會立刻上網報告。

這次多虧I責編的好意，只需寫一頁的後記（※編輯部註：實際上是兩頁）。大概是因為我之前說過好幾次寫後記很累吧。非常感謝。雖然字數因此有點要被腰斬的味道，但請各位放心，田中活得好好的。

最後感謝MだSたろう老師在百般忙碌中撥冗畫出那麼多張精美插圖，小弟惶恐至極，老師的圖就是我最大的獎勵。同時，校稿、營銷、版面設計等負責人，曾為本作提供協助的全體關係人員，也請受我一拜。

煩請各位繼續關照起步於「成為小說家吧」，GC NOVELS發行的《田中》。

ぶんころり（金髮ロリ文庫）

29歲單身漢在異世界想自由生活卻事與願違!? 1~10（完）

Kadokawa Fantastic Novels

作者：リュート　插畫：桑島黎音

專心國政而疲於奔命的大志
迎來命運的分歧點，他的選擇是——!?

大志讓國家恢復和平之後，開始專心處理內政。勇魔聯邦內的問題堆積如山，使他疲於奔命！這時候，某人突然鎖定大志展開襲擊……！不僅如此，眾神向大志提出了某項要求。大志是否要走上成為神的道路——抉擇的時刻到來！

各 **NT$180~220/HK$50~68**

外掛級補師勇闖異世界迷宮！ 1~3 待續

Kadokawa Fantastic Novels

作者：dy冷凍　插畫：Mika Pikazo

努為了提升補師地位，決定大方傳授戰術，
卻沒想到學生淨是一群問題兒童!?

終於洗刷幸運者汙名的努，為了更進一步提升補師的地位，決定分享自己的戰術。首先從受所有探索者注目的頂尖氏族，招募願接受指導的補師人選……然而，前來受教的要不是空有實力卻異常缺乏自信，就是完全不願聽從指示，淨是一群問題兒童——!?

各 NT$200~220/HK$65~73

關於我轉生變成史萊姆這檔事 1~13.5 待續

Kadokawa Fantastic Novels

作者：伏瀨　插畫：みっつばー

不斷擴大的《轉生史萊姆》世界！
超人氣魔物轉生幻想曲官方資料設定集第二彈上市！

《轉生史萊姆》官方資料設定集第二彈堂堂登場！本集詳盡解說第九集之後的故事、登場角色、世界觀等，同時收錄限定版短篇以及伏瀨老師特別撰寫的加筆短篇「紅染湖畔事變」！此外還有插畫みっつばー老師和岡霧硝老師的特別對談！書迷絕不容錯過！

各 **NT$250~320/HK$75~107**

14歲與插畫家 1~4 待續

Kadokawa Fantastic Novels

作者：むらさきゆきや　插畫、企畫：溝口ケージ

「……插畫家們都很喜歡輕小說嗎？」
最真實的日常生活第四集登場！

在網路上博得強大人氣的繪師「白砂」被選為小倉麻里新作品的插畫家，卻不斷遭到退稿而困惑不已，於是來到COMIKET尋求悠斗的意見……另一方面，終於不小心說溜嘴的茄子，以此為契機開始向悠斗傾訴自己的心情──

各 NT$180~200/HK$55~67

國家圖書館出版品預行編目資料

田中：年齡等於單身資歷的魔法師 / ぶんころり作
; 吳松諺譯. -- 初版. -- 臺北市 : 臺灣角川, 2020.11-
冊 ； 公分. --
譯自：田中：年齢イコール彼女いない歴の魔法使い
ISBN 978-986-524-061-5(第5冊：平裝)

861.57 109005094

Kadokawa
Fantastic
Novels

田中～年齡等於單身資歷的魔法師～ 5

（原著名：田中～年齢イコール彼女いない歴の魔法使い～ 5）

2020年11月4日　初版第1刷發行

作　　者：ぶんころり
插　　畫：MだSたろう
譯　　者：吳松諺

發 行 人：岩崎剛人
總 編 輯：蔡佩芬
編　　輯：高韻涵
美術設計：莊捷寧
印　　務：李明修（主任）、張加恩（主任）、張凱棋

發 行 所：台灣角川股份有限公司
地　　址：105台北市光復北路11巷44號5樓
電　　話：（02）2747-2433
傳　　真：（02）2747-2558
網　　址：http://www.kadokawa.com.tw
劃撥帳戶：台灣角川股份有限公司
劃撥帳號：19487412
法律顧問：有澤法律事務所
製　　版：巨茂科技印刷有限公司
ＩＳＢＮ：978-986-524-061-5